극락도 지옥도
마음속에 있다네

고승열전 10 원감국사

극락도 지옥도
마음속에 있다네

윤청광 지음

우리출판사

윤청광

전남 영암 출생으로 동국대학교에서 영문학을 전공했고, MBC-TV 개국기념작품 공모에 소설 〈末鳥〉가 당선되었으며, MBC에서 〈오발탄〉〈신문고〉〈세계 속의 한국인〉 등을 집필했다. 그 동안 대한출판문화협회 상무이사・부회장・저작권대책위원장・한국방송작가협회 이사・감사・방송위원회 심의위원을 역임했고, 〈불교신문〉 논설위원을 거쳐 현재 〈법보신문〉 논설위원, 법정스님이 제창한 〈맑고 향기롭게 살아가기 운동〉 본부장, 출판연구소 이사장을 맡아 활동하고 있다. BBS 불교방송을 통해 〈고승열전〉을 장기간 집필했고, ≪불교를 알면 평생이 즐겁다≫ ≪불경과 성경 왜 이렇게 같을까≫ ≪회색 고무신≫ 등의 저서가 있으며, 기업체・단체 연수회에 초빙되어 특강을 통해 '더불어 사는 세상'을 가꾸고 있다.

BBS 인기방송프로
고승열전 10 원감국사
극락도 지옥도 마음속에 있다네

2002년 10월 23일 개정판 1쇄 발행
2022년 6월 23일 개정판 2쇄 발행

지은이/윤청광
펴낸이/김동금
펴낸곳/우리출판사
등록/1988년 1월 21일 제9-139호
주소/03746 서울특별시 서대문구 경기대로9길 62
전화/(02)313-5047, 5056
팩스/(02)393-9696
E-mail/woribooks@hanmail.net
www.wooribooks.com

ISBN 89-7561-181-7   03810

책값은 뒷표지에 있습니다.

・지은이와 협의하여 인지를 붙이지 않습니다.
・잘못된 책은 본사나 구입하신 서점에서 바꾸어 드립니다.

여러분들 중에는 말일세,
모양도, 색깔도, 냄새도 없으니
도대체 있지도 않은 마음을 어떻게
닦느냐고 생각하는 분들도 계실 것이네.
그러나 마음은 분명히 있는 것이니,
저기있는 저 나뭇가지를 보시게.
저 나뭇가지가 흔들리는 까닭은 어디에 있겠는가?
바람이 부니 그래서 흔들리는 게 아니냐고?
허면 바람이 여러분들 눈에는 보이시는가? 왜 대답이 없는가?
그것 보시게. 바람은 형체도 없고 빛깔도 없어서
손에 잡히지도 아니하고, 눈에 보이지도 아니하지만,
나뭇가지가 저렇게 흔들리는 것을 보면 바람은 분명
있는 것이지. 사람의 마음도 바람과 같다네.
비록 보이지도 잡히지도 않지만 분명히 있고,
그 마음이 시키면 시키는대로 사람이 움직이니,
이는 마치 바람이 나뭇가지를 흔드는 것과 같다 할 것이야.
이렇게 사람을 부리는 것은 마음이니, 내 주인인 마음을
잘 다스리는 공부를 하라는 말씀이시네.

차례

1
벼슬도 버리고 / 11

2
마음이 곧 주인 / 28

3
욕심과 성냄과 어리석음을 버려라 / 61

4
백련암에서의 수행 / 78

5
운수행 / 103

6
계족산 정혜사에서의 수행 / 127

7
스승과의 재회 / 151

8
나는 무엇하는 사람인가? / 173

9
지극정성이 제일이니라 / 208

10
상소문 / 236

11
되찾은 농토 / 254

12
원나라 임금에게 전한 불법 / 275

13
선인 선과요, 악인 악과라 / 297

14
자세히 보시게 / 314

1
벼슬도 버리고

　때는 지금으로부터 740여년 전인 고려 제 23대 고종 41년, 그러니까 서기로는 1254년이었다.
　몽고 오랑캐들의 침략을 받아 임금과 조정이 강화도로 천도하여 피난살이를 하고 있던 때였다.
　이 당시 강화도 선원면에 있던 선원사는 전라도 송광사와 더불어 2대 선찰(禪刹)로 꼽히는 큰 사찰이었다. 이 선원사는 무신정권의 최고 권력자 최우가 창건한 큰절답게 웅장한 법당이며 전각들이 여기저기 번듯하게 자리잡고 있었다.
　선원사를 창건한 최우는 3년전에 세상을 떠났고, 지금은 그의 아들 최항이 다시 무신정권 최고 권력자의 자리에 올라 조정을 주무르고 있었으니, 최항의 아버지 최우가 창건한 선원사는 이때까지만 해도 조정의 특별한 보살핌을 받고 있었다.
　선원사에는 천영 노스님께서 법주로 주석하고 계셨는데, 훗날의 원오국사가 바로 천영 노스님이시다.

　강화도 갑곶이 포구에는 갈매기가 우짖으며 한가로이 날아다니고 있었다. 포구를 왼쪽에 두고 한 젊은 선비가 뚝길을 걸어오고 있었는데, 이 젊은 선비는 뚝간을 내려서자 오른쪽으로 뻗어있는 들길을 돌아 선원사 경내로 들어서는 것이었다.
　젊은 선비는 선원사 경내로 들어와서 한동안 걸음을 멈춘채 낭낭하게 들려오는 독경소리를 듣고 있었다. 젊은 선비는 독경소리에 취한듯 지그시 두눈을 감고 독경소리를 듣다가 이윽고 눈을 떠서 절마당 안을 한바퀴 둘러보는 것이었다.
　선원사 경내에는 계속해서 독경소리가 낭낭히 들려오고 있었다.
　여기저기를 둘러보던 젊은 선비의 눈에 마침 절마당을 지나가고 있는 동자승이 보였다.
　젊은 선비는 얼른 그 동자승을 불렀다.
　"여, 여보시게나."
　"소승을 부르셨사옵니까요?"
　"그래, 내 자네를 불렀네."
　"어디서 오신 뉘시온데 말씀을 그리 함부로 하시는지요?"
　"아니 그건 또 무슨 말이던가? 말을 함부로 했다니?"
　"소승 비록 나이는 어리오나 이미 사미계를 받은 출가사문이온데 귀공께서는 어찌하여 소승을 종 부르듯 하십니까요?"
　"어어? 아이구 이거 내가 사찰의 법도를 잘 모르는지라 크게 실

수를 했으니 용서하시오 스님."
"소승이 보아하니 귀공께서는 사대부이심이 분명한것 같사온데 아무에게나 그렇게 반말을 쓰시는지요?"
"아이구 이거 방금 소인이 잘못했다고 사죄 말씀을 올리지 아니했습니까, 너그러이 용서해주십시오, 스님."
"잘못한 것을 잘못하셨다 인정하셨으니 그만 되었습니다."
"아, 예. 정말 고맙습니다 스님."
"하오신데 귀공께서는 이 선원사에 처음 오신것 같사옵니다만?"
"아, 예 그렇사옵니다 스님. 선원사는 처음이옵니다."
"그러시면 천천히 구경 잘 하시고 가시도록 하십시오."
말을 마친 동자승은 젊은 선비에게 합장하고 발길을 옮겼다.
젊은 선비는 황급히 동자승을 불렀다.
"아니, 저 스님……."
"왜 그러시는지요?"
"사실은 소인, 이 선원사에 구경을 나온 것이 아니옵니다."
"하오시면 달리 무슨 볼일이라도 있으시다는 말씀이신가요?"
"아, 예. 사실은 천자, 영자, 노스님을 좀 뵙고자 해서 찾아왔습니다."
"아니 그러시면 우리절 법주 스님이신 노스님을 만나뵈러 오셨다구요?"
"아, 예. 그렇습니다 스님."
"하오시면 어디서 오신 뉘시온데요?"

"아, 예. 소인은 그저 성은 위가요, 이름은 원개라 하는 서생이옵니다."
"위씨 성을 가지신 원자 개자 선비시라구요?"
"예, 그렇사옵니다 스님."
"그러시면 잠시 여기서 지체하십시오, 소승이 노스님께 여쭙고 오겠습니다."
이윽고 이 젊은 선비는 훗날의 원오국사이신 천영 노스님을 만나뵙고 인사를 올리게 되었다.
천영 노스님께서는 젊은 선비를 그윽한 눈길로 한참을 쳐다보시다가 나즈막이 물었다.
"성씨가 위씨라고 하셨던가?"
"예, 스님 그러하옵니다."
"허면 대체 어디서 오셨는고?"
"아, 예. 소인은 전라도 정안 태생이옵니다."
"전라도 정안이라?"
"예, 그렇사옵니다."
"멀리도 오셨구먼."
"아, 예."
전라도 정안은 지금의 전라남도 장흥군이니, 강화도까지 올라왔으면 참으로 멀고도 먼 길을 온 셈이었다.
"허면, 대체 무슨 까닭으로 이 늙은 중을 보자고 하였는고?"
"아, 예. 소인 스님 문하에서 삭발 출가하여 수행자가 되고자 하

옵니다."
"무엇이라구? 삭발출가하겠다?"
"예, 스님. 그러하옵니다."
"아니, 그래. 삭발 출가하려고 천리도 넘는 길을 일부러 왔더란 말인가?"
"아, 저 그건 아니옵구요."
"허면 그건 또 무슨 소리던고?"
"아, 예. 사실은 소인 그동안 이 강화도에 2년 남짓 있었사옵니다."
"그러면 대체, 이 강화도에서 무슨 일을 하고 있었더란 말인가?"
"예, 저 그냥 글을 읽고 있었사옵니다."
"그냥 글을 읽고 있었더라?"
"예, 스님. 그러하옵니다."
천영 노스님은 알 수 없다는 듯 고개를 저으면서 다시 물었다.
"허면 과연 무슨 까닭으로 중이 되려고 그러는고?"
"예, 소인 평생토록 도를 닦으면서 살고자 해서이옵니다."
"하하하하, 평생토록 도를 닦으면서 살고싶다?"
"예, 스님 그러하옵니다. 허락하여 주십시오."
천영 노스님은 웃음을 거두고 근엄한 목소리로 다시 말했다.
"내 몇가지 물을 것이야."
"예, 스님."
"올해 나이는 대체 몇이나 되었는고?"

"예, 소인 올해 스물 아홉이옵니다."
"양친 부모님은 다 계시던가?"
"예, 아버님께서는 소인이 여섯살 적에 돌아가셨사옵고, 어머님께서는 3년전에 별세하셨사옵니다."
"……스물 아홉의 나이에, 양친 부모님은 다 돌아가셨다?"
"예, 그러하옵니다. 스님."
"허면, 처와 자식들은 어찌하고 삭발 출가하겠다는 말이던고?"
"아, 아니옵니다 스님. 소인 아직 혼례를 올린 일이 없사오니 처와 자식은 없사옵니다."
"처자식이 없다?"
"예, 스님."
"나이 삼십이 되도록 처자식이 없더란 말인가?"
"그러하옵니다, 스님."
"허면 대체 어찌해서 그 나이가 되도록 혼사를 치루지 아니했더란 말이던고?"

천영 노스님의 물음에 젊은 선비는 멍하니 허공만 바라볼 뿐 아무런 말을 하지 않았다.

어느 정도 시간이 흘렀을까, 천영 노스님께서 다시 물었다.
"어찌 대답이 없는가?"
"……예, 스님. 말씀 올리도록 하지요."
"말해보게. 무슨 곡절이던고?"
"예, 사실은 소인, 열 일곱에 사마시에 급제를 했고……."

"열 일곱살에 사마시에 급제를 했다?"
"예, 그리구 열 아홉에는 예부시에 장원급제를 했었사옵니다."
"허허, 아니 그러면 양과에 다 급제를 했더란 말인가?"
"예, 그러하옵니다."
"그래서 그 후로는 어찌 되었던고?"
"예, 소인 그동안 벼슬길에 올라 영가서기를 지내기도 했고, 사신으로 뽑혀 일본나라에도 갔었습지요."
"흐음, 그래서?"
"일본에 다녀온 이후에는 금직옥당에 들어갔으니……."
"금직옥당이라면 어명을 받들어 문서를 작성하는 부서가 아니던가?"
"그렇사옵니다, 스님."
"그래서, 어찌 되었던고?"
"약관의 나이에 벼슬길이 승승장구였으니 어찌 혼담이 없을 수 있었겠사옵니까?"
"흐음, 그랬을테지, 그래서 어찌 되었던고?"
"……예. 사실은 내노라하는 사대부집 따님과 정혼을 하게 되었습지요."
"그런데, 어찌해서 혼사를 치루지 아니했더란 말인고?"
"……몽고 오랑캐들이, 그 오랑캐들이 그 집에도 불을 질러 저와 정혼했던 낭자도 불에 타 숨지고 말았사옵니다."
"무엇이? 오랑캐들의 불에?"

선원사 법주 천영 노스님은 젊은 선비 위원개의 과거지사를 듣고는 한동안 말을 잊었다. 열 일곱살에 사마시에 급제하고, 열 아홉살에 예부시에 장원급제를 했으니, 요즘같으면 고등고시 양과에 합격한 셈이다. 아직 젊은 나이에 영가서기를 지냈고, 사신으로 뽑혀 일본에까지 다녀왔으며, 어명을 받들어 나라의 문서를 작성하는 금직옥당의 벼슬에까지 오른 스물 아홉살의 이 젊은이에게 몽고 오랑캐들의 만행이 천추에 씻지못할 여한으로 남게되었으니, 천영 노스님은 병란의 화를 다시 한번 한탄하였다.

풍경소리가 선원사 경내를 은은히 적셨다.

"그래서, 그 일을 겪은 뒤로는 혼인할 생각을 아니했더란 말인가?"

"혼사 뿐만이 아니였습지요. 세상만사 모두가 다 허망하게만 보여서 아무일도 하기가 싫어졌습니다, 스님."

"……그래서, 삭발출가할 결심을 하게 되었더란 말인가?"

"벼슬도 재물도 풀잎의 이슬이요, 부귀도 공명도 물위의 거품이거늘, 대장부가 이미 그것을 알고 어찌 쫓아갈 수 있었겠사옵니까?"

"허면 기어이 머리를 깎고 세속을 버리겠다는 말이신가?"

"소인의 부모님은 이미 돌아가셨고 며칠전 관직도 스스로 버렸으니 이미 세속을 벗어난 셈, 부디 스님 문하에서 삭발출가 하도록 거두어 주십시오."

천영 노스님은 한동안 조용히 있더니, 젊은 선비를 불렀다.

"이것 보시게."
"예, 스님."
"삭발출가하여 산문에 들어온다 하더라도 일구월심 부지런히 닦지 아니하면 무심한 세월만 허송해서 더 큰 허망함만 얻게 될 것이야."
"하오나, 스님. 결코 허송세월하는 일은 없을 것이옵니다."
"중되는 길도 험난하기 그지없으니, 먹고 자고 염불만 한다고 해서 다 사문이 아닌게야."
"예, 스님. 명심하겠사오니 부디 허락을 내려 주십시오."
천영 노스님은 빙그레 웃으면서, 말을 이었다.
"기왕 우리 선원사에 들어왔으니 며칠 푹 쉬면서 잘 생각해 보시게."
"하오시면 스님께서는……."
"객실 한칸 비워줄 것이니 며칠 쉬면서 다시 생각해보란 말일세."
"예, 스님. 하오나 소인의 결심은 이미 굳었사옵니다."
"허허! 이 사람, 쇠뿔은 단김에 빼라고 했지만 대장부는 신중을 기해야 하는 법! 어서 그만 나가 보시게!"
젊은 선비 위원개는 할 수 없이 스님 앞을 물러나왔다.
"위 선비님이라고 하셨습지요?"
문밖에서 기다리고 있던 동자승이 젊은 선비에게 말했다.
"아, 예. 스님."

"노스님께서 선비님께 객실을 비워드리라 하셨사옵니다."
"아, 예. 스님."
"자꾸 그렇게 스님, 스님 하지 마십시오. 소승 심히 민망하옵니다."
"말을 함부로 한다고 꾸짖지 않으셨습니까, 스님?"
"그래두 그게 아닙지요."
"그게 아니라니요. 스님?"
"옛말씀에 과공(過恭)은 비례(非禮)라 했으니, 지나친 공경은 예의에 어긋나는 법이지요."
"아, 예. 스님."
동자승은 갑자기 궁금하다는듯이 젊은 선비에게 물었다.
"하온데 선비님께서는 무슨 일로 우리 절에 머무시는지요?"
"아, 예. 그건 차차 아시게 되겠습니다만 우선 노스님 분부대로 며칠 쉴까 합니다."
동자승은 객실에 다다르자 방문을 열면서 말했다.
"바로 이 방이 선비님께서 쉬실 객실입니다."
"아, 예. 고맙습니다. 스님."
"그리고 해우소는 저기 저 모퉁이를 돌아가면 있으니 그리 아십시오."
"예에? 무엇이 저 모퉁이 돌아가면 있다고 그러셨는지요?"
"해우소 말씀입니다요."
"해우소라니요?"

"아이참, 선비님도 풀 해자, 근심 우자, 장소 소자, 해우소(解憂所)요."
"해우소가 무슨 말씀인지요?"
"에이참, 아 근심 걱정을 풀어버리는 곳이니 곧 뒷간을 이름이지요."
"예에?"
"우리 절 집안에서는 뒷간을 근심 걱정 풀어버리는 곳이라고 해서 해우소라고 부른답니다요."
"아, 예. 알겠사옵니다."
"우리 노스님께서는 늘 이렇게 이르십니다. '해우소에 가거든 마음속에 들어있는 근심 걱정 번뇌 망상까지 다 버리고 오너라!'"
"아, 예. 그래서 해우소라 부르는구먼요."
"우리 절 집안에서는요, 어묵동정 행주좌와(語默動靜 行走坐臥)가 다 수행이랍니다요."
"어묵동정……행……."
"어묵동정 행주좌와요."
무슨 말인지 도대체 모르겠다는 표정을 지으며 젊은 선비가 다시 물었다.
"어묵동정 행주좌와라 하시면……?"
"말하는 것, 말하지 아니 하는 것, 움직이는 것, 가만히 있는 것, 그리고 행동하고, 걷고, 앉고, 눕는 것, 이것이 모두 다 수행이다 그런 말씀이지요."

"아, 예."
"글쎄 뒷간에 가서도 근심 걱정 번뇌 망상을 버리라고 해우소라 하시니 어느 것 하나 수행 아닌 것이 없는 셈입지요, 뭐."
"아, 예. 듣고보니 모든 게 다 수행이로구먼요."
"먹는 것도 수행, 자는 것도 수행, 일거수 일투족이 다 수행이니 걸핏하면 주장자로 얻어 맞기가 십상이지요."
"얻어 맞는다니요?"
"법도에 어긋나면 여지없이 날아오는 게 주장자입니다요."
"아니, 그러시면 사미스님께서도 얻어 맞으신단 말씀이십니까?"
"사미구, 행자구, 법도에 어긋나면 용서가 없으십니다요. 글쎄 어떤 스님은 매맞기 지겨워서 중노릇 못하겠다고 달아난 일도 있는데요, 뭐...... 아이구, 이렇게 잔소리 늘어놓고 있는걸 노스님이 아시면 또 주장자 맞습니다요. 자, 그럼 편히 쉬고 계십시오."
동자승이 돌아간 뒤 젊은 선비 위원개는 선원사 객실에서 노스님이 부르시기만을 기다렸으나, 하루가 지나고 사흘이 지나도 선원사 법주 천영 노스님께서는 젊은 선비를 잊어버리기라도 한듯 통 부르지 않는 것이었다. 젊은 선비 위원개는 애가 닳았지만 섣불리 경거망동한다 하실까봐 꼼짝하지 않고 객실에만 들어앉아 있었다. 닷새가 지나서야 노스님이 이 젊은 선비를 다시 불렀다.
"그래, 그동안 잘 쉬었는가?"
"예, 스님."
"허면 대체 그동안 무슨 생각을 하면서 지냈던고?"

"예, 스님께서 불러주시기만을 고대하고 있었사옵니다."
"무슨 생각을 하고 있었느냐고 내가 물었네."
"아, 예. 이런 생각 저런 생각, 별의별 생각이 다 많았습니다."
"삭발 출가하면 그대의 일생이 어찌된다는 것도 생각해 보았는가?"
"예, 스님."
"조용한 산속에서 곱디고운 새소리나 들으면서 심심풀이 삼아 염불이나 흥얼거리고 살면 무릉도원이겠다 그런 생각도 해 보았겠지?"
"……예, 스님."
"할랑할랑 절 마당이나 왔다 갔다 하면서 심심하면 목탁치고, 졸리면 자고, 목마르면 석간수 마시고, 흥이 나면 시나 한 수 읊고, 청풍명월 벗삼아 한세상 사노라면 세상에 이렇게 늘어진 상팔자가 또 어디에 있을꼬…… 이런 생각도 해 보았겠지? 그런 생각 해보았는가, 아니했는가?"
"예, 스님. 솔직히 말씀드리오면 그런 생각을 많이 했사옵니다."
젊은 선비가 이렇게 답하자, 천영 노스님은 갑자기 주장자로 젊은 선비의 어깨를 딱 치는 것이었다.
"꿈에서 깨야 할 것이야."
"예에?"
"꿈에서 깨란 말이다!"
선원사 법주 천영 노스님이 느닷없이 한 방 내려치면서 꿈에서 깨라고 호통을 치자, 젊은 선비 위원개는 정신이 번쩍 드는 것이었다.
 경내에는 은은한 풍경소리만이 들려올뿐 고요한데, 천영 노스님의 호통 소리만이 쩌렁쩌렁 경내를 울렸다.
 "세상만사 귀찮으니 중이나 되자, 허망한 꼴 보기 싫으니 중이나 되자, 벼슬도 못하고 출세도 못하니 중이나 되자, 뼈 빠지게 일하고 농사를 지어봤자 허구헌날 배만 곯으니 에라 이놈의 세상 머리 깎고 들어가 중이나 되자, 머리를 깎고 중이 되기만하면 목탁이나 치고 염불만 하면 일하지 아니해도 먹고 살 것이요, 땀 흘리지 아니해도 입을 것이요, 세상만사 나 몰라라 무엇이 걱정이냐, 다들 그렇게 생각들 하고 있어."
 "……잘못되었사옵니다, 스님. 하오나 소인 결코 편하게 살자고 삭발출가를 결심한 것은 아니옵니다."
 "삭발출가하면 배불리 먹을 생각을 버려야 할 것이야."
 "예, 스님."
 "삭발출가하면 따뜻하게 입을 생각을 버려야 할 것이야."
 "예, 스님."
 "삭발출가하면 편히 지낼 생각은 꿈도 꾸어서는 아니될 것이야."
 "예, 스님."
 "삭발 출가하면 제때에 잠잘 생각도 버려야 할 것이야."
 "예, 스님."
 "삭발출가하면 벼슬할 생각을 버려야 할 것이며, 재물 모을 생각

은 버려야 할것이야."
"예, 스님."
"삭발출가하면 나를 위해 살 생각은 버려야 할 것이니, 만일 배고픈 호랑이를 만나면 내 몸을 내주어 호랑이를 구할지언정 결코 내 목숨을 살리려 해서는 아니될 것이야."
"예, 스님."
"그런 각오를 천번 만번 했다고 하더라도 도를 닦지 아니하고 대장부 일대사를 요달하지 못하면 그것은 중생들에게 큰 죄를 짓는 것이니 세세생생 지옥고를 면치 못하는 법!"
"예, 스님. 명심하겠습니다."
"그대는 과연 삭발출가하여 도를 닦다가 굶어죽어도 여한이 없겠는가?"
"……예, 스님. 여한이 없겠습니다."
"그대는 과연 삭발출가하여 도를 닦다가 얼어죽어도 여한이 없겠는가?"
"예, 스님. 여한이 없겠습니다."
"다시 한번 물을 것이다. 그대는 과연 삭발출가하여 도를 닦다가 그대로 쓰러져 죽어도 여한이 없겠는가?"
"예, 스님. 결코 여한이 없겠사옵니다. 부디 스님 문하에 거두어 주십시오."
젊은 선비의 생각에 변함이 없음을 안 천영 노스님은 동자승을 불렀다.

"이것 보아라. 밖에 시우사미 게 있느냐?"
"예, 소승 여기 있사옵니다 스님. 분부 내리십시오."
"내 이 아이 머리를 잘라줄 것이니 지금 당장 삭도를 가져오너라."
"예? 삭도를 가져오라구요, 스님?"
"무엇을 되묻고 그러는고? 어서 냉큼 삭도를 가져오라는데두?"
"예, 스님. 분부대로 하겠사옵니다."
 선원사 법주 천영 노스님께서는 이날 젊은 선비 위원개의 머리를 손수 깎아 주고 법당에 세워 사미십계를 내리신 뒤에 법명을 지어주었다.
"너는 이제 부모님과 영가께 마지막 인사를 세 번 올려야 할 것이니라."
"예, 스님."
"목탁소리에 맞추어 절을 올려야 할 것이다."
"예, 스님."
 젊은 선비는 천영스님의 목탁소리에 따라 절을 올리기 시작했다.
"지금 올리는 첫번째 절은 부모님께서 나를 낳아주신 은혜에 감사드리는 절이요, 두번째 올리는 절은 나를 키워주신 은혜에 감사드리는 절이며, 마지막으로 올리는 세번째 절은 나를 가르쳐 주신 은혜에 감사드리는 절이니라……. 그래, 너는 이제 명실공히 부처님의 제자가 되었으니 법명은 법 법자, 굳셀 환자 법환(法桓)이라

할 것이다. 이것 보아라, 법환아—"
"예, 스님."
"내가 불렀고, 네가 대답했으니 이제부터 너는 법환이가 되었느니라."
"예, 스님. 이 은혜 결코 잊지 아니할 것이옵니다."
전라도 정안현, 지금의 전라남도 장흥군에서 태어나 아홉 살적부터 글공부를 시작하여 열 다섯이 되기전에 사서삼경을 이미 배워 마치고 선현들의 싯귀까지 줄줄 암송하여 어른들을 놀라게 했던 위원개. 열 일곱에 사마시에 급제하고, 열 아홉에는 예부시에 장원급제하여 승승장구 벼슬길이 금직옥당에 올랐던 젊은 선비 위원개는 스물 아홉의 나이에 강화도 선원사에서 천영 법주를 은사로 삭발출가하였으니 이제 세속의 선비 위원개는 사라지고, 출가 사문 법환이 되어 험난한 수행자의 길을 걷게 되었다.

2
마음이 곧 주인

경내에는 은은히 독경소리가 이어지고 있었다.
하루는 법환이 은사 스님이신 천영 노스님의 부르심을 받고 노스님의 방으로 갔다.
"부르셨사옵니까? 스님, 법환이옵니다."
"으음, 그래. 거기 좀 앉거라."
"예, 스님."
"너는 그동안 세속에 있었을 적에 경서를 많이 보았으렷다."
"예, 스님. 조금 보았사옵니다."
"허나 산문에 들어오면 세속에서 한 공부는 소용이 없음이니, 너는 그동안 쌓은 알음알이를 버려야 할 것이야."
"하오시면 그동안 배운 바를 아는척해서는 안된다는 말씀이시온지요?"
"그야 어디서나 언제나 세치도 아니되는 지식을 아는척 하고, 자

랑하려들면 그것은 어리석은 짓이니 삼가야 할 것이다."
 "예, 스님."
 "알음알이를 버리라 함은 빈그릇이 되라 함이니, 그릇에 잡곡이 들어있으면 쌀을 담고자해도 담을 수 없는 까닭이니라."
 "예, 스님. 명심하겠습니다."
 천영 노스님은 법환에게 경책을 건네주며 말씀하셨다.
 "이 경책은 처음 불문에 들어온 사람이면 누구나 필히 보아 마음속에 간직해야 할 것이니 마음 정결히 하고 보아두어야 할 것이다."
 "예, 스님. 열심히 보겠습니다."
 "그리구, 그 경책에도 소상히 쓰여 있을 것이다마는, 사찰에는 사찰의 법도가 있고, 규칙이 있으니 일거수 일투족이 사찰의 법도에 어긋나지 아니하도록 각별히 유념해야 할 것이며, 비록 나이 어린 사미라 해도, 먼저 불문에 들어왔으면 존중해야 할 것이니, 옛부터 이르시기를 모르는 것은 여든 먹은 노인도 세 살 먹은 아이에게서 배운다 하였으니 조금도 부끄러워말고 먼저 출가한 사미나 비구에게서 배울 것이며, 시우사미가 시키는대로 허드렛일부터 시작해야 할 것이다."
 "예, 스님 분부대로 거행하겠사옵니다."

 법환은 아직 나이어린 동자승 시우사미가 시키는대로 공양간에 들어가 이것저것 공양간 살림살이를 안내받았다. 그리고는 시우사미가 쇠북치는 것을 부러운 눈으로 바라보았다. 시우사미는 쇠북을 몇번 더 치고는 법환에게 일러주는 것이었다.
"공양시각을 알리거나, 대중들을 한자리에 모이게 할때, 바로 이 쇠북을 치는 것이지요."
"아, 예. 스님."
그러자 시우사미는 손을 휘저으며 말했다.
"아이구 참, 이제는 그렇게 소승더러 스님, 스님 하시면 아니되십니다요."
"아니 그러면 어찌해야 된다는 말이시오?"
"아이구 참, 이제 그렇게 소승에게 존댓말씀을 하셔도 아니 됩지요."
"아니 그러면……."
"소승이 비록 불문에는 먼저 들어왔으나 법환스님께서 연상이시니 사형으로 모실 것이옵니다요."
"사형이라면?"
"에이 참, 법환스님이 형님이 되시고 소승이 아우가 된다는 말씀이지요. 앞으로 부지런히 배우셔야겠습니다요. 하하하—"
"그, 그래야겠구먼. 하하하—"
일찍이 과거시험에 급제하여 벼슬까지 살았던 법환이었지만, 나이 스물 아홉 살에야 삭발출가를 했으니 불가에서는 말 그대로 늦깎이에 초발심자(初發心者), 불교경전에 관해서는 말할 것도 없고 절 집안 살림살이조차도 서툴기 그지 없었다.

하늘은 맑고 경내에는 새들이 한가이 우짖는 어느날이었다. 시우사미가 법환을 불렀다.
"자, 법환스님, 여기 이 바위에 앉도록 하십시오."
"여기서 잠시 쉬자는 말씀이신가?"
"에이 참, 법환스님두…… 출가수행자에게 쉬는 때가 어디 있습니까요?"
시우사미는 짐짓 천영 노스님의 흉내를 내며 말했다.
"촌시 촌각도 아까운 것이니, 촌음을 아껴 항시 공부를 해야 하느니라."
법환은 허허 웃으면서 시우사미에게 물었다.
"그래, 무슨 공부를 하자는 말이신가?"
"법환스님은 사미십계는 다 배워 마치셨습니까요?"
"으음, 우선 그것부터 배워야 한다 하시기에 소상히 봐두었네."
"하오면 어디 소승이 한번 여쭈어 볼까요?"
"무엇을 물으시겠다는 겐가?"
"법환스님께서 과연 공부를 제대로 잘 하셨는지 그점을 한번 가늠해 보겠다, 그런 말씀이지요."
"그래, 어디 한번 물어보시게."
"사미십계 가운데서 세번째 계는 과연 무엇이던가요?"
"세번째 계는 불음계일세."
"하오면 불음계는 과연 무엇을 금하라 하셨는지요?"
"불음계는 말 그대로 음행을 하지 말라이니, 세속에 살고있는 거

사나 보살들은 삿된 음행을 금하면 될 것이나, 출가수행자는 모름지기 음행 그 자체를 엄히 금해야 한다 하셨네."
 "하오면 사미십계 가운데서 다섯번째 계는 과연 무엇이던가요?"
 "다섯번째 계는 불음주이니, 결코 술을 마시지 말라 말씀하셨네."
 "그럼 과일로 담근 술은 마셔도 괜찮다 하셨던가요?"
 "아니될 말씀이네. 술에는 곡식으로 담근 술, 열매로 담근 술, 잎과 뿌리로 담근 술 등 여러가지가 있으나, 무릇 출가수행자는 어떠한 술도 마셔서는 아니된다 하셨네."
 "하오나 소승이 알기로는 술을 마셔도 괜찮은 경우가 있는데요, 과연 어떤 경우에 마셔도 괜찮다 하셨는지요?"
 "오직 한가지 경우, 만일 어떤 수행자가 중병에 걸려 술이 아니면 고치기 어려울 적에, 약으로 쓸 수는 있다고 하셨네. 허나, 비록 중병에 걸려 술을 약으로 마셔야 할 경우에도 반드시 스님께 미리 말씀드려 허락을 얻은 연후에야 마시라 하셨네."
 "하오시면 마시지는 아니하고 술냄새는 맡아도 괜찮은지요?"
 "아니될 말씀이네. 무릇 출가 수행자는 결코 한 방울의 술도 입에 대서는 아니될 것이며 심지어는 술냄새를 맡지도 말 것이요, 술집에 머물지도 말 것이며, 남에게 술을 먹이지도 말라고 하셨네."
 "소승 과연 놀라울 뿐이옵니다."
 "무슨……말씀이신가?"

"법환스님께서는 일자, 일획도 놓치지 아니하셨으니, 노스님께서도 흡족해 하실 것이옵니다."

"면전에서 이렇듯 과찬을 하시면 내가 듣기 민망하지 아니한가?"

"아이구 아니옵니다, 진심이옵니다. 다만……"

"다만 무어라는 말씀이신가?"

"사미십계만 익혀가지고는 노스님의 주장자를 면키 어려울 것이니 사미가 갖춰야 할 법도를 속히 익혀두도록 하십시오."

"큰스님 공경하는 법, 스님 시봉드는 법, 스님을 모시고 다니는 법, 그것들을 다 익히라는 말씀이신가?"

"사미로서 익히고 지켜야 할 법도가 수백가지이니 그 법도를 몸에 익히기 전에는 다른 공부를 가르쳐 주시지 아니하실 것입니다요."

"알았네. 사미가 지켜야 할 법도가 제 아무리 많다고 해도 내 반드시 몸에 익혀 지켜나갈 것이네."

"부지런히 익히십시오. 석 달이 지나도록 다 익히지 못하시면 노스님께서 주장자로 두들겨 내 쫓으실 것이옵니다."

세속에 사는 우리들이 보기에는 스님들은 그저 목탁이나 치시고 염불하시고 참선수행이나 하시면서 편하게만 지내시는 것 같지만, 알고보면 한분의 스님이 된다는 것이 얼마나 까다롭고 복잡하고 고달프고 괴로운 것인지, 세속에 사는 사람들은 짐작하기조차 힘들다.

그로부터 한달이 지났을까, 천영 노스님이 드디어 법환을 불렀다.
"네가 이 선원사 밥을 먹은 지가 얼마나 되었던고?"
"예, 이제 한달 이틀이 되었나 하옵니다."
"허면 밥값은 제대로 하고 있었느냐?"
"땔나무를 해오고 불을 지피고, 시키는대로 해오고 있사옵니다."
"땔나무를 해오고 불을 지피고, 시킨대로 하고 있다?"
"예, 스님. 그러하옵니다."
천영 노스님은 갑자기 주장자로 법환스님을 딱 내리쳤다. 법환스님은 흠칫 놀라서 노스님을 쳐다보았다.
"대답해 보아라. 너는 이 선원사에 머슴살이를 하러 왔더냐?"
"아, 아니옵니다. 스님."
"허면 대체 무엇하러 온 물건이던고?"
"예, 스님. 소승 불도를 닦고자 왔사옵니다."
"헌데, 불도를 닦고자 왔다는 물건이 겨우 한다는 짓이 땔나무 해오고, 불지피는 것이더냐?"
"아, 아니옵니다, 스님. 땔나무를 해오는 것도 곧 수행이요, 아궁이에 불 지피는 것도 수행인줄 아옵니다."
"정녕 그러하더냐?"
"예, 스님. 그러하옵니다."
"머슴살이 하는 것은 밥값을 하는 것이 아니다."
"예, 스님."

"도닦는 공부를 해야 비로소 밥값을 하는 것이야."
"예, 스님. 명심하고 있사옵니다."
"허면 내가 다시 물을 것이니라. 그동안 밥값을 제대로 했느냐?"
"예, 스님. 부지런히 닦아오고 있사옵니다."
"허면 어디 한번 점검을 해보자."
"……예, 스님."
"스승 공경은 대체 어찌하라 일렀던고?"
"예, 큰스님 법명을 함부로 부르지 못한다 하셨사옵니다."
"그 다음에는 또 무어라 이르셨더냐?"
"예, 큰스님께서 계율을 말씀하실 적에 엿듣지 말라 하셨사옵니다."
"그 다음에는 또 무엇을 금하라 하셨던고?"
"예, 여기저기 돌아다니면서 큰스님의 허물을 말하지 못한다 하셨사옵니다."
"허면 큰스님이 지나가시면 어찌하라 했던고?"
"예, 큰스님께서 지나가시면 앉아있다가도 반드시 일어나 예를 갖추어야 한다 하셨사옵니다."
"그러면 큰스님이 오셨을 적에 일어나지 아니해도 괜찮은 경우는 어떤 경우던고?"
"독경하고 있을 적에는 큰스님이 오시더라도 일어나지 아니해도 괜찮다 하셨사옵니다."
"또 있을 것이니라."

"예, 병들어 누워있을 적에는 일어나지 아니해도 괜찮다 하셨사옵니다."
"또 다른 경우는 없더란 말이냐?"
"아, 예. 공양을 먹을적에, 삭발하고 있을 적에, 그리고 운력할 적에는 일어나지 아니해도 괜찮다 하셨사옵니다."
"그래, 이것이 우리 불가의 근본 법도이니, 아랫사람이 어른스님을 공경하는 법이요, 윗스님이 아랫사람을 아끼는 법이다."
"예, 스님."
"요 다음에는 막힘이 없어야 할 것이니 만일 어기면 30방을 내리칠 것이니라."
"예, 스님. 명심하겠사옵니다."
세속에 있었을 적에는 스무 살도 되기 전에 과거시험에 두 번이나 급제하였고, 사서삼경을 눈감고도 외우던 법환이었지만 사미승이 지켜야할 법도를 외우고 익히기란 참으로 과거시험을 준비하는 것보다도 더 어려웠다.
법환이 노스님의 방을 나오자, 밖에서 기다리던 시우사미가 물었다.
"그래 오늘 노스님께서는 무엇을 물으시던지요?"
"큰스님 공경하는 법을 물으셨네."
"하오면 사형께서는 제대로 대답을 해올리셨는지요?"
"두어번 더듬거렸다가 혼줄이 났네."
"그래도 대답을 해올리셨기 망정이지 영 대답을 해올리지 못했

더라면 주장자가 30방입니다요."
 "그렇지 아니해도 요 다음에 또 더듬거리면 주장자가 30방이라고 미리 다짐하셨네."
 "그러기에 미리미리 공부를 해두셔야 합니다요."
 "다음에는 또 무엇을 물어오실지 짐작도 할 수가 없으니……"
 "차례차례 다 외우시고 익히셔야 하옵니다요. 우리 노스님께서는 여기를 물으셨다가 저기를 물으셨다가 정신을 못차리게 하시니 말씀입니다요."
 "그래서 경책을 부지런히 보고는 있네만 웬 사미법도가 그리도 까다로운지……"
 "하오시면 스님 시봉 드는 법은 다 익히셨는지요?"
 "스님 시봉 드는 법? 아, 그건 여러번 봤네만……."

 스님이 일어나시기 전에 먼저 일어나야 할 것이며, 스님의 방에 들어가려면 먼저 손가락을 세 번 튕겨 인기척을 내야 할 것이며, 잘못을 저질러 어른 스님이 꾸짖거나 훈계하실 적에는 공손한 언행으로 꾸짖음을 들어야 할 것이다. 화상이나 아사리 스님 대하기를 부처님 대하듯 해야 할 것이며, 스님께서 더러운 그릇을 비워오라 분부하시면 더러운 그릇을 받아들었더라도 결코 침을 뱉지 못하고, 스님께서 좌선하고 계시거나 경행하고 계시면 절을 하지 말며, 스님께서 공양을 들고 계실 적이나 설법하실 적에, 양치하실 적에, 그리고 목욕을 하시거나 누워계실 적에는 절하지 말며, 스님께서 방안에 계시면서 문을 닫으셨을 적에는 문밖에서 절을 해서는 아니된다.
　스님께 음식을 올릴 적에는 그릇을 두 손으로 받들어 올릴 것이요, 스님께서 음식을 다 잡수셨거든 조심해서 빈그릇을 거두어야 하며, 스님을 모실 적에는 결코 스님과 마주보고 서지 못하며, 스님보다 높은 곳에 서지 못하며, 너무 멀리 떨어져 서지 못하니, 이는 스님이 작은 소리로 말씀을 하셔도 알아들을 자리에 서있어야 한다는 것이며, 스님이 말씀을 끝내시기 전에 말해서는 아니되며, 스님께서 말씀하시는 도중에 자리를 떠서도 아니된다. 장난삼아 스님의 자리에 앉아서는 아니될 것이며, 스님의 평상에 누워서는 아니될 것이요, 스님의 옷이나 삿갓을 입거나 쓰지 못한다.

　스님 시봉하는 법에는 그밖에도 또 수백가지가 더 있었으니, 법환은 어디서 막힐지 그것이 걱정이었다.
　하루는 시우사미가 달려왔다.
　"스님, 노스님께서 부르십니다요."
　"어, 그래. 알았네."
　"하온데 스님, 오늘은 정신을 단단히 차리셔야 할 것 같사옵니요."
　"그건 또 무슨 말이신가?"
　"조금 전 두 명의 사미승들이 주장자 30방씩을 맞고 나왔답니요."

"30방씩이나?"
"예에."
"……알았네. 내 그럼 다녀옴세."
이윽고 선원사 법주이신 천영 노스님 앞에 공손히 꿇어 앉은 법환은 노스님께서 하문하시기만을 기다리고 있었다.
"이것 보아라."
"예, 스님."
"내 오늘 강화 성안에 들어갔다 왔느니라."
"……예, 스님."
"들어갈 적 나올 적에 굶주리는 백성들을 수없이 보았구나."
"아, 예. 스님."
"상구보리 하화중생이라, 위로는 부처님의 진리를 깨닫고 아래로는 가엾은 중생을 제도하겠다, 서원하고 출가한 우리들이거늘— 닦아야 할 도는 닦지 아니하고 제도해야 할 중생도 제도하지 아니하면서 아까운 양식만 축내고 있다면 이 일을 대체 무어라 할 것이던고?"
"예, 스님. 그것은 부처님과 시주님들께 큰 죄를 짓는 일이라 할 것이옵니다."
"일구월심 공부하지 아니하고, 지극정성 도 닦지 아니하는 자는 죽 한 끼, 밥 한 술도 먹이지 아니할 것이니 각오를 단단히 해야 할 것이야."
"……예, 스님. 명심하겠습니다."

"내 이제는 공부해라, 도닦아라, 말도 하지 아니할 것이다. 게으른 자는 모두 내쫓아 차라리 논밭에 나가 농사를 짓게 할 것이다."
"……예, 스님. 명심하겠습니다."
"허면 내 오늘 네 공부를 점검하기 전에 다짐부터 받아야겠으니, 너는 오늘 대답을 제대로 못하면 30방망이를 맞아야 할 것이요, 이 선원사에서도 쫓겨날 것이니라!"
"……예, 스님."
법환은 노스님 앞에 두 무릎을 꿇은채 합장하고 앉아 있었다.
"우리 불가에서는 무릇 모든 수행자들이 지켜야할 법도를 세세히 다 정해 놓았다. 무릇 출가수행자라고 하면 부처님께서 이르신 계율을 엄히 지켜야 함은 물론이거니와 말하고, 걷고, 앉고, 눕고, 먹는 것에 이르기까지 어느 것 하나 수행 아님이 없으니 행주좌와 어묵동정, 일거수 일투족이 모두 불가의 법도에 합치해야 할 것이다."
"예, 스님. 명심하고 있사옵니다."
"허면 경책에 일러놓은 불가의 법도를 물을 것이야."
"예, 스님."
"내가 준 경책에는 밥먹는 법, 목욕하는 법, 걸식하는 법이 소상히 다 정해져 있었느니라. 허면 해우소에 가는 법에는 과연 어찌하라 이르셨던고?"
"예. 해우소에 가는 법은 곧 뒷간에 가는 법이니 해우소에는 반드시 미리미리 갈 것이요, 오래 참고 견디다가 다급한 지경이 되

어서 가면 안된다 하셨사옵니다."

"그 다음에는 또 무어라 이르셨던고?"

"예. 해우소에 들어가면 장삼을 벗어서 횃대에 걸고, 수건이나 허리끈으로 매두어야 한다 이르셨사옵니다. 횃대에 장삼을 걸어두는 것은 안에 사람이 있음을 표시하는 것이요, 장삼을 수건이나 허리끈으로 묶어두는 것은 장삼이 바닥으로 떨어지는 것을 막고자 함이옵니다."

"허면 해우소에 갈 적에는 무슨 신발을 신으라 하였더냐?"

"예. 해우소에 갈 적에는 반드시 신발을 바꾸어 신어야 하나니, 법당에 오르는 깨끗한 신발을 신고는 해우소에 가지 못한다 하셨사옵니다."

"해우소에 당도하여 안에 들어가기 전에는 어찌하라 하였는고?"

"예. 횃대에 장삼이 걸려있는지를 미리 살펴볼 것이요, 손가락을 세 번 튕겨 미리 인기척을 내야한다 이르셨사옵니다."

"해우소에 앉게되면 어찌하라 하셨는고?"

"예. 해우소에 앉아서는 마음속으로 게송을 외우라 하셨습니다."

"무슨 게송을 외우라 하셨더냐?"

"예. 이 세상 '모든 중생과 더불어 탐진치 삼독을 버리고 온갖 번뇌망상도 함께 버릴지어다'를 염송하라 하셨사옵니다."

"해우소에 들어가서 해서는 아니될 일은 과연 무엇무엇이더냐?"

"예. 힘쓰는 소리를 내서는 아니될 것이며, 벽에 글자를 쓰거나 그림을 그려서는 아니될 것이며, 옆칸 사람과 말을 나누어서는 아니될 것이요, 침을 뱉어서도 아니될 것이며, 볼일을 마치고 나올 적에는 걸어가면서 허리끈을 매어서는 아니된다 하셨사옵니다."
 "그래— 허면 해우소를 나온 뒤에는 또 어찌하라 하셨던고?"
 "예. 반드시 물로 손을 씻어야 할 것이요, 손을 씻기 전에는 결코 다른 물건을 만지지 못한다 하셨사옵니다."
 "허면 물로 손을 씻을 적에는 어찌하라 하셨더냐?"
 "예. 손을 물에 씻을 적에는 반드시 게송을 외워야 할 것이니 '깨끗한 물로 이 손을 씻사오니 모든 중생들과 더불어 정결한 손을 얻어 부처님 법을 받들게 하옵소서. 옴 주가라야 사바하. 옴 주가라야 사바하. 옴 주가라야 사바하.'"
 "그래, 그만하면 구석구석 소상히 잘 익혔다 할 것이다. 허나 세속 학문이 깊고 넓다고 해서 아만심을 가져서는 아니될 것이니, 해우소에 가는 법을 잘 외웠다고 해서 밥값을 다 했다고는 말할 수 없다."
 "예, 스님. 명심하겠습니다."
 "일찍이 부처님께서도 경계하셨느니라. 경책만 달달 외우고 실천하지 아니하면 아무 소용이 없다구 말이다."
 "예, 스님. 명심하여 실행토록 하겠사옵니다."
 "사미가 지켜야 할 법도는 아직도 많이 남아 있으니 앞으로 한 달을 기한하여 한자 한구도 빠뜨림 없이 몸에 익히도록 할 것이요, 만일 한달 후에도 다 익히지 못하면 차라리 속퇴하여 농사를 짓는 것이 나을 것이니라."

"예, 스님. 부지런히 배워 몸에 익히도록 하겠사옵니다."

이렇듯 뒷간에 한번 가는데도 규범이 있으니 들어가서도 게송을 염송하고, 나와서 손을 씻으면서도 게송을 외워 다짐하며 불도를 닦는 것이 스님들의 하루하루이니, 스님되는 길이 녹녹치 않음을 알 수 있다.

그렇지만, 법환은 강화도 선원사에서 한가지 또 한가지 사미승이 익히고 지켜야 할 규범들을 부지런히 배워나가고 있었다.

하루는 시우사미가 수각가에서 채소를 씻으면서 법환에게 말했다.

"자, 보십시오. 채소는 바로 이 수각가에서 씻어야 하는데요, 소임사는 법을 보셨지요?"

"으음, 보았네."

"소임사는 법에 채소는 어떻게 씻으라 하였던가요?"

"채소를 씻을 적에는 물을 세 번 갈아야 한다 그렇게 이르셨네."

"하오나 이렇게 흐르는 물로 채소를 씻을 적에는 세 번 물을 갈 필요는 없구요, 그대신 세 번 네 번은 씻어야 합니다요."

"허면 세 번 이상 씻으라고 하는데는 다 그만한 까닭이 있을 것 아니겠는가?"

"그야 그렇습지요, 우리 불가에서 정해놓은 규범에는 모두 합당한 까닭이 다 들어 있습니다요."

"그러면 대체 어찌해서 채소는 세 번 이상 씻으라고 하셨단 말이신가?"

"예, 소승이 말씀 드릴 것이니 과연 맞는지 틀린지 헤아려 보십시오."
"어서 말씀해 보시게."
"자, 보십시오."
시우사미는 물에 채소를 씻으면서 법환스님을 쳐다보며 말했다.
"이렇게 채소를 처음 씻게 되면 채소에 묻어있던 흙이며 검불이 씻겨지게 되구요—."
"으음, 그렇구먼—."
"이렇게 한 번 씻은 채소를 다시 한 번 씻게되면, 채소에 달라붙어 있던 벌레가 씻겨져 나가구요—."
"그리구 세번째 씻으면?"
"세번째 다시 씻으면 그때에는 채소에 달라붙어 있던 벌레의 알이 씻겨져 나간다 그런 말씀입지요."
"허— 그러니까 한두번만 씻어 가지고는 아니된다 그런 말씀이로구먼?"
"하온데, 스님?"
"왜 그러시는가?"
"소승, 사미승이 지켜야 할 법도를 배우면서 생각해 보았는데요. 어느 스님이 정해 놓으셨는지 정말 시시콜콜 소상히도 정해 놓으셨다 하고 원망을 했었지요."
"원망을 했었다니?"
"배우고 외우고 익혀야 할 것이 한두 가지라야 말이지요. 아 글

쎄 소임사는 법만 해도 그렇습지요. 물건을 아껴라, 채소는 깨끗이 씻어라, 책임자의 명을 어기지 마라. 아, 이렇게 서너가지만 정했어도 될 것을, 미주알 고주알 시시콜콜 정해 놓았으니 어휴, 소승 그거 다 외우느라구 밤잠 설친 게 하루 이틀이 아니었습니다요."

"글쎄, 세세하게 정해놓으신 게 많긴 많네만은 그렇게 소상하게 낱낱이 일러 놓으셨으니, 불가의 법도가 바로 서는 것이 아니겠는가?"

"그건 그렇습지요마는, 물 길을 적에는 손부터 씻어라, 음식을 만들 적에 손톱 밑에 때가 끼어 있으면 아니된다, 구정물 버릴 적에 길에다 버리면 못쓴다. 뜨거운 물을 땅에 버리지 마라—하지 말라는 게 끝도 한도 없으니 원……."

"아참, 그런데 말일세. 뜨거운 물을 땅에 버리지 말라고 하신 까닭은 대체 무엇이던가?"

"뜨거운 물을 땅에 버리면 땅속에 있는 미물들이 죽을 것이니 식혀서 버리라는 겁니다요."

"땅속에 있는 미물들?"

법환스님은 그동안 무수히 많은 책들을 읽어왔지만, 땅속에 있는 미물들까지 헤아리고 걱정해 주는 가르침은 일찍이 들어본 적이 없었으니, 이 자비로운 불가의 법도는 법환에게 충격으로 다가왔다.

"아니, 스님? 어찌 그리 놀라시옵니까요?"

"아, 아닐세. 그러니까 땅속에 사는 미물들이라면 지렁이나 땅강

아지나 굼벵이, 그런 것들 아니겠는가?"
 "땅속에 집을 짓고 사는 미물 가운데는 개미도 있지요."
 "오 참, 그렇구먼. 그러니까 그 하찮은 땅속의 벌레들이 뜨거운 물에 상하게 될까봐, 뜨거운 물은 반드시 식힌 연후에 버리라고 하셨단 말이지?"
 "어디 뜨거운 물 뿐이옵니까요? 썩은 나무를 아궁이에 넣지 못한다 함도 섞은 나무에 집을 짓고 사는 벌레들을 죽이지 말라는 뜻이구요."
 법환은 고개를 끄덕이고는, 놀라운 표정을 지으며 시우사미를 쳐다보는 것이었다.
 "그러니까 썩은 나무를 아궁이에 넣지 말라고 이르신 것도 벌레들의 목숨을 죽여서는 아니된다는 뜻이로구먼?"
 "또 있습니다요. 등불을 들고 밖으로 나올 적에는 반드시 등피를 씌워야 한다고 이르셨습지요."
 "오, 그래. 그렇게 이르셨지."
 "그것도 다 벌레들이 등불을 보기만 하면 무작정 덤벼들어 불에 타 죽으니, 그래서 반드시 등피를 씌우라고 한 것입니다요."
 "오, 그랬었구먼. 땅속에 사는 벌레, 썩은 나무둥치에 사는 벌레, 그리고 날아다니는 벌레, 그 하찮은 벌레들의 목숨까지도 보살피기 위해서 그런 법도를 정하셨단 말이지……."
 "부처님께서는 그러셨답니다요. 이 세상 모든 만물은 다 부처님 성품이 있으니 목숨있는 것은 다 귀하다구요."

"그래, 그러셨구먼. 그전에도 부처님이 자비로운 분이시라는 말은 들었지만 과연 부처님의 자비로우심이 이토록 깊고 넓으신줄은 짐작도 못했었네."

"에이참, 스님두—아, 소임사는 법을 자세히 배우지 아니하셨군요?"

"소임사는 법을 자세히 배우지 아니했다니?"

"소임사는 법 끄트머리를 보시면 이렇게 쓰여 있습니다요. '속옷을 빨 적에는 먼저 속옷에 붙어있는 이를 잡아 멀리 버린 후에 빨아야 하느니라.'"

"아니, 그러면 사람의 피를 빨아먹고 사는 이도 죽이지 말라고 하셨단 말이던가?"

"살생하지 말라는 게 사미십계의 첫번째 계율이 아닙니까요?"

법환은 정말 불문에 들어오기를 백번 천번 잘했다는 생각을 하게 되었다. 몽고병란에 수많은 사람들의 목숨을 잃은 것도 한탄스러운 일이었지만, 똑같은 이나라 백성, 똑같은 벼슬아치들 사이에서도 서로 모함하고 이간질하고 고자질하여 참수를 당하게 하고 귀양을 보내며, 심지어는 권세싸움으로 상대방을 잡아다 바다에 빠뜨려 죽이는 일이 다반사였는데, 바로 이 불가에서는 하찮은 벌레들까지 그 목숨을 귀히 여겨 보살피고 있으니, 이보다 더 좋은 법이 어디에 있겠느냐 싶었던 것이다.

먼 산에서 뻐꾸기 우는 소리가 들렸다.

하루는, 시우사미가 급하게 달려와서는 법환스님을 불렀다.
"노스님께서 부르십니다요."
법환스님은 천영 노스님의 방으로 갔다.
"스님, 부르셨사옵니까, 법환이옵니다."
"그래, 거기 좀 앉거라."
"예, 스님."
"그래, 네가 이 선원사 밥을 먹은 지가 얼마나 되었는고?"
"예, 오늘로 꼭 석달 열흘이 되었는가 하옵니다."
"그래. 허면 그동안 절 살림은 어지간히 몸에 익혔으렷다?"
"예, 스님. 하오나 소승 아직 서툴고 모자란 점이 많은 줄로 아옵니다."
"그러면 내 오늘 한가지 물을 것이야."
"예, 스님."
"경에 이르시기를 '무슨일이나 제멋대로 하지 말라.' 하셨느니라."
"예, 스님. 그러하옵니다."
"허면 대체 무엇을 제멋대로 하지 말라 이르셨던고?"
"예, 어디를 가건 갈적에는 반드시 스님께 미리 말씀드려 허락을 받은 연후에야 갈 것이오, 다녀온 후에는 반드시 스님께 다녀왔음을 고해야 한다고 이르셨습니다. 그리고, 새로 옷을 지으려면 반드시 스님께 여쭈어 허락을 얻은 연후에 지을 것이며, 새 옷을 입으려면 반드시 스님께 미리 여쭈어 허락을 얻은 연후에야 입을 수

있다 하셨사옵니다."

"허면, 다른 일은 또 어찌 하라 이르셨던고?"

"예, 머리가 길어 깎을 때가 되었으면 미리 스님께 여쭈어 허락을 받은 연후에 깎아야 할 것이며, 만일 몸에 병이 들어 약을 쓰고자 하거든 미리 스님께 여쭈어 허락을 얻은 연후에 약을 써야 할 것이요, 운력을 하고자 하거든 미리 스님께 여쭈어 허락을 얻은 연후에 운력에 나서야 하다 이르셨사옵니다."

천영 노스님은 입가에 미소를 지으시면서 다시 물었다.

"그래, 운력은 그렇다치고―다른 일은 또 어찌하라 일렀더냐?"

"예, 사사로이 붓이나 먹이나 종이를 사려고 하면 반드시 스님께 여쭈어 허락을 받은 연후에 사야한다 하셨습니다."

"그러면 경을 읽고자 할 적에는 어찌해야 한다고 이르셨던고?"

"예. 만일 소리내어 경을 읽고자 하거든, 반드시 스님께 미리 여쭙고 허락을 받은 연후에 읽으라 하셨사옵니다."

"그래, 그러면 누가 너에게 무슨 물건을 주면 어찌해야 한다고 이르셨더냐?"

"예, 만일 누가 물건을 주거든 반드시 스님께 어느 누가 무슨 물건을 주겠다 함을 미리 말씀드리고 받으라는 허락을 얻은 연후에 받아야 한다 이르셨사옵니다."

"내가 내 물건을 남에게 줄 적에는 스님의 허락을 받지 아니해도 괜찮다고 하였지?"

"아, 아니옵니다. 비록 내 물건일지라도 남에게 주고자 하거든 반드시 스님께 여쭈어 허락을 받은 연후에야 줄 수 있다 하셨사옵니다."

"그러면 물건을 빌려주고 빌려쓰는 일은 어찌하라 하였던고?"

"예, 물건을 빌려주고 빌려쓰고자 할 적에도 반드시 스님께 미리 말씀드려 허락을 받은 연후에야 빌려주고 빌려쓰라 하셨사옵니다."

"스님께 여쭈었을 적에 스님께서 허락을 하시거나 허락을 아니하시거나 너는 과연 어찌해야 옳다 하셨더냐?"

"예, 무슨 일이든 미리 스님께 여쭈어 스님께서 허락을 내리시거나, 내리시지 아니하거나 마땅히 한결같은 마음으로 합장하여 절을 올려야 할것이요, 언짢은 얼굴을 지어서는 아니된다 하셨사옵니다."

"그래, 아직 배우는 사람은 매사를 이렇듯 어른께 미리 여쭈어 허락을 얻은 연후에 해야 그르침이 없는 법!"

"예, 스님. 명심하겠습니다."

"세속의 가정에서도 자식들이 그 부모님께 매사를 미리 여쭙고 의논드려 허락을 얻은 연후에 시행하면 탈이 없을 일이거늘, 미리 여쭙지 아니하고 제멋대로 저지르니, 그래서 그르치는 일이 다반사라 할 것이다."

"예, 스님."

"세속에 사는 아이들도 좀 나이가 들어 건방이 들면 윗어른께 여쭙지 아니하고 제멋대로 하다가 패가망신한 다음에 후회한들 무

슨 소용이 있겠느냐? 삭발출가한 수행자 가운데도 삭도물이 마르기도 전에 건방부터 들면 중노릇 제대로 못하는 법! 무슨 말인지 알아들었느냐?"

"예, 스님. 명심하겠습니다."

법환스님은 세속에 있었을 적에 이미 학문을 깊고 넓게 섭렵했던지라, 선원사 법주 천영 노스님이 내려주신 불교경책을 보고 이해하는 데 남보다 훨씬 빨랐다.

노스님이 내려주신 경책을 다 보고난 법환스님은 노스님을 찾았다.

"스님, 소승 법환이옵니다."

"들어오너라. 그래, 내가 준 경책은 다 보았느냐?"

"예, 스님. 보았사옵니다."

"허면 맨처음 경계하신 말씀은 대체 어떤 말씀이던고?"

"예. 처음 발심하여 불문에 들어온 사람은, 모름지기 나쁜 사람을 멀리 하고 어질고 착한 사람을 가까이 하라 이르셨사옵니다."

"그러면 무엇에 의지하고 따르라 하셨더냐?"

"예, 다만 성스러운 부처님의 말씀에 의지할지언정 용렬한 무리의 허망한 말을 따르지 말라 하셨사옵니다."

"그래, 허면 그 경계하는 말씀을 남겨주신 분은 과연 누구시던고?"

"예, 송광산 수선사 초대 사주이셨던 보조국사이신줄로 아옵니다."

"그렇느니라. 국사님께서는 당신 스스로를 목우자라 자호하시고, 처음 불문에 들어온 초발심 학인들을 경계하시기 위해서 바로 이 글을 남겨주신 것이다. 너도 이제 알고 있을 것이다마는, 강화도에 있는 이 선원사는 바로 전라도 송광산 수선사의 분찰인 셈이요, 나는 송광산 수선사의 다섯번째 사주이자 이 선원사의 법주로 있으니 보조국사님의 문손이라 할 것이다."
"예, 스님."
"그래서 송광산 수선사나 강화도 선원사의 가풍은 보조국사님의 가르침 안에 들어 있음이니, 우리 산문안에 들어온 사람은 마땅히 스님께서 경계하신 바를 엄히 지켜야 할 것이다. 또한 스님께서 남겨주신 마음 닦는 길을 부지런히 보고 배워서 익혀야 할 것이다."
"예, 스님. 명심하겠습니다."
천영 노스님께서는 법환스님에게 책을 한 권 주시면서 말씀하셨다.
"이 책이 바로 보조국사께서 후학을 위해 남겨주신 마음닦는 글, 수심결이니 한 귀절 한 자도 소홀함이 없이 마음속에 깊이깊이 새겨야 할 것이니라."
"예, 스님. 고맙습니다. 열심히 보고 배워 마음속에 깊이 간직하겠습니다."
이 당시 강화도 선원사는 전라도 수선사, 지금의 송광사 분찰이나 마찬가지였으니, 수선사 출신의 스님들이 선원사 법주가 되거

나 주지를 맡는 게 관례였다. 다만 한 분, 최씨 무신정권이 무너진 뒤 원종임금 시절에 수선사 출신이 아닌 일연선사께서 주지를 맡은 적이 있을 뿐이었다. 그러니까, 전라도 수선사에서나, 강화도 선원사에는 자연 지눌 보조국사의 가풍이 그대로 이어져 내려온 셈이다.

경내에는 새들이 우짖고 날씨가 화창했다. 경내를 산책하다 방으로 들어가는 법환스님의 뒤를 시우사미가 뒤따라 들어오며 물었다.

"스님, 노스님께서 무슨 책을 내려주셨다고 그러셨지요?"

"으음, 보조국사께서 남겨주신 마음닦는 글, 수심결을 내려주셨네."

"아니, 참으로 마음닦는 글, 수심결을 내려주셨다는 말씀이십니까요?"

"어찌 그리 믿지 못하겠다는 말이신가? 자, 이 책 아닌가?"

법환스님은 수심결을 시우사미에게 내밀어 보였다.

"어어, 정말이시네."

"헌데, 자네는 어찌 그리 놀라신단 말인가?"

"아이구 참, 아 우리 노스님께서는 웬만한 사미승에게는 이 수심결을 내려주시지 아니하신다구요."

"아니, 그건 또 무슨 말이신가?"

"사미율의를 구석구석 다 배워 마치구요, 그리구 또 〈계 초심 학인문〉을 구절구절 다 배워 마치구요, 그러고도 두 번 세 번 노스님께서 점검을 하시구요, 이만하면 되었다 싶을만큼 흡족히 여기지 아니하시면, 이 수심결은 구경도 시켜주지 아니하신답니다요."
"그러면 노스님께서 나한테는 너무 일찍 내려주셨다 그런 말 아니신가?"
"그렇습지요. 아, 그리구 사형께서 이 절 선원사에 와서 머리 깎으신 지가 이제 겨우 다섯 달밖에 되지 않았는데, 벌써 수심결을 내려주셨다니…… 사실은 소승도 아직 수심결을 받아보질 못했습니다요."
"그야 걱정 말게. 이 책을 같이 보면 될 일이 아니겠는가?"
"아이구 참 스님두, 큰일날 말씀을 하십니다요."
"큰일 날 소리라니?"
"사미승의 규범에 쓰여있질 아니합니까요? 경전 배우는법! 사미는 반드시 먼저 계율을 배운 다음에야 경을 배우는 것이니 결코 순서를 어기면 아니 되느니라!"
"오 참, 그렇던가?"
그랬다. 불가의 규범도 익히기 전에 경부터 배우려 들고, 한가지 경을 제대로 다 배워 익히기도 전에 또 다른 경을 배우려는 조급함을 경계하기 위하여 사미승의 규범에 경전 배우는 법까지 정해 놓았던 것이다.
그러던 어느날 법환스님은 다시 천영 노스님의 부르심을 받고 노스님의 방에 갔다
"수심결은 제대로 잘 보았느냐?"

"예, 스님. 열심히 보았사옵니다."
"그 책을 보았으면 의심되는 바가 있었을 터인데?"
"예, 스님. 의심되는 바가 참으로 많았사옵니다."
"그래, 대체 무엇이 의심되던고?"
"예, 스님. 국사님께서 이르시기를 '삼계의 뜨거운 번뇌가 마치 불타는 집과 같다.'고 하셨사온데 소승 어찌하여 그런 말씀을 하셨는지 잘 모르겠사옵니다."
"그 말씀은 이 모든 세상이 불타고 있는 집과 같다는 뜻이니라."
"이 모든 세상이 불타는 집과 같다 하시오면……?"
"모든 중생들이 욕심의 불길 속에 싸여 있구나. 모든 중생들이 성냄의 불길 속에 싸여 있구나. 그리고 모든 중생들이 어리석음의 불길에 싸여 있구나. 산천도 초목도 짐승도 미물도 생노병사의 불길에 싸여 있구나……. 허공에 나는 새도, 물 속의 고기도, 생노병사의 불길에 타고 있다는 말이다."
"……아, 예. 스님."
"타고나면 과연 무엇이 남을 것인고?"
"불에 타고 나면 남는 것은 아무것도 없을 것이옵니다."
"틀렸느니라."
"예에? 하오시면?"
"어찌하여 틀렸다 하는지 그 까닭을 오늘밤 안으로 알아오너라! 내 말 알겠느냐?"

천영 노스님이 그 답을 오늘밤 안으로 알아오라 하셨으니 법환스님은 막막하기 그지 없었다.
 멀리서 두견새 우는 소리가 들렸다. 그날 밤 법환스님은 선원사 법주 천영 노스님을 찾아 뵈었다.
 "그래, 불에 타고 나면 무엇이 남게 되는지 알아 왔느냐?"
 "예, 스님."
 "허면, 어디 한 번 일러 보아라."
 "예, 스님. 불에 타고 나면 재가 남을 것이옵니다."
 "재가 남는다?"
 "예, 스님. 그러하옵니다."
 갑자기 천영 노스님은 법환스님을 주장자로 내리쳤다.
 "다시 한 번 물을 것이다."
 "예, 스님."
 "불에 타고 나면 과연 무엇이 남을 것인고?"
 "············."
 "어서 이르지 아니하고 무얼 꾸물거리는고?"
 "예, 스님. 재가 남을 것이옵니다."
 천영 노스님은 다시 법환스님을 주장자로 내려치는 것이었다.
 "그래도 또 재가 남는다고 했으렷다?"
 "······예, 스님."
 "너는 눈에 보이는 것만을 찾아왔음이니, 그러면 내가 다시 물을 것이다. 한 줌의 재가 남았다고 하자. 그 한 줌의 재가 바람에 흩날려 버리고 나면, 그때에는 무엇이 남는다고 대답할 것인고?"

"만일 재가 바람에 날려가 버리면, 그땐 남는 것이 아무것도 없을 것이옵니다."

천영 노스님은 주장자로 법환스님을 다시 내려치시면서 말씀하셨다.

"너는 아직도 눈에 보이는 것만을 쫓고 있음이야. 내가 다시 물을 것이다."

"예, 스님."

"너는 분명 사람의 몸을 타고 났으렷다?"

"예, 그러하옵니다. 스님."

"허면, 네 몸은 과연 무엇으로 이루어졌는고?"

"……잘 모르겠사옵니다, 스님."

"쯧쯧쯧……. 마음닦는 길, 수심결을 제대로 못보았구나."

"예, 스님. 깊은 뜻은 헤아리지 못했사옵니다."

"자세히 들어라. 일찍이 부처님께서 이르시기를 무릇 목숨있는 것은 지, 수, 화, 풍, 네 가지로 이루어졌다 하셨느니라. 즉, 흙과 물과, 불과 바람을 이름이니, 이 네 가지가 인연따라 모여서 중생이 된다 하셨다. 뼈와 살은 흙의 성분이요, 피와 눈물은 물의 성분이요, 따뜻한 기운은 불의 성질이요, 숨이 들락거림은 곧 바람이니, 이 네 가지가 모여서 살아있는 물건이 되었으되, 만일 이 살아있는 물건이 불에 타게되면 흙의 성분은 다시 흙으로 돌아가고, 물의 성분은 다시 물로 돌아가고, 불의 성질은 다시 불로 돌아가며, 바람은 다시 바람으로 돌아가 흩어지니, 이를 곧 죽음이라 하느니

라. 허나 인연이 다해 흩어진 네 가지는 다시 인연따라 그 모습을 바꿀 것이니, 사람 몸에서 흩어진 물이 습기가 되고 안개가 되고 구름이 되었다가 빗물로 떨어져 샘물이 되기도 하고, 개울물이 되기도 한다. 그 물을 토끼가 마시면 토끼몸이 되는 법. 인연따라 생기고 머물다가 흩어져 없어지고, 없어졌다가는 다시 또 인연따라 생기고 머물고 흩어지고 없어짐을 되풀이 하나니, 이것을 일러 무시무종, 시작도 없고 끝도 없는 윤회의 굴레라 이르셨느니라."

"……예, 스님."

"생불생, 사불사, 살아있음이 살아 있는 게 아니요, 죽는 것이 죽음이 아니라는 말씀을 그래서 하신 것이요, 불생불멸 부증불감, 생겨나지도 아니하고, 없어지지도 아니하며, 늘어나지도 아니하고, 줄어들지도 아니한다고 이르신 말씀이 다 그 뜻이니라."

"하오면, 스님."

"그래, 무엇이 또 의심되는고?"

"스님께서 내려주신 수심결을 보자하오니, 마음이 곧 주인이라고 하셨사온데, 어찌하여 마음이 곧 주인이라 하셨는지요?"

"이것 보아라, 법환아!"

"예, 스님."

"예, 스님, 하고 대답한 것은 과연 무엇이던고?"

"……무슨……말씀이시온지요?"

"입술이 대답을 했더냐, 아니면 혓바닥이 대답을 했더냐?"

"아, 예. 그것은 입술과 혀가 함께 대답한 것이옵니다."

"허면 입술과 혀로 하여금 대답을 하도록 명을 내린 놈은 과연 무엇이던고?"
"…………"
"무엇이라 대답을 해야 할 것인고, 궁리를 하고 있는 놈, 그놈은 과연 무엇이던고?"
"…………"
천영 노스님은 다시 주장자로 법환스님을 내리치셨다.
"한 방망이 얻어맞고 깜짝 놀란 놈, 아프다고 하는 놈, 그놈이 과연 무엇이던고?"
"…………"
"배고프면 배고프다 하고, 추우면 춥다고 하고, 더우면 덥다고 하는 놈, 저놈은 밉다, 저놈은 예쁘다, 걸어라, 서라, 앉아라, 누워라, 이 육신에게 명을 내리는 놈, 그놈은 과연 무엇이던고?"
"……예, 스님. 그것은 바로 마음인가 하옵니다."
"허면 육신이 마음을 부리더냐, 아니면 마음이 육신을 부리더냐?"
"예, 스님. 마음이 육신을 부리는 줄 아옵니다."
"그러면 대체 무엇이 주인이던고?"
"예, 스님. 마음이 주인임을 이제야 알겠사옵니다."
선원사 경내에는 두견새 우는 소리가 들렸다.
법환스님은 비로소 부처님의 가르침에 한걸음 다가서게 되었고, 부처님이 가리키시는 진리의 세계에 눈뜨기 시작했다.

"이것 보아라, 법환아!"
"예, 스님."
"한 사내가 남의 집 담을 넘어들어가 도적질을 했느니라. 허면 그 사내의 손과 발이 도적이겠느냐, 아니면 그 사내의 마음이 도적이겠느냐?"
"예, 그 사내의 마음이 도적이옵니다."
"한 가난한 아낙이 자기가 먹을 밥을 먹지 아니하고 동냥 얻으러온 걸인에게 그 밥을 주었느니라. 허면 그 아낙의 손을 착하다 하겠느냐, 아니면 그 아낙의 마음을 착하다 하겠느냐?"
"마음이 착하다 할 것이옵니다."
"도적이 되는 것도 마음이요, 보살이 되는 것도 마음이며, 부처가 되는 것도 마음이니, 그래서 우리 불가에서는 불문에 들어오면 마음을 닦으라고 하는 것이다."
"예, 스님 명심하겠습니다."
법환스님은 마음으로 깊이 고개를 끄덕이고 있었다.

3
욕심과 성냄과 어리석음을 버려라

고려 고종 41년이었으니 서기로는 1254년, 이 한 해동안 이 나라 백성이 겪은 고통과 참상은 이루 헤아릴 수가 없었다. 몽고군은 차라대를 장수로 하여 이 땅을 다시 침략하고 동남쪽으로는 경상도 합천, 서남쪽으로는 충주를 거쳐 전라도 나주까지 짓밟는 만행을 저질렀다. 이때의 참상을 고려사 제24권 고종조편은 이렇게 소상히 기록하고 있다.

'이 해에 몽고군에게 잡혀간 남녀가 무려 26만6천8백여명이요, 살륙을 당한 사람은 이루 헤아릴 수가 없었으며, 몽고군이 지나간 고을들은 모두 잿더미로 변했으니, 몽고 병란이 일어난 뒤로 이보다 더 심한 때는 없었다.'

겨울바람이 심하게 부는 날이었다. 도성 안을 다녀온 법환스님이 천영 노스님을 찾았다.

"스님, 소승 법환이 도성안에 다녀왔사옵니다."
"어, 그래. 어서 들어오너라."
법환스님은 방으로 들어가서 천영 노스님께 절을 올렸다.
"그래, 그래. 절은 한 번만 하고 거기 앉도록 해라."
"종이를 몇장밖에 사오지 못했사옵니다."
"아니, 어째서 몇장만 사왔더란 말이냐?"
"몽고 오랑캐들이 우리 종이가 제일이라면서 닥치는대로 빼앗아 가는 바람에 강화에 종이가 들어오지를 못한다 하옵니다."
"허허, 저런 고약한 일이 있는가! 아, 그 무지한 자들이 처음에는 낭자들을 붙잡아가고, 말을 빼앗아 간다고 그러더니, 이제는 우리 종이까지 닥치는대로 빼앗아 간다구?"
"예, 스님. 우리 종이를 갖다 바치면 저들의 조정 대신들이 매우 좋아한답니다."
"무지막지하고 무식한 오랑캐 놈들이라니, 제깐놈들이 학문을 배운 적이 없었으니 종이다운 종이 구경이나 해보았겠느냐? 헌데 세상 인심은 어떠하던고?"
"말씀이 아니었사옵니다, 스님."
"왜 또 무슨 좋지 아니한 소문이라도 돌고 있더란 말이냐?"
"소승 이번에는 갑곶이 뚝방길을 피하고 찬우물거리로 돌아왔사온데요."
"아니, 가까운 갑곶이 뚝방길을 놓아두고 어찌 먼길로 돌았다는 말이더냐?"

 "지난 신축일에 갑곶이강 건너편에 몽고 기병 수십명이 나타났다 하여 뚝방에 군사들이 진을 치고 있었사옵니다."
 "허허, 아니 그자들이 감히 갑곶이강 건너편까지 쳐들어 왔어?"
 "예, 그러니 읍성안 인심이 흉흉한데다가 참상이 참으로 목불인견이었사옵니다."
 "무엇이 그리 목불인견이더란 말이냐?"
 "가고 오는 길가에 굶어죽고 얼어죽은 백성들의 시신이 즐비했사옵니다."
 "……얼어죽고 굶어죽은 백성들이 즐비하더라구?"
 "예, 스님."
 "……나무관세음보살, 나무관세음보살."
 "스님, 부처님께서는 능소능대하시고, 무소불위하시어 이루지 못하시는 일이 없다 하셨사온데, 죄없는 백성들이 저토록 굶어죽고 얼어죽고 몽고병들에게 맞아죽도록 어찌하여 내버려 두고 계시옵니까요?"
 "그래, 나도 그것을 여러번 여쭈어 보았다마는 세상만사는 다 자업자득이요 인과응보이니라."
 "자업자득에 인과응보라니요, 스님?"
 "이 나라는 무신정권으로 크게 병든 지 이미 오래이니, 임금님은 허수아비가 되셨고, 권세는 무신들이 틀어쥔채 권력자들에게 아첨하는 자들만 중용하고, 청렴결백한 자는 참수하고 귀양보냈으며, 백성을 수탈하여 가렴주구(苛斂誅求 ; 조세를 가혹하게 거두어들여 백성을 못살게 들볶음)를 일삼았으니, 이는 도적떼를 스스로 불러들인 셈. 국록을 먹는 자들 열에 아홉은 탐관오리요, 도적들이니, 어찌 나라가 무사하기를 바라겠느냐?"

"하오면 스님, 대체 어느 세월에 이 나라 이 백성들이 이 참상을 벗어날 수가 있겠사옵니까?"

"너는 결코 경거망동해서는 아니될 것이니, 머지 아니해서 세상이 바로 잡히게 될 것이요, 세상이 바로 잡히면 이 나라 이 백성은 반드시 다시 살아나게 될 것이다."

"스님, 굶어죽는 백성들을 어찌해야 하옵니까?"

"살리고 싶다는 말이더냐?"

"그러하옵니다, 스님."

"굶어죽고 얼어죽는 백성을 살리고자 하면, 백성들 한 사람 한 사람이 무명에서 벗어나 지혜의 눈을 떠야 할 것이다."

"지혜의 눈을 떠야한다 하오시면?"

"너는 말로만 밥을 먹는다, 밥을 먹는다 하면 배가 불러지더냐?"

"아, 아니옵니다, 스님."

"허면 너는 말로만 살려야 한다, 살려야 한다 하면 굶어 죽어가는 백성이 살아나겠느냐?"

"아, 알겠사옵니다. 스님, 참으로 부끄럽사옵니다. 용서하십시오."

이날부터 법환스님은 하루에 죽 한 끼로 견디기 시작했다. 하루는 시우사미가 법환스님에게 물었다.

"스님, 어디 몸이 편찮으십니까요?"

"아, 아닐세."
"그러시면 어찌하여 공양을 드시지 아니하십니까요?"
"아, 저 속이 좀 거북해서 오늘부터는 죽 한끼만 먹기로 했네."
"아니, 그러시면 앞으로는 죽 한끼만 드시겠다구요?"
"으응, 그럴 작정이네."
"아아, 이제 알았습니다요."
"무얼 알았다는 말씀이신가?"
"노스님께서 시키셨습지요?"
"아, 아닐세. 노스님이 시키시다니?"
"에이, 소승이 그걸 모를까봐서요?"
"무슨 소린가? 노스님께서 시키신 일이 아니란 말일세."
"아아, 이제 정말 알았습니다요."
"뭘 또 알았다는 말인가?"
"노스님께서 죽 한 끼만 잡수시는데 감히 내가 어찌 배부르게 먹을 수 있느냐, 그런 말씀이시지요?"
"아니, 그러면 우리 노스님께서 하루에 죽 한 끼만 드신단 말이신가?"
"어어, 그럼 모르고 계셨단 말씀이십니까요?"
"어서 말해 보게, 노스님께서 죽 한 끼만 드신다니?"
"어이구 이거 큰일났네. 발설하면 아니된다 엄히 이르셨는데……"
"대체 무슨 소린가?"

"아이구, 이 일은 발설하면 아니되는데……."
"나만 알고 있을 것이니, 어서 말해 보시게."
"그, 그러시면 정말 입 꼭 다물으셔야 합니다요."
"그건 염려마시고 어서 얘기나 하시게."
"요 절밑에서 오른쪽 언덕을 넘어가면 움막이 하나 있습니다요."
"움막이라구?"
"예, 강화도로 피난 들어올 적에 식구들이 몽고 오랑캐들한테 죽임을 당하고 혼자만 살아남은 할머니들이 모여 사는 움막입니다요. 여섯 할머니들이 그 움막에서 사시는데 굶기를 밥먹듯이 했습지요. 노스님께서 그걸 아시고 그 움막에 다달이 양식을 손수 갖다 주고 계십니다요."
"우리 노스님께서 말이신가?"
"예, 그대신 노스님께서는 하루에 죽 한 끼만 잡수십니다요."
"죽 한 끼만?"
"예, 그리고 이 일은 공양주스님 하고 소승하고 둘만 아는 일입니다요."
"언제부터 그러셨단 말이신가?"
"일 년두 넘었습지요."
"일 년도 넘었다구?"

법환스님은 비로소 부처님의 자비가 어떤 것인지 그리고 보살이 무엇이며 보살행의 실천이 무엇인지 알 것 같았다.

그 길로 법환스님은 노스님 처소로 달려갔다. 매서운 겨울바람

이 사정없이 양 볼을 때렸다.

 법환스님은 노스님의 방문 앞에 꿇어앉아 참회했다.

 "스님, 법환이옵니다. 용서하여 주십시오. 이 어리석은 중생 큰 죄를 지었사오니 용서하여 주십시오. 스님, 이 어리석은 중생, 한 치 앞도 내다보지 못하는 어리석은 이 눈으로, 보이는 것만을 바라보고 손에 잡히는 것만을 만지면서 허망한 사려분별로 경거망동하였사옵니다. 참으로 잘못되었사오니 용서하여 주십시오."

 천영 노스님은 방문을 열고, 법환스님에게 들어오라 일렀다. 그리고는 낮은 목소리로 물으셨다.

 "참회한다고 하였느냐?"

 "예, 스님. 참회드리옵니다."

 "너는 자세히 들어야 할 것이야. 사람마다 얼굴에 두 눈을 가지고 있으되 눈에 보이는 형상만을 보면 헛것을 보는 것이요, 사람마다 양쪽에 두 귀를 가지고 있으되, 귀에 들려오는 소리만을 들으면 헛소리를 듣는 법, 자식을 가진 어머니는 자식의 얼굴만 보아도 자식이 즐거워 하는지 괴로워 하는지를 단번에 알아보고, 자식이 우는 소리를 멀리서 들어도 아파서 우는지, 배고파서 우는지를 단번에 알아듣나니, 이것은 그 어머니가 마음의 눈으로 자식을 보고, 마음의 귀로 듣는 까닭이니라."

 "……예, 스님."

 "허면 사람이 어찌하면 마음의 눈을 보고, 마음의 귀로 들을 수 있겠는고?"

"……소승, 아직 잘 모르겠사옵니다. 스님."
"자세히 들어라."
"예, 스님."
"강물에 파도가 높게 일어나면 그 강물은 맑겠느냐, 흐리겠느냐?"
"예, 그 강물은 흐릴 것이옵니다."
"그러면, 그 강물이 잔잔하면 그땐 그 강물이 맑겠느냐, 흐리겠느냐?"
"예, 그 강물은 맑을 것이옵니다."
"마음도 그와 같다 할것이니 욕심으로 출렁이고, 성냄으로 출렁이면 마음의 눈은 열리지 아니하는 법. 늘 마음을 고요하고 편안하게 닦을 것이요, 마음을 늘 자비롭게 지니면 그때 비로소 마음의 눈이 열리고, 마음의 귀가 크게 열릴 것이다."
"예, 스님."
"잠시 두 눈을 감아 보아라."
"예, 스님."
"마음을 편안하게 가라앉혀 보아라."
"예, 스님."
"저 바람 소리를 들어 보아라."
바깥에는 한겨울 차디찬 바람이 나뭇가지를 심하게 흔들었고, 풍경소리 또한 요란했다.
"어렸을 적 고향집을 생각해 보아라. 초가지붕에도, 장독대에도

하얀 눈이 소복소복 내려 쌓였던 그 고향집이 눈에 보이느냐?"

"예, 스님. 보이옵니다."

"삽살개 짖는 소리도 지금 들리느냐?"

"……예, 스님. 들리옵니다."

천영 노스님은 느닷없이 죽비로 법환스님을 내리쳤다. 법환스님은 두 눈을 감고 있다가 갑자기 내리치는 죽비에 흠칫 놀라며 두 눈을 떴다.

"이제 너는 느닷없이 내리치는 죽비에 소스라치게 놀랐으렷다?"

"……예, 스님."

"두 눈을 뜨고 있으니 지금도 고향집 어머님과 장독대가 눈에 보이느냐?"

"아, 아니옵니다."

"지금도 삽살개 짖는 소리가 귀에 들리느냐?"

"들리지 아니하옵니다."

"육신의 눈으로 보면 이러하고, 마음의 눈으로 보면 그러했으니, 이제 마음의 눈, 마음의 귀가 어떠한지 짐작하겠느냐?"

"예, 스님. 마음의 눈, 마음의 귀가 열리도록 부지런히 닦겠습니다."

지눌 보조국사께서 마음닦는 길, 수심결을 무슨 까닭으로 쓰셨으며, 어찌하여 일체유심조, 모든것은 마음이 만든다 하셨는지, 법환스님은 조금씩 조금씩 알 것도 같았다.

그날부터 법환스님은 마음닦는 공부를 시작하였는데, 그것이 쉬운일이 아니었다. 도대체 어떻게 해야 마음을 닦는 길인지 알지도 못하면서, 그저 가부좌 틀고 앉아서 마음을 닦으려니, 답답하기도 하고 더욱 어렵다는 생각만 들었다.
 하루는 지나가던 시우사미가 가부좌를 틀고 앉아서 마음닦는 공부를 하고있는 법환스님에게 물었다.
 "저, 법환스님. 그렇게 가부좌를 틀고 앉아가지고 무슨 공부를 하라시는 것인지요"
 "으음, 마음닦는 공부를 하라시는 말씀이지."
 "마음을 어떻게 닦는데요?"
 "글쎄, 그걸 아직 나도 잘 모르겠네마는……."
 "에이 참, 스님두……. 어떻게 닦는지도 모르신다면서 이러고 앉아계신단 말씀이십니까요?"
 "어떻게 닦는 것인지, 그것을 배우려고 이러는게야."
 "에이 참 나, 우스워 죽겠네."
 "무엇이 우습다는 말이신가?"
 "아, 그렇지 아니합니까요? 배를 닦는다 하면 이렇게 뱃가죽을 물로 씻던지, 수건으로 닦던지 할 것이구요, 발을 닦아라 하면 물로 발을 씻던지, 걸레로 닦으면 될 것인데요, 보이지도 아니하는 마음을 닦으라 하시니 어찌 닦으란 말씀입니까요?"
 "그건 자네 말이 맞으시네. 허나 비록 눈에 보이지도 아니하고 손에 잡히지도 아니하지만, 마음이 사람의 주인이니 이 마음을 잘 다스리는 공부를 하라는 말씀이시라네."

"하오면 참으로 마음이라고 하는 것이 있다는 말씀이십니까?"
"그야 있지."
"어떻게 생겼는데요?"
"그, 글쎄. 모양도 없고, 색깔도 없고, 냄새도 없으나 분명히 마음은 있는 것이니, 저기 저 나뭇가지를 보시게."
"어떤 나뭇가지 말씀이신지요?"
"바람에 흔들리고 있는 저 나뭇가지 말일세."
"아, 예. 저 나뭇가지가 어쨌길래요?"
"저 나뭇가지가 흔들리는 까닭은 어디에 있겠는가?"
"아, 그거야 바람이 부니까 흔들리지요."
"그러면 바람이 있기는 있다는 말이신가?"
"에이 참, 스님두…… 아, 세상에 바람이 부는 것은 애기들도 다 알지요."
"허면 바람이 자네 눈에는 보이시는가?"
"바람이 보이느냐구요?"
"바람의 모양은 대체 어찌 생겼던가?"
"어, 그러고 보니 보이지도 아니하고, 모양도 없네."
"바람이 손에 잡히기는 하던가?"
"그야 바람을 손으로 어찌 잡겠습니까?"
"그것 보시게. 바람은 형체도 없고 빛깔도 없어서 손에 잡히지도 아니하고, 눈에 보이지도 아니하지만 흔들리는 것을 보면 바람이 분명 있기는 있지 아니한가?"

"그야 바람이 있기는 있지요."
"사람의 마음도 바람과 같다네."
"예에? 사람의 마음도 바람과 같다구요?"
"그래, 형체도 없고 빛깔도 없어서 비록 보이지도 아니하고 잡히지도 아니하지만, 마음이 시키면 사람이 움직이니, 이는 마치 바람이 나뭇가지를 흔드는 것과 같다 할 것이야."
"어어, 그러면 바람이 나뭇가지를 흔들듯이 마음이 사람을 흔든다는 말씀이십니까?"
"자네가 나한테 말할 적에 대체 무엇이 말하라고 시키던가?"
"그, 그야……입이 말을 했지요."
"그게 비록 입이 말을 했지마는 그 입으로 하여금 말을 하라고 시킨 것은 과연 무엇이던가?"
"그, 그건 잘 모르겠는데요."
"자, 그러면 내가 자네의 어깨를 한 번 내리치겠네."
 법환스님은 시우사미의 어깨를 세게 내리쳤다.
"아얏! 왜 때리세요, 스님?"
"이것 보시게. 참으로 이상한 일이 아니신가?"
"에이 참, 무엇이 이상하다는 말씀이십니까요?"
"내가 자네의 어깨를 한 번 내리쳤거늘, 아얏 소리는 어찌해서 어깨가 지르지 아니하고 입이 했던고?"
"어어, 정말 그렇네요."
"아프다 소리 질러라, 그렇게 시킨 것이 과연 무엇이던고?"

"어어, 아니 그러면 말해라, 아프다, 소리 질러라, 그렇게 시킨 것이……"

"그게 모두 다 마음이 시키는 것이라네."

"마음이 시킨다구요?"

사람이 하는 모든 일은 마음이 시킨다는 법환스님의 말을 듣고, 나이 어린 동자승 시우사미는 두 눈을 동그랗게 떴다.

"아니, 스님. 그러시면 거짓말도 마음이 시켜서 하게 된다는 말씀이십니까요?"

"그렇다네. 마음이 입으로 하여금 거짓말을 하도록 명을 내리니 그래서 입이 마음이 명하는대로 거짓말을 하는 것이야."

"아이구, 그럼 저, 도, 도둑질두 마음이 시킨다는 말씀이십니까?"

"그야 물론 도둑질도 마음이 시키는 것이야. 마음이 명을 내려서 눈으로 하여금 망을 보게하고, 손발로 하여금 담을 넘게하고, 남의 물건을 훔치게 하는 것이니 손발은 마음이 시키는대로 움직일 뿐이라네."

"아이구, 그러면 이 마음이라고 하는 게 이게 아주 흉칙한 것이로구먼요?"

"허나 이 마음이라고 하는 것은 흉칙하기만 한 것은 아니라네."

법환스님은 시우사미에게 차근차근 알아듣기 쉽게 이야기 해 주었다.

마음은 나쁜 짓만 시키는 것은 아니고, 착한 말을 하게 하고, 남을 도와주게도 하고, 또 때로는 죽어가는 사람 살리게도 하고, 굶는 사람에게 먹을 것을 나누어 주게도 하고, 병든 사람에게 약을 먹이게도 하니, 바로 이 마음이라고 하는 것은 흉칙할 적에는 호랑이나 늑대보다도 더 무섭고 착할 적에는 선녀보다도 더 부드럽고 어머니보다도 더 자비로운 것이다. 그래서 부처님께서는 마음을 늘 착하고 자비롭게 지니도록 부지런히 닦으라고 하셨다. 마음을 늘 착하고 자비롭게 지니려면 첫째는 욕심을 버릴 것이요, 둘째는 성냄을 버릴 것이며, 셋째는 어리석음을 버릴 것이니라.

사람은 누구나 천 년 만 년 살 것처럼 잘못된 생각에 사로잡혀 있으니 그것이 어리석음이요, 내집이다, 내 벼슬이다, 내 재물이다 하여 손안에 넣으려고 발버둥을 치나, 한세월 지나고나면, 내 것은 아무 것도 없는 법, 빈손으로 와서 잠시 머물다가 다시 빈손으로 떠나 지수화풍으로 돌아감을 깨닫지 못하니 그것이 어리석음이다. 사람의 마음은 원래 티없이 맑고 깨끗하여 착하고 자비롭기 그지없으나 욕심과 성냄과 어리석음이 온갖 번뇌 망상을 일으켜 흉칙한 일을 시키니, 욕심을 버리고, 성냄을 버리고, 어리석음에서 벗어나면, 마음은 자연 티없이 맑고 깨끗하고 고요해서 번뇌망상이 일어나지도 아니하고, 온갖 근심 걱정도 사라질 것이다. 그러므로 마음이 나쁜 짓을 시키지 못하도록 단단히 늘 마음을 단속하면 될 것이며, 욕심내지 못하게 하고, 성내지 못하게 하고, 어리석음에 빠지지 아니하도록 마음을 늘 다스려야 할 것이다.

법환스님의 이야기를 조용히 듣고 있던 시우사미는 고개를 끄덕이며 두 눈을 초롱초롱 뜨는 것이었다.

　스물 아홉의 나이에 삭발출가한 늦깎이 법환스님이었지만, 천영 노스님 문하에서 자상한 가르침을 받은 덕분에 하루가 다르게 지혜의 눈이 열렸으니 선원사 법주 천영 노스님은 매우 흡족하게 여기셨다.
　그러던 어느날, 천영 노스님께서 법환스님을 찾았다.
　"부르셨사옵니까, 스님? 법환이옵니다."
　"그래, 거기 좀 앉거라."
　"예, 스님."
　"마음 닦는 길, 수심결은 다시 보았으렷다?"
　"예, 스님."
　"허면 우리 스님 보조국사께서는 과연 부처를 어디서 찾으라 하셨던고?"
　"예, 마음이 곧 부처이니 결코 다른 데서 부처를 찾지말라 하셨사옵니다."
　"허면 대체 그 마음은 과연 어디에 있다 하셨느냐?"
　"예, 바로 이 몸 안에 있다 하셨사옵니다."
　"허나, 눈에 보이지도 아니하고, 손에 잡히지도 아니하며, 냄새조차 없으니 그것이 과연 무엇이란 말이던고?"
　"예, 비록 보이지도 아니하고, 잡히지도 아니하고 냄새 또한 없으나, 배고프고 목마른 줄 아며, 차고 더운 줄을 아며, 성내고 기뻐하고, 웃고 울며, 먹고 마시고 말하니, 바로 그것이 마음인가 하옵니다."

"이것 보아라."
"예, 스님."
"우리 스님 보조국사께서는 심즉시불, 마음이 곧 부처라 하셨다."
"예, 스님."
"마음이 독하기로 말하면 살모사와도 같고, 마음이 흉칙하기로 말하면 호랑이나 늑대와 같거늘, 어찌해서 마음이 곧 부처라 하셨는고?"
"예, 중생마다 본래 지닌 마음은 명경지수와 같아, 맑고 깨끗하기 그지없으나 욕심과 성냄과 어리석음의 삼독에 젖어 온갖 번뇌 망상을 일으켜 독하기로 말하면 살모사와도 같고, 흉칙하기로 말하면 호랑이나 늑대와 같다 할 것이니, 살모사와 호랑이나 늑대와 같은 마음은 본래의 그 마음이 아닌가 하옵니다."
"허면 대체 어찌해야 본래의 그 마음을 찾을 수 있을 것인고?"
"예, 본래 거울은 티없이 맑고 깨끗했으나 이제 그 거울에 먼지가 앉고 때가 끼었으니 부지런히 닦아내야 할 줄로 아옵니다."
"닦다가 쉬다가 하면 쉬는 사이에 다시 먼지가 내려 앉는 법, 너는 과연 어찌 하겠느냐?"
"예, 스님. 소승 결코 쉬는 일이 없이 부지런히 닦고 또 닦아나가겠사옵니다."
"어김없이 그리 하겠느냐?"
"예, 스님. 소승 결코 어김없이 그리 하겠사옵니다."

"오늘밤 걸망을 챙기도록 해라."

"예에? 걸망을……챙기라 하오시면……?"

"여기서 머지 아니한 강첩고을 부근리라는 마을 뒤에 고려산이 있느니라."

"예, 스님."

"그 고려산에 백련암이 있으니, 거기 가서 마음을 부지런히 닦도록 해라."

이렇게 해서 법환스님은 선원사를 떠나 강화도 강첩, 부근리 고려산에 있는 백련암으로 자리를 옮겨 마음닦는 공부를 하게 되었다.

4
백련암에서의 수행

　법환스님은 강화도 선원사에서 그리 멀지 않은 고려산 백련암에 머물며 한 발우의 밥과 한 소반의 나물로, 배고프면 먹고 고단하면 잠을 자면서, 걸어도 참선이요 앉아도 참선하는 산중의 즐거움을 누리고 있었다.
　멀리서 뻐꾸기 우는 소리가 들렸다.
　그러던 어느날, 동자승 시우사미가 등에 걸망을 지고 땀을 뻘뻘 흘리며 백련암으로 법환스님을 찾아왔다.
　"스님, 스님. 법환스님—"
　"아니, 자네가 어쩐 일이신가?"
　"어쩐 일이기는요, 법환스님이 굶고 계실까 걱정이 되어 양식을 가져 왔습지요."
　"양식이 떨어지면 내가 선원사로 얻으러 갈 것인데, 그것 때문에 일부러 오셨단 말이신가?"

"아이구, 힘들어. 자, 이 걸망부터 받아 놓으십시오."
"그, 그러세. 자—"
"아휴, 걸망을 벗어놓으니 몸이 아주 날아갈 것 같습니다요."
"그래, 우리 노스님께서는 평안하신가?"
"예, 그런데 노스님께서 양식을 갖다주고 오너라 분부를 내리시면서 불원간 이 백련암에 오시겠다 하셨사옵니다요."
"노스님께서 이 백련암에 오시겠다고 그러시더란 말이신가?"
"예, 보나마나 법환스님이 제대로 부지런히 공부를 하고 있는지 그걸 점검하러 오시겠다 그런 말씀이시겠지요."
"그러시겠지. 사흘이 멀다 하시고 제자들의 공부를 점검하시는 어른이신데, 몇달째 못뵈었으니 궁금도 하실게야."
"하온데, 스님."
"왜 그러시는가?"
"이렇게 깊은 산속 암자에 혼자 계시면 무섭지도 아니하십니까요?"
"무섭기는 이 사람아, 무엇이 무섭겠는가?"
"밤에 사나운 산짐승이라도 내려오면요?"
"아, 이 강화도에는 호랑이도 없고, 늑대도 없다는데 무슨 사나운 산짐승이 내려 오겠는가?"
"에이, 그래두 귀신이나 도깨비는 나올 것 아닙니까요?"
"부처님을 모시고 있는 절에는 귀신도 도깨비도 얼씬 아니 한다네."

"아이구, 그래두 이렇게 혼자 사시면 심심하고 적적하고 그러실 것 아니겠습니까요?"
"심심하고 적적하기는—노스님께서 내려주신 경책을 공부하랴, 마음닦는 참선을 하랴, 배고프면 밥 먹고, 졸리면 자고, 심심하고 적적할 짬이 별로 없다네."
"그러시면 법환스님도 염불을 하십니까요?"
"염불? 그야 물론 염불을 하지."
"소승도 지난달 초하루부터 염불을 하고 있사옵니다요."
"그래, 무슨 염불을 하고 계시던가?"
"소승은 아직 글공부가 얕으니 염불수행부터 하라시며 관세음보살을 염하라 하셨습니다요."
"어, 그래. 그거 참 잘되었네."
"하온데, 스님."
"왜?"
"관세음보살 염불을 하면 마음닦는 공부가 될 것이라 하셨사온데요. 헌데, 그게 잘 아니되옵니다요."
"무엇이 아니된다는 말이신가?"
"관세음보살, 관세음보살, 입으로는 관세음보살을 부르는데두요, 눈 앞에는 다른 사람 얼굴만 어른거리구요, 오만가지 잡생각만 오락가락 한다구요, 스님."
"마음은 다른 데 가 있고, 입으로만 관세음보살을 부르면 그렇게 되는 게야."

"하오면, 대체 관세음보살 염불을 어찌해야 되는지요?"
"관세음보살님은 명호 그대로 온 세상의 소리를 다 들으시는 자비로운 분이시네. 그리고 또 관세음보살님은 눈도 천 개, 손도 천 개나 되신다네."
"아, 예. 그래서 천수천안(千手千眼) 관세음보살님이시지요."
"그래, 눈도 천이요, 손도 천이나 되시는 관세음보살님은 이 세상 모든 중생들의 근심 걱정 괴로움을 다 살펴보시고, 자비로운 천 개의 손으로 골고루 다 어루만져 주시는 분이야."
"아, 예."
"그러니 누구나 관세음보살을 염송할 적에는, 나도 관세음보살님이 되어 이 세상 모든 중생들의 근심 걱정 괴로움을 다 살펴보고 이세상 모든 중생들의 어려움을 다 보살펴 주겠다 하는 간절한 마음을 지녀야 하는 것이네."
"아니 하오면 관세음보살을 염송할 적에는 관세음보살님의 마음이 되어야 한다, 그런 말씀이십니까?"
"바로 그렇네. '자비로우신 관세음보살님, 저도 관세음보살님의 자비로움을 본받아 이 세상 모든 중생들의 어려움을 보살피고 도와주겠나이다.' 이런 간절한 소원으로 관세음보살을 염송해야 비로소 염불하는 효험을 얻을 것이네."
"하, 하오면 관세음보살님을 부르면서 소원을 부탁드리오면 아니 되옵니까?"
"관세음보살님은 아무 소원이나 다 들어주시는 그런 분이 아니

시라네."
"그, 그러면 어떤 소원만 들어주신다는 말씀이십니까?"
"이를테면 '제가 도적질을 할 것이니 들키지 아니하도록 도와주십시오.' 하면 관세음보살께서 도와주시겠는가?"
"아이구, 아닙니다요. 도적질은 나쁜 짓인데 어찌 도와주시겠습니까요?"
"바로 그렇네. 일구월심 관세음보살을 염송하며 소원을 빌더라도 착한 마음 어진 마음으로 좋은 일, 착한 일을 하게 해달라고 빌어야 그 소원이 이루어질 것이네."
"아이구, 이제야 속시원히 알았구먼유. 소승도 이제 일구월심으로 착한일, 좋은일 하게 해주십사 염송하겠습니다요."
나이 어린 동자승 시우사미가 백련암을 다녀간 며칠 후 선원사 법주이신 천영 노스님이 시자도 데리고 오지 않으신채 백련암에 오셨다.
"그래, 그동안 부지런히 닦았느냐?"
"예, 스님."
"틈틈이 경책도 보았으렷다?"
"예, 스님."
"허면 내가 물을 것이다."
"……예, 스님."
"부처님께서 경에 말씀하시기를 무릇 모양이 있는 것은 모두 다 허망하다 하셨거늘, 저기 저 울울창창한 저 아름드리 나무들도 허

망하다는 말씀이더냐?"

"예, 스님. 그러한 줄로 아옵니다."

"저 아름드리 나무가 어찌 해서 허망하다는 말인고?"

"예, 저기 서 있는 저 아름드리 나무가 지금은 비록 그 모양이 우뚝하오나 언젠가는 늙고 병들어 썩어 없어질 것이니 종국에는 허망하게 될 것이오라, 그래서 무릇 모양이 있는 모든 것은 허망하다 하셨사옵니다."

"허면 부처님께서 경에 이르시기를 제행무상이라 하셨거늘, 어찌하여 부처님께서는 제행이 다 무상이다 하셨던고?"

"……예. 무상이라 하심은 곧 없을 무(無)자, 항상 상(常)자, 항상 그대로 있는 것은 없다 하심이라, 모든 것은 촌시도 쉬지 아니하고 변하고 변하니, 아침에 핀 꽃이 저녁에 지고, 어제 살았던 사람이 오늘 죽으며, 어제는 예뻤던 사람이 오늘은 미우며, 지금은 새것인 것이 내일 모레면 헌것이 되나니, 바로 이것이 부처님께서 이르신 무상의 이치인가 하옵니다."

"그래, 그동안 공부가 많이 익었구나."

"아니옵니다, 스님. 이제 겨우 시작인가 하옵니다."

"허면 내 한 가지 더 물을 것이야."

"……예, 스님."

"저 뻐꾸기 소리가 너에게도 들리느냐?"

"예, 스님. 들리옵니다."

"허면 저 뻐꾸기 소리는 과연 무엇으로 듣는고?"

"예, 소승 마음의 귀로 듣사옵니다."
"허면 어찌하여 마음의 귀로 듣는다 하는고?"
"……예. 소승의 육신에 달린 두 귀는 뻐꾸기 소리나 꾀꼬리 소리나 두견새 소리나 다 같은 소리로 받아들이지만, 이 소리는 뻐꾸기 소리이다, 저 소리는 꾀꼬리 소리이다, 분간할 줄 아는 것은 마음인 까닭이옵니다."
"……그래, 그만하면 그동안 보내준 양식값은 제대로 했구나. 응? 허허허."
 법환스님이 묻는 말에 막힘없이 대답해 올리자, 선원사 법주 천영 노스님께서는 아주 흡족히 여기시며 하룻밤을 백련암에서 제자와 함께 보내셨다.
 멀리서 두견새 우는 소리가 들렸다.
 천영 노스님은 나즈막한 목소리로 법환스님을 불렀다.
"이것 보아라."
"예, 스님."
"너는 선원사에 처음 왔었을 적에 양친 부모님이 다 별세하시어 사고무친이라 했으렷다?"
"예, 그러하옵니다, 스님."
"정혼했던 사대부댁 낭자가 몽고군의 방화로 목숨을 잃었다고 그랬더냐?"
"……예, 스님. 그러하옵니다."
"지금도 가끔 그 낭자 얼굴이 떠오르느냐?"

 "자꾸 만난 사이가 아니었으니 그 얼굴은 소상히 떠오르질 아니하오나 그 자태는 가끔 눈에 밟히옵니다."
 "……그래…… 나쁜 인연이건, 좋은 인연이건, 인연의 끈이라고 하는 것이 그렇게도 무서우니라."
 "……인연의 끈이라 하오시면……?"
 천영 노스님께서는 법환스님을 쳐다보시면서 다시 말씀을 이으셨다.
 "저 멀고 먼 북쪽 땅 몽고에서 한 사내 아이가 태어났었느니라."
 "……예, 스님."
 "그 사내아이가 태어났거나 말거나, 우리 고려나라 사람들이 상관이나 했었겠느냐?"
 "……예, 스님. 그야 알 수도 없었습지요."
 "……그래…… 그 아이가 자라서 말타고 활을 쏘고 칼을 휘두르며 장수가 되었다."
 "……예, 스님."
 "그 장수가 천하를 집어삼키려는 큰 욕심을 품었으니, 그래서 중국땅이 그 장수의 차지가 되었고, 그것도 모자라서 우리 고려나라까지 짓밟았으니, 거슬러 올라가보면 저멀리 북쪽 몽고땅에 한 사내 아이가 태어난 것이 악연이 되었구나."
 "……예, 스님."
 "세상은 멀거나 가깝거나 눈에 보이지 아니하는 인연의 끈에 매달려서 죽고 살고, 웃고 울며 돌아가나니, 이것이 모두 인연의 장난이니라."
 "하오면 스님, 그 인연의 끈에서 놓여날 수는 없는 것이온지요?"
 "이 세상에 태어났으면 어느 누구도, 어느 무엇도, 심지어는 저 두견새까지도 인연의 끈에서 벗어날 수 없음이니, 그래서 인연이 무섭다 하였느니라."
 "하오나 스님, 이 세상에는 좋은 인연도 많지 않사옵니까?"
 "그야 물론 좋은 인연도 많다 할 것이다. 어리석은 범부 중생의 자식으로 태어나서 부처님의 가르침을 만난 것도 좋은 인연이요, 어질고 착한 스승을 만난 것도 좋은 인연이라 할 것이며, 아버님 어머님의 좋은 인연으로 내가 이 세상에 사람의 몸으로 태어난 것도 좋은 인연이요, 배고픈 사람에게 밥을 나누어 주는 것도 좋은 인연이요, 헐벗은 사람에게 옷을 입혀주는 것도 좋은 인연이며, 병든 사람에게 약을 주는 것도 좋은 인연이니, 좋은 인연, 나쁜 인연이 모두 어디서 나온다 하겠는고?"
 "……예, 좋은 인연도 나쁜 인연도 둘 다 마음에서 나온다 할 것이옵니다."
 "저 북쪽 몽고땅에서 태어난 한 사내 아이가 어질고 착하게 자라서 살생을 하지 아니하고, 남의 것을 빼앗지 아니하며 거친말, 상스러운 말, 거짓말 아니하며, 자비로운 사람으로 자랐더라면 과연 이 나라에 저토록 끔찍한 참상이 일어났겠느냐?"
 "……일어나지 아니했을 것이옵니다."
 "한 사람의 마음이 흉악해지면 온세상이 피로 물들고, 한 사람의

마음이 자비로우면 그 세상은 봄날과 같을 것이니, 과연 사람마다 그 마음을 어찌해야 할 것이던고?"

"……예, 스님. 사람마다 그 마음을 착하고 자비롭게 가꾸어야 할 것이옵니다."

"이세상 모든 중생들이 평안하게 살려면 과연 무엇이 가장 시급한 일이겠느냐?"

"예, 스님. 그것은 사람마다 착하고 자비로운 마음을 지니는 일이옵니다."

"그렇느니라, 그러니 감히 어찌 마음닦는 공부를 게을리 할 수 있을 것인고?"

"……예, 스님. 명심하고 명심하여 부지런히 닦아 나가겠사옵니다."

이 세상에 살고 있는 모든 사람들, 이 세상에 살고 있는 모든 중생들이 참으로 착한 마음, 자비로운 마음만을 지니고 있다면 어찌 이 세상에 다툼이 있을 것이며, 어찌 이 세상에 도둑이 있을 것이며, 감히 어찌 이 세상에 전란이 일어나고 약탈이 일어날 수 있겠는가?

법환스님이 이렇게 낮이나 밤이나 마음닦는 일에 매달려 있던 어느날, 어린 동자승 시우사미가 다시 왔다.

"스님, 스님. 법환스님."

"어서 오시게, 또 양식을 짊어지고 오셨는가?"

"아이구, 이번에는 아니옵니다."

"그러면 무슨 심부름이라도 오셨다는 말이신가?"
"공부하러 왔구먼요."
"그건 또 무슨 말이신가?"
"노스님께서 보내셨습니다요."
"노스님께서?"
"예, 법환스님 밑에 가서 공부하고 있으라 하셨습니다요."
"그거 잘 되었네. 내 혼자 있자니 심심하고 적적했었네."
"에이 참, 스님두. 아, 지난번에는 심심하고 적적할 짬도 없으시다고 그러셨지 않습니까요?"
"어 참, 내가 그랬던가? 헌데 그 바랑에는 무엇을 담아 왔는가?"
"노스님께서 법환스님께 전하라고 책과 종이를 주셨습니다."
"오, 그래."
"하온데, 스님."
"왜?"
"듣자하니 스님들은 너나없이 모두 마음을 닦는 공부를 하신다고 그러시는데요."
"그래, 무엇이 궁금하다는 말이신가?"
"마음만 잘 닦으면 부처님이 된다고들 그러시는데, 그 말씀이 대체 무슨 말씀인지요?"
"허, 이 사람, 공부하러 왔다더니만, 땀도 씻지 아니하고 공부부터 할 셈이란 말인가?"
"어서 말씀이나 해 주십시오. 마음만 잘 닦으면 어찌해서 부처님

이 된다는 것인지요?"

"그러면 잠시 여기 걸터 앉도록 하시게."

"예."

"지난번에 내가 마음이 주인이요, 육신은 하인과 같다고 말을 했었지, 아마."

"예, 육신은 마음이 시키는대로 한다고 그러셨습니다요."

"그래, 그러면 말이네. 이 마음이 착하고 자비로우면 입에게 거짓말을 시키겠는가, 아니 시키겠는가?"

"그야, 거짓말은 나쁜 짓이니까 시키지 아니하겠습지요."

"그러면 착하고 자비로운 마음이 도적질을 시키겠는가, 아니 시키겠는가?"

"에이 그야 안시키지요."

"그래 허면, 착하고 자비로운 마음을 지닌 사람이 남을 두들겨 패고 남의 물건을 빼앗겠는가, 아니 빼앗겠는가?"

"아이구, 마음 착하고 자비로운 사람이 어찌 남을 패고 물건을 빼앗습니까요?"

"그러면 마음 착하고 자비로운 사람이 남을 속여먹겠는가, 아니 속이겠는가?"

"그야 남을 속이면 나쁜 사람인데요 뭐—"

"마음 착한 사람이 아니란 말이지?"

"예, 욕심 많은 사람, 거짓말 하는 사람, 속여먹는 사람, 싸움 잘 하는 사람, 도적질 하는 사람, 그런 사람들은 다 흉칙한 마음을 지닌 사람이지요."
 "그러구 보니 자네도 이제 공부가 많이 익었네."
 "네에? 정말이십니까요?"
 "그래. 마음을 맑고 고요하고 깨끗이 닦으면 마음은 한없이 착하고 자비로워지는 법, 바로 그 착하고 자비로운 마음이 곧 부처님이니, 그래서 마음을 닦으면 부처가 된다네."
 "어어, 그러면 소승도 부처님이 될 수 있다는 말씀이십니까요?"
 요즘도 불가에서는 심즉시불이라, 마음이 곧 부처라 말씀하시고, 일체유심조라, 모든것은 다 마음이 지어낸다고 이르고 계시니, 부처님의 팔만사천 법문도 알고보면 바로 이 마음 하나 제대로 닦고 지녀서, 맑고 깨끗한 마음, 향기롭고 자비로운 마음으로 살아라, 당부하신 셈이라고 하겠다. 강화도 선원사 법주 천영 노스님도 제자들에게 누누이 이 마음 다스리는 법을 일러주시고 출가수행자건 재가 신도이건간에 마음이 착하고 자비롭지 못하면 부처님께 십년 백년 불공을 드려도 헛일이라 하셨다.
 하루는 천영 노스님이 느닷없이 백련암에 오셔서 제자 법환을 불러 앉혔다.
 "그동안 경을 부지런히 보았으렷다?"
 "예, 스님."
 "허면 내가 물을 것이다."
 "……예, 스님."
 "경에 이르시기를 사람의 마음에는 과연 몇가지가 있다 하셨던

고?"

"예, 마음에는 두 가지가 있다고 하셨사옵니다."

"허면 그 두 가지는 과연 무엇 무엇이더냐?"

"예, 첫째는 깨끗한 마음이요, 둘째는 더러움에 물든 마음이라 하셨사옵니다."

"그러면 깨끗한 마음과 더러움에 물든 마음은 대체 어찌 다르다 하셨던고?"

"예, 깨끗한 마음이란 욕심과 성냄과 어리석음을 버린 마음이요, 더러움에 물든 마음은 욕심과 성냄과 어리석음에 빠져 온갖 근심 걱정 번뇌망상에 젖어있는 마음이라 하셨사옵니다."

"허면 깨끗한 마음은 무엇을 즐긴다 하셨더냐?"

"예, 깨끗한 마음은 늘 착한 일 하기를 즐겨하고, 자비로운 일 하기를 즐겨한다 하셨습니다."

"그러면 더러움에 물든 마음은 무엇을 즐겨한다 하셨던고?"

"예, 더러움에 물든 마음은 천 가지 만 가지 나쁜 짓을 즐겨하게 되나니, 이것이 이 세상 모든 악행의 뿌리라 하셨사옵니다."

"그렇느니라. 중생 세상에 속이고, 훔치고, 빼앗고, 죽이는 천 가지 만 가지 악행이 더러움에 물든 마음 하나에서 비롯되나니 이 마음 하나가 실로 호랑이보다도 늑대보다도 더 무섭느니라."

"……예, 스님. 명심하겠습니다."

"저 아랫마을에 농사꾼 부부가 살고 있느니라."

"……예, 스님."

"서쪽으로 백 리를 가면 아낙의 친정이요, 동쪽으로 백 리를 가면 그 아낙의 시갓댁이 있거늘……"
"……예, 스님."
"남편이 쌀 한 말을 구해 친정 집에 갖다 드리고 오라고 하니, 그 아낙이 콧노래를 부르고 어깨춤을 추면서 멀고먼 백 리 길을 단숨에 달려 갔느니라."
"……예, 스님."
"헌데 이번에는 그 남편이 쌀 한 말을 구해 시갓집에 갖다 드리고 오라고 하니, 그 아낙이 얼굴을 찡그리고 화를 내면서 멀고먼 백 리 길을 어찌 가느냐고 투정부터 부리는구나."
"……예, 스님."
"어디 한 번 일러 보아라. 똑같은 쌀 한 말이요, 똑같은 백 리 길인데 어찌하여 그 아낙은 한 번은 콧노래를 불렀고, 한 번은 화부터 냈을 것인고?"
"……예. 처음에는 친정집을 도와준다는 깨끗한 마음이었고, 두 번 째는 시갓집에 빼앗긴다는 더러운 마음을 품었기 때문이옵니다."
"그래, 너는 과연 이 일을 놓고 무엇을 알 수 있겠는고?"
"예. 마음은 간사스럽기 그지없으니 금방 착했다가도 또 금방 악해지는가 하옵니다."
"바로 그렇느니라. 이 마음이란 간사스럽기 그지 없으니 고삐 풀어놓은 망아지와도 같아서 잠시만 한 눈을 팔면 풀밭에만 있는 것

이 아니라 곡식밭에도 들어가나니, 그래서 마음은 늘 닦아야하고 단단히 붙잡아 매두어야 하느니라."

"예, 스님. 명심하겠습니다."

그날밤, 천영 노스님께서는 백련암에서 하룻밤 주무시게 되었다. 법환스님이 참선을 하고 있는데, 시우사미가 법환스님을 불렀다.

"스님, 스님."

"으음? 그래, 무슨 일이신가?"

"또 참선을 하고 계셨사옵니까? 노스님께서 잠시 건너오라 하시옵니다요."

"그래, 알았네."

"그런데 말씀입니다요, 스님. 우리 노스님께서 심심하신가 봅니다요."

"아니, 그건 또 무슨 말이신가?"

시우사미는 웃으면서 말을 이었다.

"글쎄 말씀입니다요, 소승더러 자꾸 말을 시키시지 뭐겠습니까요?"

"무슨 말을 시키시더란 말인가?"

"올해 나이가 몇살이 되었느냐, 고향집에는 가고 싶지 아니하냐, 그런걸 다 물으셨습니다요."

"그래서 자네 무어라고 대답을 올리셨는가?"

"고향집은 가끔 가고 싶다고 말씀을 올렸습지요, 뭐."

"이 사람, 아니 그럼 정말로 고향집에 가고 싶다는 말이신가?"

시우사미는 눈물을 글썽이며 울먹이는 목소리로 말했다.
"가끔은 어머니가 보고 싶구먼요."
"허허……이사람, 아니 그러다가 정작 걸망 짊어지고 고향으로 돌아가라 하시면 어찌 하려고 그러는가?"
"고향으로 안갈거구면요. 하지만 공양을 먹을 적마다 식구들이 생각납니다요."
"그건 또 왜?"
"어머니두 굶고 계실 것이구, 동생들도 굶고 있을 것이라, 저만 밥을 먹는 것이 목에 걸립니다요."
시우사미는 말을 하면서 계속 울먹였다.
"이 사람 그만 거두시게. 노스님께서 아시면 야단치실게야."
"저, 스님. 만에 하나라도 노스님께서 소승을 고향에 내려가라 하시면 어떡하지요?"
"너무 염려마시게. 내가 잘 말씀 드릴 것이니…… 허지만 자네도 부지런히 공부를 해야지, 게으름을 피웠다간 쫓겨날 것이야, 아시겠는가?"
"예, 스님. 부지런히 배우겠습니다요."
이날 밤, 천영 노스님은 두 제자를 앞에 앉히고 이번에는 나이 어린 사미에게 물으시는 것이었다.
"이것 보아라, 시우야."
"예, 스님."
"너는 이 백련암에 무엇하라고 보냈던고?"

"예, 법환스님 밑에서 공부하라고 보내주셨사옵니다요."
"허면 그동안 열심히 공부하였느냐?"
"예, 스님."
"그러면 어디 한 번 일러 보아라. 우리 스님 보조국사께서 처음 불문에 들어온 사람에게 경계하는 말씀을 남겨놓으셨거늘 그 첫 말씀은 과연 무엇이던고?"
"예, 저 처음으로 불문에 들어와 발심한 사람은……마땅히 나쁜 사람은 멀리하고, 착하고 어진 사람을 가까이 할 것이며—"
"그리고 또 뭐라고 이르셨더냐?"
"예, 마땅히 오계와 십계를 받아 지키고, 오직 부처님의 성스러운 말씀에만 의지할 것이며, 용렬한 무리의 허망한 말을 따르지 말라 하셨사옵니다."
"그래, 허면 행언은 또 어찌하라 이르셨던고?"
"행언이라 하오시면……?"
시우사미가 잘 알아듣지 못하자, 법환스님이 말했다.
"으음, 그건 바로 걸을적에나 말할 적에는 어찌하라 하셨느냐, 그걸 물으시는 것일세."
"그것을 알고 있느냐?"
"아, 예. 길을 걸을 적에는 옷깃을 벌리거나 팔을 흔들지 말 것이며, 말을 할 적에는 큰소리로 떠들거나 희롱하여 웃지 말 것이요, 긴요한 일이 아니면 산문 밖으로 나가지 말 것이며, 아픈 사람이 있으면 자비로운 마음으로 보살필 것이요, 손님이 오시면 반가

이 맞아들일 것이며, 어른을 만나면 마땅히 공손하게 길을 피해야 한다고 이르셨습니다요."

"허허, 그러고보니 시우사미 너도 어지간히 밥값을 허는구나. 응? 허허허—"

천영 노스님이 물으시는대로 나이 어린 시우사미가 대답을 해올리자 노스님께서는 매우 흡족해 하셨다.

"너 인석 시우야."

"예, 스님."

"너, 큰 절 선원사에 있을 적에는 공부를 게을리 하더니만 여기 백련암에 와서는 제법 부지런히 배웠구나."

"아, 아니옵니다, 스님."

"아니라니, 허면 또 무슨 말이던고?"

"예, 저 선원사에 있었을 적에는 이런 심부름, 저런 심부름 해야 할 일이 많았사옵니다."

"흐음—그래? 헌데 이 백련암에서는 심부름이 없었더란 말이냐?"

"예. 법환스님께서 공부만 하라시면서 공양까지 손수 지어 주셨사옵니다요."

"허허, 아니 허면 너는 이 백련암에서 호강을 하고 있었구나?"

그러자, 법환스님이 손을 저으면서 말하는 것이었다.

"아, 아니옵니다, 스님. 시우사미는 소승이 시키지 아니해도 제 할일을 미리 찾아 잘 해주었습니다."

"허면 내가 다시 한 가지 더 물을 것이다."

"……예, 스님."

"너는 네 고향 전라도 해양땅에서 나를 따라 올 적에 약조한 것이 있었느니라."

"예, 스님."

"그때 과연 무엇이라 약조를 했었던고?"

"예. 부지런히 배우고 닦아 훌륭한 스님이 되겠다고 약조를 드렸사옵니다."

"그래, 그랬었느니라. 허면 어디 얼마나 부지런히 배우고 닦았는지 대답해 보아라. 사미십계 가운데 네번째 계율은 과연 무엇이던고?"

"예, 네번째 계는 불망어이오니, 거짓말을 하지 말지어다 이옵니다."

"그러면 대체 어떤 말이 거짓말이라 하였는고?"

"……예. 거짓말에는 네 가지가 있음이니, 첫째는 옳은 것을 그르다 하고, 그른 것을 옳다고 함이며, 본 것을 못보았다고 하고, 못 본 것을 보았다 하는 진실되지 아니한 말이옵니다."

"허면 두번째 나쁜 말은 무엇이라 하였던고?"

"예. 두번째 나쁜 말은 감언이설이니 겉으로는 비단결같은 말로 아첨하여 남을 속이는 것이옵니다."

"그러면 세번째는 무엇이던고?"

"예. 세번째는 악어(惡語)이니 험하고 상스러운 욕설과 악담이옵니다."
"허면 네번째 나쁜 말은 또 무엇이더냐?"
"예, 네번째는 양설이니 이사람에게는 이말을 하고, 저사람에게는 저말을 해서 이간질시키는 말이 나쁜 말이요, 듣는 데서는 칭찬을 하고 돌아서서는 악담을 하면 바로 이것이 네번째 나쁜 말이라 하셨사옵니다."
"법환이 너도 잘 들었으렷다?"
"예, 스님."
"그래, 시우사미의 대답이 과연 어떠하였는고?"
"예, 한귀절 한글자도 어김없이 제대로 잘 배웠는가 하옵니다."
"그래, 그만하면 시우, 너도 밥값을 제대로 한다 할 것이다."
"칭찬해 주시오니 참으로 고맙습니다, 스님."
"그러면 시우 너는 그만 건너가 자도록 해라."
"예, 스님. 소승 그만 물러가오니 평안히 쉬십시오."
나이어린 시우사미를 내보낸뒤, 천영 노스님께서는 두 눈을 지긋이 감으셨다.
멀리서는 두견새 우는 소리가 간간이 들려왔다. 한참동안 아무 말씀이 없이 두 눈을 감고 무슨 생각을 하고 계시던 천영 노스님께서 법환스님을 부르셨다.
"이것 보아라, 법환아."
"예, 스님."
"저 아이를 어찌 보는고?"

"무슨……말씀이시온지요, 스님?"

"저 아이가 중노릇 제대로 할 아이 같으냐는 말이다."

"아, 예. 소승이 보기에 제대로 잘 할 것 같사옵니다마는……."

"내가 전라도 송광산 수선사에 있을 때였다."

"……예, 스님."

"하루는 저 아이 어머니가 저 아이를 수선사로 데리고와서 눈물로 애원을 하는 것이었어."

"아, 예."

"저 아이 아버지는 몽고병란으로 몽고군의 창칼에 목숨을 잃었고……."

"아니, 그러면……."

"저 아이 밑으로도 어린 것들이 둘이나 있었는데 당장 끼니 끓일 것이 없으니 영락없이 아이들을 굶겨 죽일 형편이라는 게야."

"아, 예. 그래서 저 아이를……."

"수선사에서 맡아 키워 주시면 하인으로 부리던지 중을 만들어 주시던지 그 은혜 평생토록 잊지 아니하겠다는 게야."

"아, 예. 그런 딱한 사정이 있었구면요."

"생각 같아서는 나머지 아이들도 다 맡아주고 싶었는데, 두 어린 것들은 그 어머니가 어떻게든 키울 것이니 큰 아이 하나만 맡아달라고 해서 그래서 저 아이를 맡았던 게야."

"아, 예. 스님."

"헌데, 막상 맡아놓고 저 아이에게 절에서 잔심부름이나 하면서 지내겠느냐, 아니면 머리를 깎고 스님되는 공부를 하겠느냐 하고 물었더니, 저도 머리깎고 스님이 되겠다는 게야."
 "아, 예. 그랬었구먼요."
 "허나 한평생 중노릇 하는 것이 어디 쉬운 일인가."
 "하오나 저 아이는 제 스스로 수행자가 되겠다고 나선 것이 아니옵니까?"
 "그야 물론 제 스스로 머리를 깎겠다고 그랬다마는, 내 생각은 좀 달라."
 "하오시면 스님께서는?"
 "철없는 어린 것을 데려다가 먹이고 입혀서 키웠다고 해서 반드시 중노릇 해야 한다고 우길 생각은 없어."
 "아니, 하오시면 스님께서는 저 아이를 장차 어찌 하시려는지요?"
 "좀 더 나이를 먹고 철이 들면 그때 가서, 제 알아서 중이 되던지, 환속을 하던지 하라고 할 참이야."
 "하오시면 나이가 들때까지는 그냥 내버려두고 보시자는 말씀이신지요?"
 "내가 보기에는 저 아이는 머리가 총명한 아이니 글공부를 제대로만 잘 시키면 시골 관아에 미관말직은 맡을 수 있을 것이야."
 "소승이 보기에도 저 아이는 아주 총명한 아이입니다."
 "잘 다듬어주면 쓸만한 물건이 될 것이니 네가 각별히 좀 살펴줘야 할 것이다."

 "예, 스님. 그리하도록 하겠습니다."
 "허나, 반드시 중을 만들라는 말은 아니니, 중될 것을 강요해서는 아니될 것이야."
 "예, 스님. 잘 알겠사옵니다."
 "이것 보아라."
 "예, 스님."
 "너나 내나 저 아이나 머지 아니해서 이 강화섬을 떠나야 할 것이다."
 "무슨……말씀이시온지요, 스님?"
 "몽고군이 중국을 삼켜 원나라를 세우고 다시 차라대 장수를 우리나라에 보내 조정을 괴롭히고 있으니 세상 일이 더욱 급박해질 것이야."
 "하오나 육지와 강화섬 사이에 바다가 있으니 별일이야 있겠사옵니까?"
 "너는 아직 자세히 모르는 모양이나 국권은 아직도 최씨 무인정권이 한 손에 쥐고 있어."
 "예, 스님. 소승도 그것은 잘 알고 있사옵니다."
 "백성들은 지금 굶어죽고 얼어죽고 수십년째 울부짖고 있거늘, 엊그제 왕궁에서는 밤새도록 풍악을 잡히고 주지육림에 묻혀 밤을 새웠다고 들었다."
 "밤새도록 풍악을 잡혔다구요, 스님?"
 "그래. 이 손바닥만한 강화섬에 수십만 명이 피난살이를 하면서 굶기를 밥먹듯 하거늘 왕실과 벼슬아치들은 호의호식에 밤새도록 풍악을 잡히고 술타령이나 하고 있으니, 내 어찌 더이상 이 강화섬에 머물고 싶겠느냐?"
 "하오시면 스님께서는 선원사를 떠나려 하시온지요?"
 "주상전하께 말씀드려 하루 속히 송광산 수선사로 돌아갈 생각이니라."
 그렇게 비통한 마음으로 말씀하시는 스승의 어두운 낯빛을, 법환은 차마 마주보지 못하고 고개를 떨구었다.

5
운수행

　강화도 선원사 법주 천영스님이 백련암에서 하룻밤을 주무시고 다시 선원사로 돌아가신 지 스무 날 쯤 되어서였다. 선원사로 양식을 얻으러 갔던 시우사미가 일찌감치 백련암으로 올라오는 것이었다.
　"아니. 어찌 이리 일찍 오시는가?"
　"선걸음에 빈몸으로 달려 왔으니 빨리 왔습지요."
　"아니 양식을 얻으러 간 사람이 어찌 빈몸으로 왔다는 말이신가?"
　"이제 양식은 더 이상 가져올 일이 없게 되었습니다요."
　"아니, 그건 또 무슨 말이던가?"
　"법환스님께서는 어서 걸망이나 챙기십시오."
　"무엇이? 걸망을 챙기라니?"
　"노스님께서 그러셨습니다요. 백련암 살림은 그만 살고 오늘로 당장 선원사로 돌아오라고 말씀입니다요."
"선원사로?"
"예에. 해 떨어지기 전에 선원사에 당도하려면 어서 걸망부터 챙기십시다요."
"달리 말씀은 없으시던가?"
"다른 말씀은 없으셨사옵니다만 어째 선원사 경내가 서먹했습니다요."
"오늘 중으로 오라고 그러셨단 말이던가?"
"예, 책 한 권도 남기지 말고 모두 다 챙겨 오라고 그러셨사옵니다요."
"알겠네. 그럼 자네도 어서 자네 짐을 챙기도록 하게."
법환스님은 부랴부랴 걸망을 챙겨 짊어지고 그날 저녁무렵 선원사에 당도했다.
경내에는 풍경소리가 은은하게 울리고 있었다.
"그래, 짐은 다 챙겨 왔느냐?"
"예, 스님. 세간살이는 그대로 두고 책과 지필묵만 챙겨가지고 왔사옵니다."
"그래, 잘했느니라."
"소승에게 분부 내리실 일이라도 있으시온지요?"
"내 어제야 주상 전하를 배알했었느니라."
"아, 예. 하오시면 송광산 수선사로 내려가시겠다고 말씀 올리셨는지요?"

"말씀은 올렸다마는……."
"일이 뜻대로 되시지 아니하셨습니까, 스님?"
"이 절 선원사는 너도 알다시피 조정의 실권자였던 최우공이 창건한 원찰이니라."
"예, 그건 소승도 알고 있사옵니다."
"4년 전에 최우공은 비록 세상을 떴다마는 지금은 최우공의 아들 최항공이 또 실권을 한손에 쥐고 있다."
"예, 그러하옵니다."
"그래서 이 선원사 법주 자리는 주상 전하 마음대로 바꿀 수 있는 것이 아니라, 최공의 의향에 달려 있음이라 하셨다."
"아, 예. 하오시면 최항공을 다시 만나셔야 된다는 말씀이시군요?"
"벌써 만났느니라."
"하오시면?"
"여기 이 선원사는 송광산 수선사의 분원격이요, 최우공의 원찰이니 아무에게나 법주자리를 내줄 수 없다는 대답이었다."
"아니, 하오시면……."
"번잡한 세속사가 싫어서 중이 되었건만 어쩌다 이제는 내 마음대로 오고 가지도 못하게 되어 버렸구나."
"그러시오면 스님께서는 이 선원사에 더 계셔야 한다는 말씀이십니까요?"
"후임자를 다시 정할때까지는 별 수 없이 이 선원사 법주자리를 지켜야 하게 되었구나."
"아, 예. 하오면 소승은 어디서 공부를 해야 할지요, 스님?"
"내 그래서 너를 불렀느니라. 출가수행자는 권세 가까이에 있으면 배울 것이 없느니라."
"아, 예. 스님."
"나야 이미 이리저리 얽힌 몸이니 별 수 없다마는 법환이 너는 이 번잡한 강화섬을 떠나도록 해라."
"예에?"
"왕실에 조정에 귀족에 문무백관에 비좁은 이 강화섬이 숨막힐 지경이니 여기서 어찌 제대로 도를 닦을 수 있겠느냐."
"하오나 스님, 소승은 스님 문하에서 공부하고 싶사옵니다."
"그것은 아니될 소리!"
"아니옵니다, 스님. 소승 아직 초발심자이온데 스님 문하를 떠나 감히 어디로 갈 수가 있겠사옵니까?"
"너도 알다시피 이 강화섬은 권세의 한복판이 되어 버렸다. 젊은 수행자가 도를 닦기에는 너무 번잡한 곳이야."
"하오나 스님, 소승 결코 산문 밖에 나가지 아니할 것이오니 스님 문하에 머물도록 허락해 주십시오."
"이것 보아라, 법환아."
"예, 스님."
"저기 저 두견새 우는 소리가 들리느냐?"
멀리 어디선가 두견새 우는 소리가 들려왔다.

"예, 스님. 들리옵니다."

"미물에 짐승인 저 날아다니는 새도 때가 되면 어미 품을 떠나서 홀로 사는 법, 너는 이제 내게서 떠날 때가 되었느니라."

"하오시면 스님, 소승 대체 어디로 떠나라 하시는지요?"

"마침 전라도에서 곡식을 싣고 올라온 배가 내일 용당포를 떠난다 하니 너는 그 배를 타고 강화섬을 떠나도록 해라."

"아니 스님, 무작정 내일 떠나라는 말씀이시옵니까?"

"출가수행자에게는 본래 행처가 정해진 게 아니니 발길 닿는대로 구름 흐르는대로 물흐르는대로 가는 법, 그래서 수행자가 가는 길을 운수행이라 했느니라."

"하오시면, 스님께서는……."

"나도 이 선원사에 오래 머물지는 아니할 것이니 훗날 송광산 수선사에서 만날 날이 있을 것이니라."

법환스님은 울컥 눈물이 나오는 것을 참을 수가 없었다. 그래서 울먹이는 목소리로 스님을 불렀다.

"하오나, 스님!"

"부귀영화도 초개같이 버린 사내대장부가 어찌 이만한 작별을 아쉬워한단 말이더냐?"

"……잘못되었습니다, 스님. 스님 분부 받들어 떠나도록 하겠사옵니다."

"배를 타고 내려가다보면 충청도에도 좋은 절이 많고, 전라도에도 좋은 수행처가 많을 것이다."

"……예, 스님."

"부처님께서 이르시기를 화화초초가 다 부처님이요, 물소리 바람소리가 다 부처님 말씀이라 하셨으니 만나는 것마다 다 스승이요, 보는 것마다 다 스승이니라."

"……예, 스님. 명심하겠습니다."

"내 너에게 한가지 부탁이 있느니라."

"예, 스님. 분부 내리시지요."

"저 아이 시우사미를 송광산 수선사에 데려다 주어라."

"예에? 수선사에요?"

"내 수선사 원주에게 서찰을 써 줄 것이니 데리고 가면 받아 줄 것이니라."

"예, 스님. 분부대로 하겠습니다."

그러나 다음날 아침, 법환스님편에 나이어린 시우사미를 수선사에 딸려 보내려 하니, 나이 어린 시우사미는 땅바닥에 두다리를 비벼대며 우는 것이었다.

"아니 갈 것이옵니다요, 스님. 소승은 가기 싫사옵니다요, 스님. 소승 부지런히 공부하고 닦을 것이오니 부디 내쫓지 마시고 스님 문하에 있게 해주십시오, 스님."

"허허, 이녀석 시우야. 내가 언제 너를 내쫓는다고 하였느냐?"

"소승더러 배타고 떠나라 하심은 소승을 내쫓는 게 아니고 무엇이옵니까, 스님? 제발 소승을 이 선원사에 있게 해 주십시오, 스님. 예, 스님?"

"허허, 이녀석 그동안 배운 법도가 고작해서 생떼쓰는 것이었더냐?"
"아, 아니옵니다요, 스님. 잘못되었사오니 한번만 용서해주시고 소승을 스님 곁에 있도록 허락해 주십시요, 스님. 이렇게 비옵니다요."
"이것 보아라, 시우야."
"예, 스님."
"너는 이 법환을 따라 송광산 수선사에 가 있어야 할 것이다."
"수선사에 가면 소승을 내쫓을 것이 아니옵니까요?"
"허허, 내쫓기는 감히 어느 누가 너를 내쫓는단 말이던고? 머지 않아 나도 곧 수선사로 갈 것이니 너는 아직 바닷길이 잔잔할 때 내려가 있거라!"
"하, 하오시면 스님께서도 틀림없이 수선사로 오신다구요?"
"수선사에 가서 부지런히 배우고 닦아야지, 게으름을 피웠다가는 혼날 것이니라!"
시우사미는 두 주먹으로 흐르는 눈물을 닦으면서 천영 노스님을 쳐다보았다.
"예, 스님. 죽어라 배우고 죽어라 닦겠습니다요."
법환스님은 나이 어린 시우사미와 함께 선원사 법주 천영 노스님께 하직 인사를 올렸다.
"스님. 그동안 거두어주신 은혜, 결코 잊지 아니할 것이옵니다."
시우사미도 울먹이면서 말했다.

"소승도 노스님의 은혜, 잊지 아니할 것이옵니다요."
"원 이런 녀석, 그래 은혜를 안다는 녀석이 아직도 두 눈에 눈물이 그렁그렁하느냐?"
"그동안 입은 은혜를 생각하니 눈물이 나오는 것을 어찌합니까요?"
"그래, 그만 되었느니라. 헌데 너희들 법당에 올라가서 부처님께 하직인사는 올리고 왔더냐?"
"예, 스님. 법당에서 내려오는 길이옵니다."
시우사미가 다시 천영 노스님을 불렀다.
"하온데, 스님."
"그래, 아직도 무슨 할 말이 남아있더냐?"
"소승이 송광산 수선사에 내려가서 부지런히 공부만 하고 있으면 노스님께선 어김없이 내려오실 것이지요?"
"마음 같아서는 너희들과 함께 배를 타고 싶다마는 내가 길을 잘못 들어 이 지경이 되었구나."
"하오면 노스님께서는 언제쯤 송광산으로 내려오실 것인지요?"
"너무 조바심 내지 말고 공부나 부지런히 하고 있거라. 시절 인연이 머지 아니할 것이니라."
천영 노스님께서는 수선사 원주스님에게 전할 서찰을 법환에게 전하면서 다시 한번 당부하셨다.
"기왕 떠나는 운수행각이니 바람부는대로, 구름 흐르는대로, 발길 닿는대로 놓아주어야 마땅한 일이다마는 어쩌겠느냐, 이 아이

를 먼저 수선사에 데려다 주고 떠나도록 하여라."
"예, 스님."
"그리고 시우, 너 말이다."
"예, 스님."
"넌 수선사에 가거든 어리광 부리지 말구."
"예, 스님. 소승이 뭐 어린앤가요? 어리광 부리게요."
"도량석 소리가 들리면 벌떡 일어나서 새벽예불에 늦지 아니하도록 하구."
"예, 스님."
"내 목에 걸었던 이 염주를 네 목에 걸어줄 것이니 잘 간직하도록 해라. 자―"
 천영 노스님께서는 자신의 목에 걸었던 염주를 시우사미의 목에 걸어주는 것이었다. 시우사미는 다시 울먹이면서 말했다.
"스님, 고맙습니다. 스님―"
"허허, 이녀석. 그만큼 절밥을 먹었으면 대범해야지. 어쩌자고 아녀자마냥 눈물이 흔하던고?"
"잘못되었습니다. 스님. 용서하여 주십시오."
"그래, 그러면 물에 맞춰 배가 뜬다고 했으니 어서 그만 나가 보자꾸나."
"아니, 하오시면 스님께서 용당포 포구까지 나가시게요?"
"내 너희들 전별하려고 그러는 게 아니라, 용당포 위에 있는 용당사에 좀 가볼려고 그런다. 자― 어서 그만 일어들 나거라."

선원사 법주 천영 노스님은 짐짓 용당포 포구 위에 있는 용당사에 가신다 하셨지만, 노스님의 마음은 이미 배를 타고 전라도 송광산 수선사로 달려가고 있다는 것을 제자 법환은 알고 있었다.
 포구에는 파도소리며 갈매기 우짖는 소리로 가득차 있었다.
 법환스님과 시우사미는 다시 천영 노스님께 작별 인사를 드렸다.
 "스님, 평안히 계십시오."
 "스님, 소승은 스님께서 내려 오시기만을 학수고대하고 있겠사옵니다요."
 "그래 그래. 어서 그만 배에 올라 타거라."
 제자들을 실은 배가 포구를 떠나 돛바람을 가득 안고 서쪽 바다로 멀어지는 것을 천영 노스님은 용당포 둔덕에 서서 바라보고만 계셨다.
 법환스님과 시우사미는 천영 노스님을 바라보면서 마음이 아파옴을 느꼈다.
 배는 돛폭에 바람을 안고 갑곶이 강을 빠져나와 서해 바다로 나아가 어느새 강화도가 가물가물 멀어져 갔다. 파도가 점점 거세지자, 시우사미는 배멀미를 하기 시작했다.
 "파도가 점점 거세지는구먼. 자 어서 이리 와서 앉게."
 "스님은 무섭지도 아니 하십니까?"
 "무섭기는 이사람아, 이래뵈두 이 배는 쌀을 백 가마나 싣고 온

큰 배라네."
 "아이구, 아니 어찌 이리 배가 뒤뚱뒤뚱 한답니까요, 스님?"
 "그야 파도가 거세지니까 그래서 흔들리는 게지."
 "아이구, 어지럽습니다요 스님."
 "어지럽다구?"
 "예에—"
 "그러면 두 눈을 지긋이 감고 나한테 기대어 한숨 자도록 하게. 바다를 바라보면 더 어지러운 법이라네."
 "아이구, 언제 육지에 닿게 되는지요?"
 "아 이사람아, 이제 겨우 강화도를 떠났는데, 사나흘은 더 걸려야 전라도 땅에 당도하게 될 것이야."
 "아이구, 이 배에서 사나흘을 가야 한다구요?"
 "그것두 순풍을 만나야 사나흘이구, 바람이 없으면 이레 여드레, 심지어는 열흘도 더 걸린다네."
 "아이구, 그럼 밥도 이 배에서 먹구, 잠도 이 배에서 자구요?"
 "그야 그래야지."
 "아이구 그럼 해우소 갈 일 생기면 어디로 가구요?"
 "원 참 이사람, 아 그것두 이 배에서 봐야지, 이 바다 가운데 해우소가 어디 있고 휴급소가 어디 있겠는가?"
 "아이구, 이럴 줄 알았으면 배를 아니 타는건데 그랬습니다요."
 "지금도 어지러운가?"
 "예에—"

"그러면 두 눈 지긋이 감고 나한테 기대어 잠이나 한숨 자도록 하게. 자—"
 서해로 빠져나온 배는 뱃머리를 남쪽으로 돌려 순풍에 돛을 달고 잘도 달려 나갔다. 허나 배를 처음 타보는 나이어린 시우사미는 어느새 멀미에 지쳐 쓰러져 자고 있었다.
 뱃사공이 잠든 시우사미를 쳐다보다가 측은한 생각이 들었는지 법환스님에게 물었다.
 "이것 보시우 스님."
 "예."
 "그 동자스님은 올해 나이가 몇이나 되셨답니까요?"
 "동자스님 나이는 어찌 물으시는지요?"
 "보아하니 아직 어머니 치마폭에나 매달려 있어야 할 나이 같은데 머리를 깎았으니, 안돼 보여서 그렇습지요."
 "올해 열 살인지 열한 살인지 그럴 겝니다."
 "에잉 쯧쯧쯧! 우리집 막둥이 녀석이 꼭 열한 살인데 저 동자스님은 부모도 없답니까요?"
 "글쎄요, 듣기로는 아버지는 몽고군에게 붙잡혀 돌아가셨구, 고향에는 어머니와 두 어린 동생이 있다고 그러지요 아마."
 "에잉 쯧쯧! 고향이 대체 어디랍니까요?"
 "예, 전라도 해양이라고 들었습니다."
 "하오시면 스님께서는 고향이 어디십니까요?"
 "소승도 전라도 정안이 고향입니다."

"아이구 그러구보니 큰스님 애기스님 두 분 다 우리 고향분이시네요, 그래—"
"고향분을 만나뵈었으니 반갑습니다."
"이 배에 타고있는 사공 셋이 모두 다 목포에서 왔습지요."
"목포라 하시면, 나주 아래 포구 말씀이지요?"
"예에—기왕지사 고향 스님을 만났으니 억울한 말씀 좀 드려야겠습니다요—"
"억울한 말씀이라니요?"
뱃사공은 법환스님 곁으로 자리를 옮기며 억울하고 답답한 사정을 털어놓는 것이었다.
"그래 무슨 억울한 일이라도 당하셨다는 말씀이십니까?"
"아 이거 고향분이신데다가 스님이시니까 마음놓고 말씀을 드리겠습니다마는 세상에 이게 어디 세상입니까요? 벼락을 맞아도 열 두 번을 맞을 놈에 세상입지요."
"대체 무슨 일을 겪으셨기에 이리 역정부터 내고 이러시는지요?"
"글쎄 말씀입니다요 스님, 나같은 천한 뱃놈이 무엇을 알겠습니까마는, 지금 백성들은 죽지 못해 살아가고 있습니다요."
"그야 몽고병란이 근 30년째 계속되고 있으니 어렵지 아니한 백성이 어디 있겠습니까?"
"아 그 빌어먹을 몽고 오랑캐도 오랑캐들이지만 말씀입니다요, 국록을 먹고사는 관아의 벼슬아치놈들, 도적놈 아닌 놈이 한놈도 없습니다요."
 "벼슬아치들이 다 도적이란 말씀이십니까?"
 "두 말 하면 잔소리, 내 입만 아픕니다요. 아 글쎄 그 도적놈들 행패가 어떤지 아십니까요?"
 "그러면 관아에 있는 벼슬아치들이 도적질을 대체 어떻게 하고 있더란 말씀인지요?"
 "아 글쎄, 조정에서 전라도 어느 고을은 쌀 백 가마를 강화도로 올려 보내라 하고 명을 내리지 아니하겠습니까요?"
 "그, 그야 그러겠지요."
 "그러면 그 고을에서는 백성들로부터 쌀 백 가마만 거두어 들이는 것이 아니라 이백 가마를 거두어 들입니다요."
 "백 가마 올려 보내라는데 어찌 이백 가마를 거두어 들인단 말입니까?"
 "허허, 이 스님 산속에서 도만 닦으시느라고 세상 돌아가는 것은 캄캄 절벽이시네 그래—아, 이백 가마 거두어 들여가지고 백 가마는 강화도로 올려 보내고, 나머지 백 가마는 제놈들이 쓱싹 빼돌려 먹어 치웁지요."
 "예에?"
 "자, 그러니 지긋지긋한 난리통에 걸핏하면 왜구놈들이 들이닥쳐 가지고 노략질 하지, 또 걸핏하면 몽고놈들이 군량미 한다고 빼앗아 가지, 게다가 또 조정에 올려 보내야 한다고 곡식을 훑어 가지, 이놈이 털어가고 저놈이 빼앗아 가고 백성들 입에 들어갈

양식이 남아날 수 있겠습니까요?"
 "그것 참, 듣고보니 백성들 고생이 말씀이 아니겠군요."
 "그뿐이 아닙니다요, 아 글쎄 이 난리통에 굶기를 밥먹듯 하면서 그래도 살아 보겠다고 피땀흘려 농사를 지어놓으면 가을에 관아에 있는 도적놈들이 간평을 한답시고 마을에 나옵니다요."
 "간평이라면 무슨 말씀인지요?"
 "허허, 이 스님 염불만 하셨지 세상일은 참으로 한밤중이시네."
 "이거 부끄럽습니다, 아는게 별로 없어서요."
 "간평이란 금년 농사, 한 마지기 논에서 벼가 몇가마 나오겠다, 이걸 살펴보고 판정하는 게 바로 간평입지요."
 "아 예, 그러니까 이 논에서는 벼가 세 가마 나오겠다 저 논에서는 두 가마 나오겠다, 그걸 살펴보고 판정한단 말이지요?"
 "그러면 그자들이 어디다 써먹으려고 그렇게 간평을 하느냐? 딴데 써먹으려고 하는 게 아닙니다요. 곡식 빼앗아 가려고 그러는 겁지요."
 "아, 예. 그러니까 이 논에서는 벼가 세 가마 나오겠으니 그 소출에 따라 세금을 얼마 내라 그걸 또 정하겠구먼요?"
 "바로 그렇습지요. 헌데 이 날도적놈들 허는 수작 좀 보시지."
 "대체 어떤 수작을 부리는데요?"
 "아, 글쎄 죽었다 깨나도 두 가마밖에 아니나올 소출이 뻔한데도 이 논에서는 네 가마가 나오겠다, 이렇게 두 배로 간평을 하고 세금을 두 배로 빼앗아 가니 세상에 이런 날도적놈들이 어디 있겠습니까요?"
 "아니 그러면 백성들은 무엇으로 연명을 해나간다는 말씀이십니까?"
 "그러니 오죽하겠습니까? 이 나라 이 땅에서 백성들 씨 안마르고 살아남은 게 이게 꿈같은 일입지요."
 "그러시면 사공어른께서도 농사를 지으시는지요?"
 "아, 그런 날도적놈들 밑에서 농사인들 어찌 마음놓고 지을 수 있겠습니까? 이리 빼앗기고, 저리 털리고, 그러다 보면 입에 풀칠할 것이 없으니 벼슬아치한테 장리 쌀을 얻어먹고 결국은 그 높은 이자에 치어 논이고 밭이고 다 넘겨줘 버리고 이제는 이렇게 남의 배에 몸을 싣고 품팔이를 하고 있습지요."
 "그러시면 식솔들은 대체 어찌 사신단 말이십니까?"
 "먹다가 굶다가 그러는 게지요. 봄이면 풀뿌리에 쑥으로 연명하고, 겨울이면 시레기로 끼니를 때우고…… 세상에 이런놈의 세상이 천지간에 또 있겠습니까요?"
 파도는 점점 거세지는데, 법환스님은 할 말을 잊은채 멀리 바다만 바라보고 있었다. 그동안 벼슬길에 있었을 적에 탐관오리가 곳곳에 있다는 말은 들었으나, 백성들이 이토록 고통을 겪고 있는줄은 미처 몰랐으니, 세상이 참으로 도탄에 빠져 있음을 이제야 똑똑히 알게 된 셈이었다.
 법환스님이 생각에 잠겨있는데, 정신을 차린 시우사미가 법환스님을 불렀다.

"스님, 스님."

"으음? 어, 이제 정신이 좀 드시는가?"

"여, 여기가 대체 어디입니까요?"

"어디긴 이사람아, 바다 가운데라네."

"아이구, 아직두 바다 위라구요?"

"아, 이제 겨우 시작인데 아직두라니?"

"어어—벌써 해가 지네요."

"그래 한숨 자고나니 어지럽지는 아니한가?"

"예."

"자네 고향이 송광산에서 멀지 않다고 그랬지 아마?"

"예에—"

"그러면 우리 배에서 내리게되면 자네 고향집에 먼저 들렀다 갈까?"

"아이구, 아니되십니다요."

"아니되기는 어찌해서 아니된단 말이신가?"

"에이참, 스님두……. 한 번 삭발 출가하여 먹물 옷을 입었으면 세속 부모형제와는 인연을 끊어야 한다고 그러셨습니다요, 노스님께서요."

"그야 그렇지만 노스님이야 지금 강화도 선원사에 계시는데 어찌 아시겠는가?"

"아이구, 아니되옵니다. 세상에 노스님 눈속이는 일을 어찌 하자 그러십니까요?"

"허허허— 그러구보니 자네두 이제 중 물이 단단히 들었네 그려—응? 허허허."
 법환스님은 여드레만에 지금의 전라도 목포 포구에 당도하여 배에서 내리게 되었다. 나이어린 사미승은 육지를 보자 이제야 살게 되었다고 좋아라 했다. 법환스님은 뱃사공들에게 후히 사례하고, 여기서 다시 나룻배를 타기로 했다.
 법환스님이 시우사미에게 말했다.
 "자네는 여기서 잠시 기다리고 있으시게."
 "아이구 스님, 소승 어지럽사옵니다요."
 "아, 이제 뭍에 올라왔거늘 어찌 또 어지럽다 하시는가?"
 "아이구 이거 땅바닥이 출렁출렁 춤을 추는 것 같구먼요."
 "오랫동안 배를 타서 그러니 잠시 여기 앉아서 쉬도록 하게."
 "스님은 어딜 다녀오시려구요?"
 "저기 저 객주집에 가서 나룻배를 알아보아야겠네."
 "예에? 아니 그러면 또 배를 타게요?"
 "저기를 보시게."
 "어디 말씀이십니까요?"
 "이 바다 건너편 말일세."
 "저기 저 건너편요?"
 "그래, 저기가 바로 용당포라는 곳인데 송광산 수선사로 가자면 여기서 나루를 건너 낭주, 정안을 거치는 게 지름길이라네."
 "걸어서 가면 아니되는가요, 스님?"

 "걸어서 가자면 여기서 나루를 거쳐 해양까지 올라갔다가 다시 길을 돌아야 하니 닷새도 더 걸릴 것이야."
 "하오면 여기서 나루를 건너가면 며칠이나 걸리는데요?"
 "속히 걸으면 이틀, 천천히 걸으면 사흘이면 당도할 것이네."
 "하오면 또 나룻배를 오래 타야 되옵는지요?"
 "오래 타기는, 아 건너다 보이는 바로 저곳인데…… 잠깐이면 건널 수 있을 것이네."
 "아이구, 소승은 이제 배타는 일이라면 겁부터 납니다요."
 "그래두 이번에는 호강한 줄 아셔야 하네."
 "예에? 호강이라구요, 스님?"
 "배편이 없었더라면 걸어서 한 달은 걸릴 것이니 어느편이 더 고생이겠는가?"
 "그, 그야 배타고 온 것이 편하기는 더 편했습지요마는—"
 "사람의 욕심이란 매사에 한이 없는 법, 말타면 종 부리고 싶고, 종 부리면 벼슬하고 싶고—"
 "잘못되었습니다요, 스님. 다시는 투정부리지 아니할 것이오니 용서하여 주십시오."
 "알았으면 되었네. 그래서 노스님께서 늘 당부하시지 아니하시던가, 모름지기 출가수행자는 언제 어디서건, 무슨일에건 만족하게 여길줄을 알아야 한다고 말씀이네."
 "예, 스님. 명심하겠구먼요."
 법환스님은 다음날 아침에야 나룻배를 얻어타고 바닷길을 건너

용당포에 당도했고, 여기서부터는 걷고 걸어서 송광산 수선사를 향하게 되었다.
 동쪽으로 동쪽으로 길을 걸어가다보니 그날 저녁나절에는 자연히 지나치게 된 곳이 바로 정안땅, 바로 법환스님의 옛고향이었다.
 멀리 바라다 보이는 장군봉, 그리고 그 아래로 펼쳐진 들판이며 마을들이며, 지금은 스님이 되어 삿갓을 눌러쓴채 지나는 나그네지만, 법환스님에게는 천 가지 만 가지 감회가 새로운 고향이었다.
 저 아래로 펼쳐진 들판에는 한가로이 소가 울고 있었다.
 법환스님을 따라 급히 걸어오던 시우사미가 숨을 헉헉거리며 스님을 불렀다.
 "아이구 스님, 잠시 쉬었다 가십시다요."
 "허허, 어찌 그리 걸음이 더디더란 말이신가, 어서 오시게."
 "아이구 다리야. 여기가 대체 어디인지요, 스님?"
 "으응, 정안이라는 고을일세. 자 어서 앞서 걸으시게."
 "아이구 숨차! 스님 저기 마침 큰 정자나무가 있으니 그 밑에서 잠시 쉬었다 가십시다요."
 "아직 하룻길도 걷지 아니했거늘 벌써부터 다리가 아프단 말이신가?"
 "발 뒤꿈치에 물집이 생겼습니다요, 스님."
 "허허, 이거 낭패로구먼. 아직 갈길이 이백 리는 족히 남았는데—"
 "아이구 스님. 다리도 아프고, 제발……."

"하는 수 없구먼. 허면 잠시만 좀 앉았다 가세."

마을 앞 큰 정자나무에서는 매미가 제철을 만나 한창 울어대고 있었는데, 마침 그 정자나무 아래에서 한 농부가 땀을 식히고 있었다.

"아이구 이거 잠시 이 나무그늘 신세 좀 지고 가겠습니다."

"아이구 원 무슨 그런 말씀을 다 하십니까요, 스님. 신세는 무슨 신세요, 어서 이리 앉으셔서 땀을 식히도록 하십시오."

"고맙습니다. 자, 그럼 여기 좀 앉았다 가세나."

"아이구, 아이구 시원해. 걸망을 벗어놓고나니 살 것 같습니다요, 스님."

"짐이 무겁거든 내 걸망에 옮겨 담으시게."

"아이구, 아니옵니다요. 걸망이 무거워서 그런게 아니옵구요, 오랫동안 걸었으니 그래서 그렇습지요."

"어디서 오시는 스님들이신지요?"

"예, 소승 경기도 강화섬에서 오는 길입니다요."

"어이구 그 강화섬이라면 나랏님께서 가 계신다는 그 섬 아닙니까요?"

"예, 그러하옵니다."

"허면 어디로 가시는 길이신데요?"

"아 예. 저기 저 송광산 수선사로 가는 길이옵니다요."

"송광산 수선사라?"

"예. 하온데 저기 보이는 저 산은 무슨 산이라 부르는지요?"

시우사미는 앞에 보이는 산을 손가락으로 가리키며 물었다.
"아, 저 산 말이신가? 저 산은 그 전에는 장군봉이라고 불렀는데 근년 들어서는 장원봉이라고 고쳐 부르지."
잠자코 듣고 계시던 법환스님이 의아해서 물었다.
"아니 어르신, 저 산 이름을 어찌하여 장원봉이라 고쳐 부르신다는 말씀이십니까?"
"아, 예. 저 산 이름을 장군봉이라 부르지 아니하고 장원봉으로 고쳐 부르게 된데는 다 그만한 까닭이 있습지요."
"무슨 까닭이신데요, 어르신?"
"아, 이래뵈도 우리 고을은 양반 고을입지요. 암, 양반고을이고 말고요. 아, 우리 고을 위씨 집안에서 근래에 큰 인물이 둘이나 나왔습지요."
듣고있던 시우사미가 농부를 쳐다보면서 물었다.
"무슨 인물이 나왔는데요?"
"형제가 둘 다 장원급제를 했어요!"
"형제가 둘 다 장원급제요?"
법환스님은 아차 싶었다. 그 마을 농부가 바로 당신 형제 이야기를 하고 있었으니, 난감했던 것이다.
"아, 글쎄 한 가문에서 장원급제 한 번 나오기도 어려운 법인데 아, 우리 고을 위씨 집안에서는 한 집 한 형제간에 연거푸 둘이나 장원급제를 했으니 아 이거야 보통지사가 아닙지요. 아, 그렇지 아니합니까요, 스님?"

"아, 예. 그, 그렇겠습지요."
"그러면 그래서 산이름이 장원봉으로 바뀌었다는 말씀이십니까요?"
"그, 그렇지요. 장원급제를 형제가 했으니 그래서 저 산 이름을 아예 장원봉으로 바꿔 부르게 되었더라 그런 말입지요, 예."
"그러면 그 형제는 지금 어디 계시는데요?"
"그러니까 그 형은 지금 조정에서 벼슬을 살고 있다고 하고, 그 아우는 전라도 전주 근처 어느 고을에서 벼슬을 하고 있다지 아마."
"성씨가 위씨라고 하셨습니까요?"
"그래, 위씨라니까……."
"아이구 스님, 스님의 속가 성씨도 위씨가 아니시옵니까요?"
"허허 이사람, 출가수행자는 모두 석가모니 부처님 따라 석씨가 성이거늘 어찌 딴소리를 하는가? 자, 그만 일어나시게! 덕분에 잘 쉬었다 갑니다, 어르신."
"아, 아 예. 벌써 가시게요?"
"뭘 꾸물대고 있는가, 어서 가자는데두."
"아, 예. 스님."
법환스님은 서둘러 저만치 걸어가고 있었다. 그동안 아무에게도 발설하지 않았지만 장원급제한 형제 가운데 형은 바로 법환스님 당신이었고, 아우는 위문개였으니 지금은 전주 부근에서 현감 벼슬에 올라 있었다.

동자승 시우사미는 헐레벌떡 뒤따라 뛰어오면서 법환스님을 불러댔다.
 "스님, 스님. 같이 가십시다요, 스님―"

6
계족산 정혜사에서의 수행

　전라도 송광산 수선사에 시우사미를 데려다 주고 난 법환스님은 다시 걸망 하나를 짊어지고 주장자 하나에 몸을 의지하며 이 고을에서 저 고을로 정처없는 운수의 길을 걷고 계셨으니 어느 때는 이 암자에서 한 철을 보내고 또 어느 때는 한 사찰에서 두 철을 머물면서 경을 부지런히 보아 부처님의 가르침을 마음에 새겼다.
　그러던 어느해 겨울이었다. 스님의 발길은 지금의 전라남도 승주군 서면에 있는 계족산 정혜사에 이르게 되었다.
　때는 삼동지절이라 눈보라는 휘몰아치고 추위는 살을 에이는데 막상 당도한 정혜사는 퇴락할대로 퇴락한 초라한 암자였다.
　"스님 계시옵니까, 객승 문안드리옵니다."
　법환스님이 크게 소리질렀으나 세찬 바람소리에 목소리가 묻히고 말았다.
　"스님 계시옵니까, 객승 문안드리옵니다."

법환스님이 다시 한 번 소리지르자, 방문이 열렸다.
"누구를 찾으십니까요?"
"아, 예. 지나가던 객승이온데 잠시 쉬어갈까해서 찾아왔습니다."
"객승이라구요?"
"예, 그러하옵니다."
"잘못 오셨구먼요."
"예에? 잘못 왔다니요?"
"보면 모르시겠습니까? 첩첩산중에 찾아오는 사람도 별로 없으니 바람만 세게 불어도 쓰러질 지경에다 이렇게 눈이 많이 내리면 언제 주저앉을지도 모르는 암자이니 객승이 쉬어갈 형편이 못됩니다요."
"아, 예. 사정이 그러한줄은 알겠습니다마는, 허나 이 눈보라속에 다시 산을 내려갈 수도 없고 어찌 하겠습니까, 하루밤만이라도 쉬고 가게 해주십시오."
"하루밤이건 잠시건 아니되겠으니 날이 어둡기 전에 어서 내려가 보시오."
"소승이 듣자하니 이 암자에는 도 깊으신 노스님이 한 분 계시다고 들었소이다만······."
"아니 그럼 우리 노스님을 안다는 말이시오?"
"기왕 여기까지 왔으니 노스님께 문안 인사라도 올리고 가도록 해주시지요."
"그러면 대체 어느 절에서 온 누구라고 전하면 되겠소?"

"예. 소승 강화도 선원사에서 온 법환이라 하옵니다."
"강화도 선원사라?"
"예, 그러하옵니다."
"여기서 잠시 기다려 보시오. 내 노스님께 여쭤보고 오리다."
헌데 이상하게도 이 암자에 있던 그 젊은 스님은 외눈이었다.
외눈의 젊은 스님은 방안으로 들어갔다가 한참만에야 나오는 것이었다.
"기왕에 왔으니 문안인사나 하고 가라고 그러셨소. 들어오시오."
"아 예. 고맙습니다, 스님."
법환스님은 정혜사 노스님께 정중히 예를 갖추고 공손하게 무릎을 꿇고 앉았다.
한참동안 말없이 법환스님을 쳐다보시던 노스님이 이윽고 조용히 말문을 여셨다.
"강화도 무슨 절에서 왔다고 그랬던고?"
"예, 소승 강화도 선원사에서 온 법환이라 하옵니다."
"그러면 대체 어느 스님 상좌이던고?"
"아, 예. 천자, 영자, 스님께서 은사스님이 되시옵니다."
"허면, 송광산 수선사 사주이신 그 천영스님 상좌란 말이던가?"
"예, 그러하옵니다."
"허면 지나가던 길이라고 그랬는가?"
"예. 사실은 소승, 운수 길에 나섰사온데, 노스님의 법력을 소문에 듣자옵고 문하에서 배우고자 하여 찾아뵈었습니다."

"무엇이라구? 내 밑에서 배우고 싶다?"
"예, 스님. 그러하옵니다."
"잘못 오셨네."
"예에?"
"다 쓰러져 가는 암자 하나도 다시 일으켜 세우지 못하는 이 늙은 중한테서 무엇을 배우겠다는 말인가?"
"그야 스님, 쓰러져 가는 암자는 다시 일으켜 세우면 될 것이옵니다."
"다시 일으켜 세워?"
"예, 스님."
"대체 어찌 일으켜 세운단 말이던고?"
"대들보가 썩었으면 대들보를 갈고, 서까래가 상했으면 서까래를 바꿔야 할 것이옵니다."
"허면, 양식이 모자라서 시레기죽으로 연명하고 있다면 그 일은 어찌 하겠는가?"
"소승 같으면 시레기를 한묶음 더 넣도록 하겠사옵니다."
"시레기를 한묶음 더 넣는다?"
"예, 그러하옵니다. 스님."
"허면 된장도 몇사발 남지 아니했다면 그것은 또 어찌 하겠는고?"
"예. 소승 같으면 그 된장에 소금을 한사발 더 넣으면 될줄로 아옵니다."

　그러자 갑자기 노스님은 죽비로 법환스님을 내려치는 것이었다.
　"그러구보니 이놈이 아주 숭악한 도적놈이로구나!"
　"예에?"
　"양식이 모자라서 시레기죽을 먹고 있는 터에 시레기 한묶음을 더 넣어 나누어 먹자고 그랬고, 반찬이라고는 된장밖에 없는데, 그 된장마저 몇사발 남지 아니했다 하니 그 된장에다 소금을 한사발 더 넣으라고?"
　"……예, 스님."
　노스님은 다시 한번 죽비로 법환스님을 내려쳤다.
　"너 이놈!"
　"예, 스님."
　"너는 과연 이 정혜사에 무엇을 도적질하러 왔는고?"
　"예, 소승 노스님의 법을 얻으러 왔을뿐 도적질할 생각은 추호도 없사옵니다."
　"허허허허―허허허허―너, 이놈!"
　"……예, 스님."
　"허면 내가 물을 것이다."
　"예, 스님."
　"시레기죽에 한묶음 더 넣을 시레기는 가져 왔느냐?"
　"처마 밑에 이미 시레기가 걸려있사온데 어찌 또 다른 시레기가 소용된다 하시옵니까?"
　"허면 된장에 넣을 한사발 소금은 가져 왔느냐?"

"짜고 싱거운 것은 마음 먹기 나름이온데 어찌 또 다른 소금을 말씀하시는지요?"

"허허, 이놈 보아라. 여봐라 원주야!"

"예, 스님."

"내 오늘, 이 숭악한 도적놈한테 꼼짝없이 당했구나."

"예에? 무슨 말씀이십니까, 스님?"

"숭악한 도적놈한테 꼼짝없이 당했으니 어찌하면 좋겠는고?"

"아, 예. 그야 몽둥이로 두드려 내치셔야지요."

"멍청한 녀석 같으니라구!"

"예에? 아니 그러면 어찌하라는 말씀이시옵니까요, 스님?"

"어찌하기는 이놈아, 너나 내나 두 손 들어야지!"

"예에? 아니 그러면 오늘밤 이 유랑객승을 우리 암자에서 재워주고 먹여줄 생각이시옵니까요?"

"이놈아, 곁에서 보고 들었으면 알아 차려야지. 이 객승은 잠이나 얻어자고, 밥이나 얻어먹고, 곡식이나 얻어가는 유랑잡승이 아니라 운수객이니라."

"예에? 운수객이요?"

"내일 아침 두 사람 몫의 죽을 끓이되, 세사람이 먹으려면 어찌 해야 하겠는지 어디 한번 대답해 보아라."

"두 사람 몫만 죽을 쑤라 하시면서 그것을 세사람이 먹겠다면 양을 줄여 나누어야지요 뭐."

"허허 이런 멍청한 녀석, 여태 곁에서 보고 들어놓고도 모르겠느

냐?"

"예, 소승은 무슨 말씀인지 잘 모르겠구먼요, 스님."

"이녀석아, 시레기 죽에는 시레기 한묶음 더 넣으면 되고, 된장에는 소금 한사발 더 넣으면 된다고 했으니, 죽 끓일 적에는 물 한 사발 더 부으면 될 일이 아니겠느냐?"

"예에?"

정혜사 노스님은 눈이 한쪽밖에 없는 원주에게 내일 아침 죽을 쏠 적에 물을 한 사발 더 부으라고 일렀으니, 이는 곧 객승을 재워주겠다는 허락을 내리신 셈이었다.

"네 법명이 법환이라고 그랬더냐?"

"예, 스님. 법 법자, 굳셀 환자, 법환이라 하옵니다."

"밖에 지금 눈보라가 심하니 차마 내쫓을 수 없어서 오늘 하루 밤은 재워줄 것이니라."

"자비를 베풀어 주시니 참으로 고맙습니다, 스님."

"방금 네가 무엇이라고 했는고? 자비를 베풀었다?"

"……예, 스님."

"너 이놈!"

"예에?"

"감히 어디서 자비라는 말을 함부로 입에 담는고?"

"……무슨……말씀이시온지요, 스님?"

"눈바람치는 산속에서 하루밤 재워주고, 죽 한그릇 나누어 먹이는 것을 어찌 감히 자비라 한단 말이더냐?"

"하오나 스님, 스님께서는 소승을 어여삐 여기시고 가엾게 여기셔서 거두어 주셨으니 어찌 자비가 아니겠습니까?"
"자비가 어떤 것인지, 자비심이 어떤 것인지 너는 아직 모르고 있구나."
"하오시면 스님, 소승에게 자비가 어떤 것이온지 하교하여 주십시오."
"법환이 너는 잘 들어라."
"예, 스님."
"한 젊은이가 산길을 걸어가고 있었느니라."
"……예."
"헌데 산속을 걸어가다보니 산짐승 우는 소리가 들려왔느니라."
"아, 예."
그때 마침 멀리서 산짐승 우는 소리가 들려왔다.
"지금은 밤이라 저렇게 산짐승이 울고 있다마는 그때는 밝은 대낮이었으니, 이 젊은이는 소리나는 쪽으로 가보았느니라."
"아, 예."
"젊은이가 짐승소리 나는 쪽으로 가까이 가보니, 거기에는 어미 호랑이가 새끼를 낳아 끌어안고 있었다."
"아, 예. 스님."
"자세히 살펴보니, 어미 호랑이는 먹을 것을 구하지 못해 오랫동안 굶은 탓으로 일어설 기력조차 없었느니라. 그러니 어린 호랑이 새끼들은 어미의 젖을 빨아댔지만 젖이 나오지 아니해서 새끼들도

굶주림 끝에 거의 죽어가고 있었다."
"아, 예. 스님."
"어미 호랑이는 기진맥진해서 이 젊은이의 얼굴만 멀거니 쳐다보면서 눈물을 흘리는 것이었다. 이때 이 젊은이는 죽어가는 호랑이 어미와 새끼들이 너무 불쌍하고 가엾은 생각이 들어 모른척 그냥 지나갈 수가 없었던 게야."
"아, 예. 스님."
"해서 이 젊은이는 호랑이에게 이렇게 말을 했다. 차라리 나를 잡아먹고 기운을 차려서 이 새끼들을 살리라고 말이다."
"예에? 아니 그러면……."
"허나 호랑이가 어찌 사람의 말을 알아들을 것이며, 게다가 또 일어설 기력도 없었으니 어미 호랑이는 그저 두 눈만 끔벅거리면서 눈물만 흘리는 것이었다."
"아, 예. 스님."
"그러자 이 젊은이는 제 입으로 손가락을 깨물어 피가 흐르게 하고, 피가 흐르는 그 손가락을 어미 호랑이의 입에다 갖다 대주었구나."
"예, 스님."
"사람의 피맛을 본 어미 호랑이는 차차 기운을 차려 손가락을 물어뜯고 팔을 물어뜯고, 종국에는 그 젊은이를 잡아먹고 말았구나."
그때까지 가만히 듣고만 있던 원주가 노스님께 물었다.

"아니, 그러면 스님, 그 젊은이는 그냥 그 자리에 앉아서 당하고만 있었다는 말씀이십니까?"
"당하기는 이녀석아, 그 젊은이는 호랑이한테 잡혀먹히기를 기다리고 있었지. 어서 나를 잡아먹고 기운을 차려서 이 가엾고 불쌍한 새끼들을 살리라고 말이다."
믿을 수가 없다는듯이 원주가 또 한 마디를 했다.
"에이 참, 아무리 그래두 그렇지 일부러 호랑이한테 잡혀 먹히려는 사람이 어디 있겠습니까요?"
"그 젊은이가 과연 누구인지 알겠느냐?"
법환스님은 고개를 갸웃거리며 대답했다.
"……잘……모르겠사옵니다."
원주가 또 노스님께 물었다.
"아니, 그러시면 스님께서는 그 젊은이가 누군지 알고 계십니까요?"
"그 젊은이가 바로 전생의 부처님이셨다."
"예에?"
"전생의 부처님이라면 누구란 말씀이십니까요?"
"서역국에 태어나신 석가모니 부처님께서는 수많은 전생을 사시면서 자비공덕을 참으로 많이 쌓으셨으니 그 인연공덕으로 이 세상에 부처님으로 태어나신 것이니라."
법환스님이 노스님께 다시 물었다.
"하오면 제 목숨까지 기꺼이 내줄 수 있어야 비로소 참다운 자

비라 할 수 있다 그런 말씀이 아니시온지요?"

"돈 몇닢, 밥 한술 나누어주고 나누어 먹으면 그야 물론 그것도 착한 일이요, 좋은 일이요, 공덕을 쌓는 일이라 할 것이다마는 부처님이 말씀하신 자비에는 이르지 못함이니라."

"예, 스님. 명심하겠습니다."

다음날 새벽에 일어나 보니, 눈보라는 그쳐있었지만 눈이 한길 가까이 내려쌓여 그야말로 암자가 주저앉기나 아니할지 위태위태한 지경이었다.

원주는 허겁지겁 노스님 방으로 뛰어가서 큰소리로 외쳤다.

"아이구, 스님! 큰일났습니다요."

"아니 이놈아, 어찌 그리 소란스럽더란 말이냐?"

"아이구 스님, 눈이 한길이나 쌓였으니 우리 절 지붕이 언제 주저앉을지 모르게 생겼습니다요, 스님."

"원 이런 멍청한 녀석, 그럴수록 말을 차근차근 가만가만 해야지 큰소리를 지르면 어찌한단 말인고!"

"예에? 아니 그러시면 쌓여있는 눈이 사람의 말소리를 알아듣기라도 한다는 말씀이십니까요?"

"아, 이녀석아, 산에 눈이 많이 쌓였을 적에 소리를 크게 지르면 그 소리에 울려서 눈사태가 일어나는 게야."

"예에? 눈사태요?"

"이것 보아라, 법환아."

"예, 스님."

"저 눈은 대체 어디 있던 물건이던고?"
그러자 재빨리 원주가 대답했다.
"아 그야 눈이 어디서 왔겠습니까요, 하늘에서 내려왔습지요."
"법환이 너도 그리 생각하느냐?"
"그야 물론 간밤에는 하늘에서 내려왔겠습니다만은……."
"허면 하늘에 있기 전에는 어디에 있었을 것인고?"
"예. 본래는 눈이 눈이 아니요, 물이었으니 바다에 강에 개울에 우물에 있었을 것이옵니다."
"원주, 너는 어찌 생각하는고?"
"소승은 도무지 무슨 말인지 잘 모르겠사옵니다요."
"허면 원주는 저 눈을 한 사발 담아 오너라."
"예에? 눈을 한 사발 담아오라구요?"
노스님은 원주가 한 사발 담아온 눈을 아랫목에 놓으시고는 젊은 객승 법환스님에게 묻는 것이었다.
"부처님께서는 이세상 모든 만물이 불생불멸이라, 생겨나지도 아니하고, 없어지지도 아니한다고 하셨다. 바꾸어 말하면 태어나지도 아니하고 죽지도 아니한다는 말씀인데 과연 그 말씀이 맞는 말씀이더냐, 틀린 말씀이더냐?"
원주가 또 끼어들었다.
"에이, 그거야 스님, 태어나는 것도 보았고 죽는 것도 보았습니다요. 그러니 그 말씀만은 틀린 것 같사옵니다요."
"너 이놈! 나는 원주, 너에게 묻지 아니했느니라."

"아이구 예, 잘못되었구먼요 스님."

"법환이, 네가 일러라. 부처님께서는 과연 어찌해서 불생불멸이라 하셨던고? 중생의 눈으로 보면 세상 만물이 다 생겨났다 없어지고 태어났다 죽거늘, 어찌해서 부처님은 불생불멸이라, 생겨나지도 아니하고 없어지지도 아니한다 하셨느냐? 바로 이르지 못하면 내쫓을 것이니라."

반야심경을 독송하노라면 불생불멸, 불구부정, 부증불감이라는 귀절이 나오는데 계족산 정혜사 노스님은 바로 이 불생불멸, 생겨나지도 아니하고, 없어지지도 아니한다는 한 귀절을 드러내놓고 그뜻을 이르라 했으니, 불교에 입문한 지 몇 년 되지 않은 신참으로서는 얼른 대답하기 어려운 문제였다.

노스님께서는 방바닥에 눈이 담겨있는 사발을 턱 놓으셨다. 그리고는 법환스님을 쳐다보시면서 말씀하시는 것이었다.

"이 사발에 눈을 가득 담아 여기 이렇게 아랫목에 놓았느니라. 여기 이 사발에 담겨있는 눈을 잘 살펴보면 어찌하여 부처님께서 불생불멸, 생겨나지도 아니하고 없어지지도 아니한다고 이르셨는지 알 수 있을 것이다."

원주가 다시 노스님께 물었다.

"하, 하오면 스님, 바로 이 사발에 담겨있는 눈속에 해답이 들어있다 그런 말씀이십니까?"

"이것 보아라, 원주야."

"예, 스님."

"너는 허구헌날 반야심경을 독송해 왔으렷다?"
"아, 예. 그야 예불을 올릴 적마다 으레히 반야심경을 독송했습지요."
"그렇게 허구헌날 반야심경을 독송하고 불생불멸, 부증불감, 불구부정을 외워대면서도 그 말이 무슨 말씀인지, 어찌해서 불생불멸이요, 어찌해서 부증불감인지 그것을 모른다면 과연 올바른 부처님 제자라 할 수 있겠느냐?"
"그, 그야 올바른 제자는 못된다 하겠습니다요."
"원주, 너도 오늘 안으로 그 답을 내놓아야 할 것이니 만일 바른 답을 내놓지 못하면 주장자로 사정없이 후려칠 것이니라."
"아이구 스님, 처음에는 이 객승한테만 물으시지 않으셨습니까요?"
"이놈아, 머리깎고 승복을 입었으면 다같은 부처님 제자거늘 어찌 주승이 따로 있고 객승이 따로 있다는 말이던고?"
"아이구, 예. 스님, 알겠습니다요."
"이 사발에 담겨있는 눈을 자세히 보고 바로 일러라. 부처님은 과연 어찌하여 세상만물이 불생불멸이라 하셨는고?"
그러나 사발에 담겨있는 눈을 제아무리 들여다보아도 어찌하여 불생불멸, 생겨나지도 아니하고, 없어지지도 아니한다 하셨는지 그 해답을 얼른 얻을 수가 없었다.
노스님은 주장자로 딱! 원주를 내리쳤다.
"대체 사발에 담긴 눈이 어찌 되었는가?"

"아이구 예. 스님, 이제는 사발에는 눈은 없고 물만 담겨 있사옵니다."

"허면 법환이 너는 어찌 생각하느냐? 네가 보기에도 사발에 담겨있던 눈은 없어졌고, 지금 사발에는 물이 생겨났다 하겠느냐?"

"아니옵니다, 스님."

"아니라구? 그럼 어디 한번 일러 보아라."

"예. 이 사발에 담겨있던 눈이 없어진 것이 아니요, 이 사발에 없던 물이 생겨난 것이 아니니, 눈이 곧 물이요, 물이 곧 눈인줄로 아옵니다."

"허면 없어진 것은 과연 무엇이던고?"

"예. 없어진 것은 아무것도 없사옵니다."

"그러면 이 사발에 담겨있던 눈은 대체 어찌 되었더란 말이냐?"

"예. 이 사발에 담겨있던 눈이 따뜻한 방안 기운을 인연으로 만나 물로 그 모습을 바꾸었사옵니다."

"허면 내가 다시 물을 것이다."

"예, 스님."

"이 사발에 담긴 물을 밖에다 내어 놓으면 과연 이 물은 또 어찌 될 것인고?"

"예. 바깥에 내어 놓으면 차가운 인연을 만나 얼음이 될 것이옵니다."

"그러면 그때에 있던 물은 없어졌고, 없던 얼음이 생겼다고 하겠느냐?"

"아니옵니다 스님. 물이 얼어서 얼음이 되었으니 결코 그 물이 없어진 것은 아니오며, 결코 없던 얼음이 생겨난 것도 아니라 할 것이옵니다."

열심히 듣고있던 원주가 다시 한마디 했다.

"아이구, 스님. 소승은 도무지 무슨 말이 무슨 말인지 한마디도 알아듣지 못하겠습니다요."

"이것 보아라, 법환아."

"예, 스님."

"이번에는 네가 이 원주가 알아먹도록 쉬운 말로 일러 주어라."

"아, 예. 이 사발에 담겨있던 눈이 녹아서 물이 되었으니, 있던 눈이 없어진 것이 아니며, 없던 물이 새로 생겨난 것이 아니요, 만일 이 사발에 담긴 물이 얼어서 얼음이 되면, 그 역시 있던 물이 없어진 것이 아니요, 없던 얼음이 새로 생겨난 것이 아니라 할 것이니, 이 세상 모든 만물의 이치가 이와 같은지라 새로 생겨나지도 아니하고, 없어지지도 아니한다 하셨습니다."

법환의 설명이 끝나자, 노스님께서 다시 말씀하셨다.

"허면 내가 다시 물을 것이니라."

"예, 스님."

"생겨나지도 아니하고 없어지지도 아니한다 하셨거늘, 어찌해서 눈이 되었다가, 물이 되었다가 얼음이 되었다가 하는고?"

"예. 그 까닭은 인연을 달리 만난 까닭인 줄 아옵니다."

"인연을 달리 만난다?"

 "예, 눈이 땅위에 떨어지기 전에는 허공중에 구름으로 있었을 것이요, 그 구름이 더운 기운을 만났더라면 눈으로 떨어지지 아니하고 비가 되어 내렸을 것이옵니다. 그래서 세상만물은 인연따라 그 모습을 바꾼다 하셨사옵니다."
 "이것 보아라, 원주는 이제 알아 들었느냐?"
 옆에서 눈만 깜박이며 듣고있던 원주는 아직도 모르겠다는듯이 고개를 갸우뚱거리며 대답했다.
 "아이구 스님, 소승은 아직 알아 들을 것도 같구 못알아 들을 것도 같고 알쏭달쏭이옵니다요."
 노스님은 원주의 어깨를 다시 주장자로 내리쳤다.
 "아이쿠, 스님!"
 "너는 오늘부터 세 가지를 명심해야 할 것이다."
 "아이구 예, 스님."
 "새벽에 죽 끓일적에 물을 한 사발 더 부어야 할 것이요, 시레기 죽을 할적에 시레기 한 묶음을 더 넣어야 할 것이야. 알아 들었느냐?"
 "아, 예. 스님, 분부대로 하겠습니다요."
 법환스님이 노스님께 물었다.
 "하오시면 스님, 문하에 머물도록 허락해 주시는 것이옵니까?"
 "세상만물이 불생불멸이거늘 머물고 가고가 따로 있겠느냐?"
 "은혜 베풀어 주시니 참으로 고맙습니다, 스님."
 이렇게 해서 법환스님은 계족산 정혜사에서 그해 겨울을 보내며 열심히 경을 보고 부지런히 행을 닦아 수행의 깊이를 더해 갔다.

추위가 지나가고 이듬해 봄이었다. 뻐꾸기가 울어대던 어느날, 원주스님이 법환스님을 찾았다.
"이것 보시우, 스님."
"그래, 무슨 일이신지요?"
"법환스님, 혹시 우리 노스님 못 뵈었습니까?"
"노스님께서 방에 계시지 아니 하시던가요?"
"방에도 아니 계시구, 뒷곁에도 아니 계시니 그래서 이렇게 찾아 다니지 아니합니까?"
"아니, 그러면 대체 노스님께서는 어딜 가셨다는 말씀이지요?"
"아이구! 그러고보니 스님 방에 걸망도 보이지 아니하고 주장자도 없습니다요."
"그러면 어디 출타라도 하셨다는 말씀이십니까?"
참으로 이상한 일이었다. 온다 간다 말 한 마디 없이 노스님의 행방이 묘연했으니 법환스님과 원주스님은 걱정이 태산같았다.
법환스님은 원주스님과 함께 찾아볼만한 곳은 다 찾아 보았으나 노스님의 자취를 찾을 길이 없었다. 원주스님은 법환스님과 함께 노스님의 방으로 갔다.
"이것 보십시오, 법환스님. 바로 여기 이 자리에 노스님의 걸망이 걸려 있었는데 없단 말입니다요."
"주장자도 없는 것을 보니 스님께서 혹시 아랫마을에 내려가신

게 아닐까요?"
 "아랫마을이래야, 다섯 집 뿐인데 거기 가실 적에는 걸망을 짊어지고 가지 아니하십니다요."
 "그러면 달리 어디 가실만한 곳으로 짚이는 데가 없으신지요?"
 "우리 노스님께서는 소승이 모셔온 5년동안 단 한 번도 산 밑으로 내려가신 일이 없으셨습니다요."
 "그러면 대체 어찌하면 좋겠습니까, 원주스님?"
 "어찌하기는요. 노스님 돌아오시기만을 기다리는 수밖에 없습지요."
 그러나 그날 저녁나절이 되어도 노스님은 돌아오시지 않았다. 깊고 깊은 산속에 어느덧 해가 지고 사방이 어두워졌는데도 노스님은 돌아오시지 않았다.
 산속에서는 부엉이 우는 소리가 간간이 들려왔다.
 노스님 걱정에 아무일도 못하던 원주스님이 갑자기 생각이 난듯 법환스님을 바라보며 소리쳤다.
 "아이구 참 법환스님, 큰일났습니다요."
 "큰일이라뇨?"
 "우리 노스님이 깊은 산속으로 들어가신 것 같구면요."
 "예에? 아니 깊은 산속에는 무엇하러 들어가셨다는 말씀이십니까?"
 "이제사 생각이 났는데 말씀입니다요. 지난 겨울 법환스님이 오시기 전에 있었던 일입니다요."

원주스님은 지난 겨울날, 노스님과 나눈 이야기를 법환스님에게 들려주었다.

"이것 보아라, 원주야."
"예, 스님."
"너는 사람 목숨이 어디에 달려 있는지, 그것을 알고 있느냐?"
"……잘 모르겠구먼요, 스님."
"사람 목숨은 이 콧구멍에 달려 있느니라."
"예에? 콧구멍에요?"
"그래, 바로 이 콧구멍에 바람이 들어갔다 나왔다하면 살아있는 목숨이요, 콧구멍에 들어갔던 바람이 나오지 아니하거나 콧구멍에서 나온 바람이 다시 들어가지 아니하면 그땐 곧 죽은 목숨이라 하는 것이니라. 헌데 말이다, 원주야."
"예, 스님."
"나는 이제 틀린 것 같구나."
"예에? 아니 무엇이 틀렸다는 말씀이십니까요, 스님?"
"나는 전생에 복을 짓지 아니하고 공덕을 쌓지 아니했으니, 그래서 성불하기는 틀렸다는 말이다."
"예에?"
"내 그래서 이제 마지막 소원이 한 가지 남아있는데……"
"예, 무슨 소원이신지요 스님?"
"시절 인연이 돌아오면 시주를 얻어다가 쓰러져가는 이 암자라

도 다시 일으켜 세웠으면 한다마는 그것두 틀린 것 같구나."
 "아이구, 아니옵니다요, 스님. 앞으로 시주 얻어다가 새로 지으시면 됩지요."
 "나이는 늙은데다가 병란에, 흉년에 틀렸느니라."
 "아니 그러시면, 이제는 소원도 없으시다는 말씀이십니까?"
 "아니다. 아직 한 가지 소원이 남아 있느니라."
 "아, 예. 말씀해보시지요, 스님."
 "만일 내가 이 암자에서 잠을 자다가 숨이 끊어지거든……."
 "예에?"
 "놀래기는 이놈아, 숨이 끊어지는 것은 헌 육신을 헌옷 벗어버리듯 벗어버리고 새옷을 갈아입는 것과 같은 것이니 놀랄 일도 아니요, 슬퍼할 일도 아닌 게야."
 "하오면 소승더러 어찌하라는 말씀이신지요?"
 "내 이 육신을 태우지도 말고 땅속에 묻지도 말고……."
 "예에? 아니 그러면 어찌하라는 말씀이십니까?"
 "저기 저 깊은 산속에 갖다 두도록 해라."
 "예에? 산속에요?"
 "부처님은 전생에 배고픈 짐승들에게 육신공양을 올렸다는데 나는 살면서 공덕을 쌓은 것이 없으니 그리라도 해야겠구나."
 "예에?"

 원주스님의 이야기를 다 들은 법환스님은 놀라서 다시 물었다.

"아니 그러시면 노스님께서 미리 그런 당부를 하셨더란 말이십니까?"

"예에— 아 그리구 법환스님 오신 후에도 부처님 전생 이야기를 하시지 않으셨습니까요? 그 배고픈 호랑이한테 일부러 잡혀먹혔다고 말씀입니다요."

"아니 그렇다면 우리 노스님께서 일부러 깊은 산속으로 들어가셨을 거라는 말이십니까?"

"밤이 되어도 아니 돌아오시니 그런 불길한 생각이 드는구먼요."

다음날 아침 날이 밝자마자 두 젊은 스님은 작대기 하나씩을 들고 계족산으로 들어가 노스님을 찾아보았지만 산속에서는 흔적조차 찾을 길이 없었다.

그 다음날에도 또 그 다음날에도 두 젊은 스님은 이 산 저 산 깊은 골을 헤매면서 노스님을 찾았지만 노스님의 흔적은 아무것도 찾을 수가 없었다.

열흘이 지나고 한 달이 지나고 석달, 다섯달, 일년이 지나도 노스님은 영영 돌아 오시지를 아니한 채 그 종적조차 찾을 길이 없었다.

그러던 어느날 깊은 밤이었다. 법환스님은 그날밤에도 가부좌 틀고 앉아 참선삼매에 빠져 있었다. 멀리서 두견새 우는 소리가 들렸다. 그런데 비몽사몽간에 어디선가 노스님의 목소리가 들리는 것이었다.

"이것 보아라, 법환아."

 "아, 예. 스님."
 "나를 기다리는 것은 부질없는 일이니, 너는 이제 이 계족산을 떠나야 할 것이다."
 "이 계족산을 떠나라구요, 스님?"
 "나는 이미 헌옷을 벗어버리고 새옷을 입었으니, 머지 아니해서 큰 화주가 되어 이 암자를 일으켜 세울 것이니라."
 "스님께서 이 암자를 다시 세우신다구요, 스님?"
 "그렇느니라. 시절인연이 도래하면 그때 다시 만나게 될 것이요, 그때에는 네가 내 스승이 되고 나는 너의 제자가 될 것이니 아무쪼록 그동안 일구월심으로 도를 닦아 큰스승의 법도를 갖추어야 할 것이다."
 "아니 스님, 언제 다시 만나게 된다는 말씀이시옵니까?"
 "시절인연이 돌아오면 만나게 될 것이니 너는 어서 이 계족산을 떠나야 할 것이다. 더이상 나를 기다리지 말고 속히 이 계족산을 떠나란 말이다! 만일 떠나지 아니하면 큰 재앙을 만나게 될 것이다!"
 "스님, 스님, 잠시만 거기 계십시오, 스님, 스님—"
 다시 두견새 우는 소리가 들렸다. 법환스님은 정신이 번쩍 들었다.
 "아, 꿈이었구나. 헌데 아무리 꿈이라도 어찌 스님께서는 이 계족산을 떠나라 하셨을꼬?"
 아침이 되자 법환스님은 간밤에 꾼 꿈 이야기를 원주스님에게 들려주었다. 그러자 원주스님은 깜짝 놀라는 것이었다.
 "아니 그러면 스님도 우리 노스님을 꿈에 뵈었다는 말이시오?"
 "아, 예. 그러면 원주스님도 꿈을 꾸셨다는 말이십니까?"
 "예. 노스님께서는 주장자를 높이 치켜들고 마구 내리치시면서 어서 떠날 것이지, 무엇하러 여기 있느냐 역정을 내셨습니다요."
 "그것 참 이상한 일입니다. 소승에게도 어서 떠나라 하셨습니다."
 원주스님은 곰곰 생각하더니 법환스님에게 말했다.
 "아무래도 이 암자가 며칠 못가서 주저앉을 모양이니 우리 그만 떠나도록 하지요."
 "그러시면 원주스님은 어디로 가시렵니까?"
 "나야 그전에 있던 암자로 돌아가겠습니다마는 법환스님은 어디로 가시려우?"
 "소승이야 구름따라 물따라 아무데로나 가야지요."
 이제 다시 운수행을 떠나야 하는 법환스님의 얼굴에 잠깐, 우수의 빛이 떠올랐다 사라졌다.

7
스승과의 재회

 강화도 선원사에서 은사이신 천영 노스님의 슬하를 떠나 남쪽으로 떠돌기 시작한 지 어느덧 11년이 되었다. 법환스님은 스스로 빌 충(沖)자, 끝 지(止)자, 이름을 충지로 바꾸고 부귀도 공명도, 근심도 다툼도 다 버린 빈마음으로 구름처럼 물처럼 흘러 다녔다.
 청산도 절로절로, 녹수도 절로절로, 마음을 끝까지 다 비워버렸다 하여 스스로 충지라 이름을 바꾼 스님은 산은 산대로 즐기고, 물길은 물길대로 즐기며 걸림없는 운수행각을 계속하다가 스님의 세속나이 마흔 한 살 되던 해 여름, 전라도와 경상도의 경계에 있는 어느 암자에 발길이 닿았다.
 뻐꾸기 울고 풍경소리 은은한데, 경내는 조용했다. 법환스님은 안쪽을 향해 소리쳤다.
 "스님 계시옵니까, 객승 문안드리옵니다."
 그러나, 아무 소리도 들리지 않자 법환스님은 좀더 큰 소리로 다시 불렀다.
"스님 계시옵니까, 객승이 문안 인사 올리옵니다."
그러자 안에서 승려가 나오면서 물었다.
"객승이라고 하셨소이까?"
"예, 그러하옵니다."
"허면 대체 어느 절에서 나오셨소이까?"
"절 이름은 물어서 어찌 하시려고 그러시는지요?"
"좌우지간 어서 말해 보시오. 어디 있는 어느 절에서 오셨소이까?"
"그동안 신세진 절이 하두 많으니 어느 절을 말씀드려야 할지 모르겠습니다만……"
"신세진 절을 묻는게 아니라, 어느 절에서 수행을 했는지 그걸 묻는게요."
"아, 예. 혹시 유랑잡승이 아닌가 해서 그러시는지요?"
"유랑잡승 말이 나왔으니 말인데, 객승이라고 해서 재워주었더니 한밤중에 양식을 털어가지고 도망가질 아니하나, 아 지지난 달에는 글쎄 법당에 있던 촛대며 향로며 값 나갈만한 쇠붙이들을 몽땅 다 훔쳐간 일도 있어요."
"아, 예. 그런 일까지 당하셨구먼요. 소승은 본래 강화도 선원사에서 출가득도했사옵고 그동안에는……"
"가, 가만요. 강화도 무슨 절이라고 그러셨소?"
"아, 예. 선원사라고 말씀드렸습니다만……"

"아니, 그러면 혹시 법환스님 아니시오?"
"예에? 아니 스님께서 어찌 소승의 법명을 알고 계시는지요?"
"아이구 이거 그러고보니 법환스님이 분명하구먼 그래요? 그렇지요?"
"예. 소승 지금은 충지라 부르긴 합니다만 본래 법명은 법환입니다. 헌데……"
"아무튼 잘 오셨소! 소상한 이야기는 차차 해드릴테니 우선 안으로 들어가십시다!"

처음 찾아온 암자의 스님이 이미 자신의 법명을 알고 있었으니 법환스님은 깜짝 놀랐다.

서로 예를 갖춘 뒤, 충지스님은 무슨 영문인지 알 수가 없어서 재차 물었다.

"스님께서는 소승의 법명을 어찌 알고 계시는지요?"

그러자, 그 승려는 웬 편지를 법환스님 앞에 꺼내어 펼치며 말했다.

"자, 이 통문을 한번 보시지요."
"무슨……통문인지요?"
"자, 보십시오. 이 통문은 전라도 송광산 수선사 천영 사주 스님께서 경상도, 전라도의 모든 사찰과 암자에 보내오신 통문인데……"
"예에? 수선사 천영 노스님께서요?"
"운수행각중인 법환수좌가 찾아 오거든 지체없이 송광산 수선사로 오도록 전해 달라는 당부이십니다."
 "소승을 송광산 수선사로 부르신다구요?"
 "아, 대체 은사스님 문하를 떠난 지가 얼마나 되었기에 이렇게 통문까지 돌리게 하셨습니까요?"
 "아, 예. 은사스님 문하를 떠난 지가 십여년이 넘었나보옵니다."
 "예에? 아니 그러면 십여년이 넘도록 운수행각을 하고 다니셨단 말이시오?"
 "예. 그런 셈이지요."
 "오늘은 기왕 늦었으니 여기서 주무시고 내일 새벽 일찍 떠나도록 하시오."
 "아, 예. 은사스님께서 부르신다 하니 가서 뵈어야지요."
 "우리 절에 이 통문이 당도한 지 벌써 한달이 넘었습니다."
 다음날 새벽, 법환스님, 즉 충지스님은 곧바로 길을 재촉하여 이틀뒤 전라도 송광산 수선사에 당도하게 되었다.
 경내에 들어서자 안에서 한 승려가 뛰어나오며 소리쳤다.
 "아이구 스님, 소승 시우이옵니다요, 스님."
 "어 그래 자네였구먼. 어디 다른 데서 만나면 몰라보겠네."
 "노스님께서는 법환스님 오시기만을 기다리고 계시옵니다. 세상에 그래 십여년 동안 어디 가 계셨기에 기별 한 번 없으셨습니까요?"
 "미안하게 되었네. 이산 저산 돌아다니다 보니 그렇게 되었구먼."

"어서 가셔서 노스님 뵈어야지요."
"그래. 법당부터 다녀서 노스님께 가세나."
충지스님은 실로 십여년만에야 은사스님께 인사를 올렸다.
"소승 법환이가 스님께 문안드리옵니다."
천영 노스님은 얼굴 가득 웃음을 띄우시고는 말씀하셨다.
"그래, 그래, 절은 그만하고 거기 앉도록 해라."
"오랫동안 문안 살피지 못해 죄송하옵니다, 스님."
"굶어죽지 아니했고 얼어죽지 아니했고, 맞아죽지도 아니했으니 그것으로 되었느니라."
"스님 근력은 여전하옵신지요?"
"그래. 이 늙은 중이야 하는 일 없이 먹고 자고, 먹고 자고 여여하다마는, 너는 그동안 어느 산 어느 골에 묻혀 있었던고?"
"예. 소승 이산 저산, 이절 저 암자, 떠돌아다녔사옵니다."
"허면 십여년 운수행각에 과연 무엇을 얼마나 얻었느냐?"
"말씀드리기 송구하오나 소승 그동안 얻은 것은 아무것도 없사옵고 버리기만 했사옵니다."
"얻은 것은 아무 것도 없고, 버리기만 했더라?"
"예, 스님. 그러한줄로 아옵니다."
"허면 대체 무엇 무엇을 버렸는지 어디 한번 일러 보아라."
"버리고 버리고 또 버렸을 뿐, 무엇을 버리고 무엇을 남겼는지는 알지 못하옵니다. 스님."
"벼슬에 대한 미련은 살아나지 아니 했더냐?"

"예, 스님."
"세속의 부귀영화가 부럽지 아니하더냐?"
"예, 스님."
"춥고 더운것은 견딜만 하더냐?"
"예, 스님. 더우면 여름인줄 알고, 추우면 겨울인줄 알았으니 견딜만 했사옵니다."
"허허허허— 십여년 세월이 헛되지 아니했으니 오늘에야 내가 너를 얻었구나. 음? 허허허허—"
 송광산 수선사 사주 천영 노스님께서는 십여년만에 다시 만난 제자를 이리 살펴 보시고, 저리 살펴 보시고, 이것을 물어보시고 저것을 물어보시며 놓아주시지를 않았다.
"이것 보아라."
"예, 스님."
"일찍이 부처님께서 이르시기를 생야 일편 부운기요, 사야 일편 부운멸이라, 한 목숨 생겨남은 한조각 뜬구름 일어남과 같고, 한 목숨 스러짐은 한 조각 뜬구름 사라짐과 같다고 하셨다."
"예, 스님."
"허면 어찌하여 부처님께서는 생야 일편 부운기요, 사야 일편 부운멸이라 하셨는고?"
"예, 한 조각 뜬구름은 원래 없던 것, 습기가 인연따라 구름이 되고, 구름이 인연따라 비도 되고 눈도 되어 다시 사라지니 그 실체가 없습니다. 이 세상 모든 목숨도 인연따라 모였다가 인연따라

흩어질 뿐 실체가 없으니, 시작도 없고 끝도 없는 생사의 되풀이라 그 허망함을 알고 집착하지 말라, 이르신줄 아옵니다."

"어찌하여 생사의 되풀이라고 그러는고?"

"예. 비유해 올리자면 습기가 모여서 작은 물방울이 되고, 그 작은 물방울이 모여서 구름이 되었다가 더운 기운을 인연하면 그 무게를 견디지 못해 비가 되어 떨어지고, 그 빗물이 물도 되고 나무도 되고 채소도 되었다가 다시 습기가 되어 작은 물방울이 되고, 그 물방울이 다시 모이면 구름이 되는 것인즉 세상만물은 돌고 도는 것이니, 여기에는 시작도 없다 할것이요, 끝도 없다 할 것이며 생겨남도 없다 할것이요, 사라짐도 없다 할 것이옵니다."

"허면 한가지 더 물을 것이니라."

"예, 스님."

"너는 십여년 세월, 대체 무엇을 찾아 떠돌았던고?"

"예, 부처가 되는 길을 찾아다녔사옵니다."

"그러면 과연 부처되는 길은 산속에 있더냐?"

"아니옵니다, 스님."

"허면 부처되는 길은 들판에 있더냐?"

"아니옵니다, 스님."

"그러면 과연 부처되는 길은 강물 위에 있더냐, 바다 위에 있더냐?"

"아니옵니다, 스님."

"허면 대체 부처되는 길은 어디 있더란 말인고?"

"예, 부처되는 길은 어디에도 없고, 부처되는 길은 어디에도 있었사옵니다."
"무엇이? 어디에도 없고, 어디에도 있더라?"
"예, 스님. 그러한줄로 아옵니다."
천영 노스님은 죽비로 법환스님을 한 번 내리쳤다.
"있으면 있고 없으면 없지, 어찌 그런 해괴한 말을 하느냐?"
"하오면, 스님."
"무슨 말이던고?"
"저 소리를 과연 있다고 하실 것이옵니까, 없다고 하실 것이옵니까?"
"무슨 소리 말이던고?"
"들어보십시오. 두견새가 울고 있사옵니다."
"두견새?"
천영 노스님께서 자세히 들어보니 과연 두견새 우는 소리가 들려왔다.
"저 소리를 있다고 하시겠사옵니까, 없다고 하시겠사옵니까?"
"내 귀에 저 소리가 들리니 있다고 할것이다."
"하오나, 지금은 그쳐서 들리지 아니 하옵니다, 스님."
"으음?"
"들리지 아니하는데도 있다고 하시겠사옵니까?"
"그래. 지금은 없다고 할것이다."
"하오나, 스님. 다시 두견새 소리가 들려오고 있사옵니다. 지금도

또 없다고 하시겠사옵니까, 스님?"

"허면 어서 일러라! 있다 없다 길다 짧다 많다 적다 그것이 대체 어디서 나오던고?"

"예, 스님. 모든 것은 마음에 달려 있사옵니다."

"마음이라고 그랬느냐?"

"예, 스님."

"십여년 헤매고 돌아와서 하는 말이 고작해서 마음 심(心)자 한 자란 말이더냐?"

"예, 스님. 어리석은 중생이온지라 십여년 헤맨 끝에 찾은 것이 겨우 마음 심자 한 자뿐이옵니다."

"허허허허— 그래. 이제 그만 되었느니라. 고단할 것이니 그만 가서 자도록 해라."

십여년 세월이 흐르고 보니 귀염둥이 동자승이었던 시우사미도 어느덧 어엿한 어른이 다 되어 있었다. 법환스님이 방으로 돌아오니 시우사미가 반갑게 맞았다.

"아이구, 스님 돌아오시기만을 기다리느라구 여태 잠도 못잤습니다요."

"일찍 주무실 것이지 어쩌자고 나를 기다렸더란 말이신가?"

"에이참, 스님두…… 아, 십여년만에 만나 뵈었는데 어찌 소승 먼저 잠들 수가 있겠습니까요?"

"그래, 그동안 부지런히 닦으셨는가?"

"아이구 말씀두 마십시오. 경공부가 어찌나 어렵고 힘이 드는지

도무지 끝이 보이질 아니합니다요."
"그러면 그동안 노스님 주장자도 어지간히 맞으셨겠네, 그려. 응? 허허허—"
"아이구 스님, 말씀두 마십시오. 아, 여기 이 어깻죽지에 굳은 살이 다 박혔습니다요."
"제대로 외우고 제대로 새겼는데도 노스님께서 주장자로 치셨더란 말인가?"
"아이구 그건 아닙지요마는…… 아니, 그런데 스님 그동안 정말 어디 가서 뭘하고 계셨습니까요?"
"어디 가서 뭘하기는? 오늘은 이 산, 내일은 저 마을, 흘러 흘러 십여년을 지냈지."
"하오시면 도는 깨치셨습니까?"
"이 사람, 시우스님. 도가 무슨 항아리인줄 아시는가? 깨쳤냐고 묻게."
"그야 다들 그러시지 아니합니까요. 도를 깨치기 위해서 경도 읽고 참선도 한다구요."
"이 사람, 시우스님."
"예?"
"자네는 밥을 먹을적에, 배야 불러라, 배야 불러라, 그러면서 밥을 자시는가?"
"무슨……말씀이신지요, 스님?"
"때가 되어 별 생각없이 맛있게 밥을 먹으면 배는 저절로 불러

지게 마련인 게야."

"그야 그렇겠습지요마는……."

"농사짓는 사람이 곡식을 심어놓고 어서 베어서 수확해야지, 어서 베어서 수확을 해야지 조바심을 내면 그 농사가 제대로 아니된다네."

"아, 예."

"저자거리에서 장사하는 사람도 그렇다네. 돈을 벌려고 장사를 하지만, 돈 벌어야지, 돈 벌어야지, 돈 버는 데만 혈안이 되어가지고는 돈을 벌지 못하는 게야."

"하오면 어찌해야 된다는 말씀이신지요?"

"농부가 다른 생각없이 농사일을 부지런히 하다가보면 자연히 가을이 되어서 수확을 거두게 되듯이, 장사하는 사람도 손님들을 정직하게 모시고, 좋은 물건을 값싸게 들여다 싸게 팔고, 부지런히 장사를 하다보면 재물이 저절로 늘어나게 되는 게야."

"하오시면 도도 그렇게 저절로 이루어진다 그런 말씀이십니까요?"

"부지런히 경을 읽고, 부지런히 참선을 하면, 도도 차근차근 쌓이고 이루어지는 법, 도끼로 항아리 깨듯이 그렇게 단번에 이루어지는 것이 결코 아니라네."

"아, 예. 알겠습니다요, 스님."

"이것 보시게, 시우스님."

"예, 스님."

"자네 속가 소식은 가끔 듣고 사시는가?"
"아, 예. 사실은 소승이 인편에 기별을 했더니 어머님이 동생들 데리고 몇번 다녀가셨구면요."
"어, 그래? 다들 무고하시다니 다행이구면."
"하온데 사실은 다시는 절에 오시지 말라고 그랬구면요."
"그건 또 어째서 그러셨는가?"
"식구들이 절에 오면 먹여야지요, 재워야지요, 게다가 갈적에는 또 노스님께서 양식까지 담아주시니 죄스럽고 부끄러워서요."
"노스님께서 양식까지 담아주시더란 말이신가?"
"예, 노스님께서 은혜를 베풀어 주셨구면요."
시우스님은 금방 울먹거리면서 말했다.

충지스님이 은사이신 천영 노스님의 부름을 받아 송광산 수선사에 온 지 어느새 며칠이 지났다. 스님은 오랫만에 옛 고향집에 돌아와 포근한 부모님 품안에 안긴 듯 편안한 나날을 보내고 있었다. 그러던 어느날, 천영 노스님께서 충지스님을 부르셨다.
"부르셨사옵니까, 스님?"
"그래, 내가 너를 불렀느니라."
"분부 말씀 계시오면……내려주십시오."
"듣자하니 너 스스로 충지라 칭한다던데 그 말이 사실이더냐?"
"죄송하옵니다, 스님. 텅비고 텅비어 아무것도 남김이 없음이 소원이었던지라 어리석은 생각으로 충지라 자칭하였사옵니다."

"빌 충(沖)자, 끝 지(止)자, 끝까지 다 비웠더란 말이렷다?"
"그 경지에 이르는 것이 소승의 바램이옵니다."
천영 노스님의 주장자가 사정없이 충지스님의 어깨로 떨어졌다.
"스승이 지어 내려준 이름을 버리고 스스로 다른 이름을 지어 자칭하는 것이 어느 집안의 법도라고 하더냐?"
"큰죄를 지었사오니 벌을 내려주십시오, 스님."
"죄를 지었으니 벌을 내려달라?"
"예, 스님. 참회드리옵니다."
"속가에서도 조부님이나 아버님이 지어 내려주신 이름은 평생토록 감히 버리지 못하는 법이거늘 하물며 출가 사문의 집안에서 가당키나 한 소리던가!"
"잘못 되었사옵니다, 스님. 엄한 벌을 내려 주십시오."
"이것 보아라. 법환아!"
"예, 스님."
"내가 너를 법환이라고 불렀고, 네가 대답했느니라."
"예, 스님."
"허면, 법환이라는 이름이 바로 너더냐?"
"……"
"너 말이다!"
"예, 스님."
"이번에는 내가 너라고 했고, 너 또한 대답을 했으니, 너라는 호칭이 곧 너이더냐?"

"아, 아니옵니다, 스님."
"너는 세속에 있었을 적에는 위원개였고 원개라 불리웠다."
"예, 스님. 그러했었사옵니다."
"허면 원개라 불리던 사람과 법환이라 불리던 사람과 충지라 자칭하는 사람은 각각 다른 사람이더냐?"
"아, 아니옵니다 스님. 호칭은 비록 여러가지로 바뀌었으나 사람은 그 사람 하나인 줄로 아옵니다."
다시 주장자가 내리쳐졌다.
"이름에 집착하고 호칭에 매달리면 허깨비를 보는 법, 내가 너를 대현(大賢)이라 부르면 과연 네가 큰 현인이 되는 것이더냐?"
"아니옵니다, 스님."
"허면 내가 너를 갓난이라 부르면 과연 네가 갓난이가 되더냐?"
"……잘못 되었사옵니다, 스님. 어리석은 중생 참회드리오니 용서하여 주십시오."
"이것 보아라, 충지야!"
"예에?"
"이것 보아라, 충지야!"
"예, 스님……."
"내가 너를 충지라 불렀고, 너 또한 대답을 했으니 이제부터 네 이름은 충지라 할 것이니라."
"……잘못되었사옵니다. 스님, 용서하여 주십시오."
"허나, 이름에 집착하지도 말고 호칭에 매달리지도 말아야 할 것

이니 그래야 제대로 충지가 될 것이니라!"
"예, 스님. 명심하겠사옵니다."
 스승이 지어 내려준 이름을 버리고 스스로 이름을 바꾼 허물을, 천영 노스님은 너그럽게 용서하시고 인정을 해주시는 것이었으니 이때부터 법환스님은 모든 대중들로부터 충지스님이라 불리우게 되었다.

 하루는 천영 노스님의 부르심을 받고 충지스님은 노스님 앞에 예를 갖추고 공손히 앉았다. 노스님께서는 한동안 아무 말씀없이 염주알만 굴리고 계셨다.
"부르셨사온지요, 스님?"
 그래도 천영 노스님께서는 아무 말씀없이 두 눈을 감고 깊은 생각에 잠겨 계신 듯 했다. 충지스님은 다시 노스님께 여쭸다.
"분부 말씀…… 내리시지요, 스님."
 그제서야 노스님께서는 굴리던 염주알을 멈추시고는 충지스님을 쳐다보시는 것이었다.
"그동안 잘 쉬었으렷다?"
"예, 스님. 오랫만에 잘 쉬었습니다."
"허면 이제는 걸망을 꾸리도록 해야 할 것이다."
"예에?"
"걸망을 꾸리라고 했느니라."
"……걸망을…… 꾸리라 하오시면……?"

"몰라서 묻느냐? 걸망을 꾸리라 함은 곧 이 수선사를 떠나라 함이니라."
"예에? 하오시면 스님께서는 소승을 다시 내치시는 것이온지요?"
"너는 그동안 장장 십여 년을 동서남북 떠돌면서 신선놀음을 했으니 이번에는 마땅히 지옥고를 겪어야 할 것이니라."
"예에? 지옥고라 하오시면……?"
"너는 오늘밤 걸망을 챙겨 두었다가 내일 이른 아침에 길을 떠나야 할 것인즉, 경상도 김해현에 가면 감로사가 있느니라."
"경상도 김해현 감로사요?"
"옛스님들께서 이르시기를 주지 자리 하나면 지옥이 삼천 개라고 하셨느니라"
"하오시면 소승에게 그 감로사에 가라시는 분부이시온지요?"
"감로사 주지 자리를 맡길 것인즉, 삼천 개 지옥맛이 과연 어떠한지 견뎌봐야 할 것이니라."
"예에?"
송광산 수선사의 제 5대 사주스님이신 천영 노스님은 제자 충지에게 경상도 김해현 상동면 감로골에 있는 감로사 주지를 맡으라고 분부하셨으니, 이는 실로 충지스님이 원하는 바가 아니었다.
충지스님은 천영 노스님을 바라보며, 간곡한 마음으로 말씀을 올렸다.
"스님, 소승 감히 한 말씀 올리고자 하옵니다."

"그래 대체 무슨 할 말이 있다는 말이더냐?"
"소승, 세속의 벼슬도 번거로와 버리고 왔사옵니다. 하온데 소승에게 감로사 주지직을 맡으라 하심은 너무 무거운 벌인 줄로 아옵니다."
"벌도 때로는 약이 되느니라."
"하오나 스님. 소승, 버리고 또 버리어 걸림없이 살기를 원하옵나니 주지 벼슬을 면케하여 주십시오."
"걸림없이 훨훨 날아다니며 살고 싶더란 말이냐?"
"예, 스님. 그러하옵니다."
"허면 내가 물을 것이다."
"예, 스님."
"저 문밖 허공을 바라 보아라."
"……예, 스님."
"두둥실 흘러가는 저 한조각 흰구름처럼 저리 살고 싶더란 말이렷다?"
"예, 스님. 그러하옵니다."
"그러면 저 구름이 허구헌 세월, 마냥 저리 두둥실 하늘만 훨훨 날아다니면 사람의 목은 언제 축여주며, 풀과 나무는 언제 키우고, 물고기는 또 언제 살리겠는고?"
"무슨……말씀이신지요, 스님?"
"번거로울 적에 번거로웁더라도 구름은 때로는 비가 되어야 하고 눈이 되어야 하고, 그래야 들도 적시고 산도 적시고, 풀도 키우고 나무도 키우고, 물고기도 살리는게야."

"아, 예. 그 말씀은 잘 알았사옵니다만……."

"비록 주지 벼슬 하나에 지옥이 3천개라고는 하나 지옥 3천개를 각오하고라도 주지 벼슬을 맡는 자가 있어야 가람이 서 있을 것이요, 가람이 서 있어야 부처님을 모실 수 있을 것이며, 그래야 수많은 수행자가 마음 편히 수행을 닦을 수 있을 것이거늘 너는 어찌 삼천 개의 지옥만 보고 너 혼자만 지옥고를 면하려 하는고?"

"소승 결코 지옥고를 면하고자 해서 그러는 것은 아니옵니다."

"듣기 싫다! 저 구름은 때로는 안개도 되고, 비도 되고, 눈도 되어 만물을 살리는 감로수가 되나니 어느때는 마른밭에도 내리고 어느때는 진흙탕에도 내리고, 또 어느때는 개울에도 내리고 산천에도 내리나니, 저 구름이 구름으로만 떠돌면 과연 이 세상은 어찌 되겠는고?"

"……예 스님…… 잘 알겠사옵니다."

"내일 이른 아침 이 송광산 수선사를 떠나도록 해라."

"……예, 스님. 분부대로 하겠사옵니다."

"김해현 상동고을에 가면 신어산이 있고, 그 신어산에 감로사가 있으니 해안선사께서 창건하셨느니라."

"예, 스님. 잘 알았사옵니다."

다음날 이른 아침, 충지스님은 은사스님이신 천영 노스님께 하직인사를 올리게 되었다.

"감로사에 가보면 알게 될 것이다마는 그절은 우리 선종 사찰이

니 이 수선사 말사라 할 것이다."
"예, 스님."
"듣자하니 내노라하는 선객들이 저마다 선지를 뽐내고 있다고 하거늘 행여라도 그들 사이에 끼어들어 네 뿔이 짧거니 내 뿔이 길거니 겨루지 말 것이며……."
"예, 스님. 명심하겠사옵니다."
"옛부터 이르시기를 중벼슬은 닭벼슬보다도 못하다 하셨으니 행여라도 주지벼슬을 벼슬로 여겨서는 아니될 것이다."
"예, 스님."
"주지라는 자리는 결코 그 권세로서 대중들을 다스리는 자리가 아니니 오직 덕과 도로써 대중들을 이끌어야 할 것이다."
"예, 스님. 명심하겠습니다."
"감로사는 지금 비 새는 곳이 여러 곳이요, 기울어진 전각은 손봐야 할 것이니 번거로운 일이라 하여 소홀히 하면 이는 곧 부처와 조사의 명을 어기는 일이 될 것이니라."
"예, 스님. 분부 받들어 거행토록 할 것이옵니다."
"시우, 저 아이를 딸려보낼 것인즉 데리고 가서 쓸만한 제목으로 만들어 보아라."
"예, 스님. 명심하겠사옵니다."
충지스님은 불문에 들어온 지 실로 12년만에 처음으로 김해 감로사 주지직을 맡아 부임하게 되었으니, 이때 스님의 세속나이 마흔 하나였다.

멀리서 뻐꾸기 우는 소리가 들렸다.
아무 말없이 먼 하늘만 쳐다보는 충지스님 곁에서 조용히 앉아 있던 시우스님이 더이상은 도저히 못참겠다는듯이 충지스님을 불렀다.
"스님."
"왜 그러시는가?"
"스님께서는 아까부터 어찌 아무 말씀이 없으십니까?"
"별로 할 말이 없는데 무슨 말을 하라는 말이신가?"
"주지자리를 내려주셨는데도 스님은 기쁘지 아니하십니까?"
"이 사람아, 주지자리가 기뻐할 자리라고 그러던가?"
"소승이 보기에는 어느 암자 주지자리가 비었다하면 은근히 서로 하고 싶어하는 스님들이 많은 것 같던데요?"
"모르는 소리일세. 주지나 원주 소임을 맡으라고 하면 그날밤으로 걸망을 짊어지고 도망가는 스님들도 있으시다네."
"아니, 왜 소임을 맡으라는데 도망간단 말씀이십니까요?"
"원주자리건 주지자리건 소임을 맡으면 귀찮고 번거로운 일이 그만큼 늘어나니 그래서 달아나는 게지."
"하오시면 충지스님께서도 감로사 주지자리 맡기 싫으시다는 말씀이십니까?"
"이것 보시게. 세속의 가정에서도 식구 하나에 근심걱정이 열가지 생겨난다고 했으니 비록 작은 사찰이라고 하나 사중대중이 20여명이고 보면 근심걱정이 수백가지, 어찌 그런 일을 즐겁다 하겠

는가."

"아니 그러시면 스님, 속가에서건 절에서건 식구만 있으면 근심걱정이 그만큼 생겨난다 그런 말씀이십니까?"

"옛말씀에도 있지 아니하던가, 가지 많은 나무에 바람 잘 날 없다고 말일세. 오늘은 이쪽 가지가 바람에 흔들리고, 내일은 저쪽 가지가 바람에 부러지고, 그래서 가지 많은 나무에는 바람 잘 날이 없고, 자식 많은 집안에서는 근심걱정 그칠 날이 없는 법이라네."

"그러시면 스님, 지금 감로사로 가고 싶지 않으십니까?"

"가고 싶은 데는 가지 못하니, 그래서 괴로움이요, 가기 싫은 곳에는 아니갈 수 없으니 그래서 괴로움이라 — 세상만사 괴로움인 줄 알고 받아들이라 하셨네."

시우스님은 고개를 갸우뚱거리며 다시 물었다.

"받아들이지 아니하면 어찌 되는지요?"

"여름이라 덥고, 겨울이라 추운 것을 받아들이지 아니하면 자네 과연 어찌하겠는가?"

"하오면 별 수 없으니 두 눈 질끈 감고 참고 견뎌야 한다는 말씀이신지요?"

"그런 말이 아니네."

"하오시면요?"

"자네, 두 딸을 시집보내놓고 허구헌날 근심걱정만 하고 살았다는 노인이야기 들어보셨는가?"

"어떤 노인 말씀인지요?"
"어느 노인이 큰딸은 나막신 장사한테 시집을 보냈고, 작은딸은 우장 장사한테 시집을 보냈었다네."
"그래서요?"
"비가 오면 나막신이 팔리지 아니할 것이라 큰딸 걱정, 날이 개이면 우장이 팔리지 아니할 것이라 작은딸 걱정, 이래도 걱정이요, 저래도 걱정이라 허구헌날 걱정만 하다 세상을 떠나셨다네."
"하오면 어찌해야 옳다는 말씀이신지요, 스님?"
"그 노인이 지혜로운 노인이었더라면, 비가 오면 작은딸이 장사 잘될 것이니 그래서 기쁘고, 날이 개이면 큰딸이 나막신을 많이 팔 것이니 그래서 기쁘고, 이래도 기쁘고 저래도 기쁘고 허구헌날 기뻤을 게 아니겠는가?"
"아, 예. 그러고보니 그것도 마음먹기에 달렸구먼요, 그렇지요 스님?"
"일체유심조라, 마음 하나 잘 먹으면 움막도 극락이요, 마음 하나 잘못먹으면 구중궁궐도 지옥이라네."

8
나는 무엇하는 사람인가?

　세속의 높은 벼슬도 스스로 버리고 스물 아홉의 나이에 늦깎이로 출가득도한 충지스님이었으니 사찰이나 암자의 주지자리를 맡고 싶지 않았으나, 은사이신 천영 노스님의 분부가 지엄했던지라 별수없이 경상도 김해 감로사 주지로 부임하게 되었다.
　헌데 막상 감로사에 당도하고 보니, 이것 참 절 형편이 말이 아니었다.
　시우스님이 먼저 한마디 했다.
　"아이구 스님. 여기가 감로사는 감로사 같은데 보기에 꼭 빈 절 같습니다요."
　"그럴 리가 있겠는가? 참선하는 수좌님들이 근 스무명이라고 했으니 자네가 어서 원주스님을 찾아보시게."
　"저기 좀 보십시오, 스님. 절마당에 잡초가 우거졌구요, 텃밭은 쑥대밭이 되어 있구요, 이게 어디 스님들 사는 절이라고 하겠습니까요?"
"허허, 공연한 소리 그만 하고 어서 원주스님을 찾아보란 말일세, 아, 어서—"
"아 예, 알겠습니다요. 에헴. 원주스님 계십니까요? 원주스님은 어디 계십니까? 예? 원주스님, 원주스님—"
시우스님이 한참을 불러댄 후에야 웬 스님이 낮잠을 자다말고 부시시한 얼굴로 방에서 나오는 것이었다.
"어디서 오신 스님들이시오?"
"아, 예. 소승은 송광산 수선사에서 온 시우라고 하는데요, 이 충지스님이 바로 이 절 감로사에 새로 오신 주지스님이십니다요."
"아, 예. 새주지를 보내시겠다는 서찰은 며칠 전에 받았습니다만, 원로에 오시느라구 고생이 많으셨겠습니다요."
"소승 충지라 합니다."
"아, 예. 소승이 그동안 원주 소임을 맡고 있었사옵니다마는 보시다시피 형편이 이렇습니다요. 우선 법당으로 오르시지요."
"예, 그러십시다."
충지스님과 시우스님은 걸망을 벗어 내려놓고, 법당 참배를 마친뒤, 주지실로 안내되었다.
"자, 이방을 쓰시도록 하십시오. 요전 주지스님께서도 바로 이방을 주지실로 쓰셨습니다요."
"고맙소이다. 자, 그러면 자네도 우선 들어가도록 하세."
"아, 예."

　처음 만난 스님들은 서로 예를 갖추어 다시 인사를 나누었다. 충지스님이 그동안 감로사 원주소임을 맡아온 스님의 이야기를 들어보니 앞으로 과연 어떻게 감로사 살림을 꾸려나가야 할지 막막하기만 하였다.
　충지스님은 원주스님에게 절 형편을 구체적으로 물으셨다.
　"지금 이 감로사 대중은 몇이나 되는지요?"
　"아이구 주지스님, 소승 나이 이제 겨우 설흔을 넘었으니 말씀을 낮추어 주십시오. 듣기에 심히 민망하옵니다요."
　"그러는게 편하시다면 그래야겠구먼."
　"아이구 그러문요, 주지스님. 그러니까 이 절에는 한달전까지만 해도 근 20여명 대중들이 있었습니다마는……."
　가만히 듣고있던 시우스님이 물었다.
　"그러시면 지금은 더 줄었다는 말씀이신가요?"
　"그런 셈이지요."
　"원주스님."
　"왜 그러시오?"
　"사실은 소승도 나이 이제 겨우 스물을 넘었으니 원주스님께서는 소승에게 말씀을 낮추어 주십시오."
　"어, 그러시던가, 그 그러면 그렇게 하도록 하세나."
　충지스님이 다시 물으셨다.
　"그래 지금 있는 대중이 몇이라고 그러셨는고?"
　"아, 예. 선방에 여덟명의 수좌들이 들어있구요. 살림하는 중은 소승하고 공양주를 맡고있는 사미하고 둘이니 지금은 꼭 열명이온데요, 사미하고 소승은 허구헌날 양식 탁발해다가 죽 끓이고 밥지어 먹이기 바빴습니다요."
"아니 그러시면 절 살림이 그토록 옹색하시다는 말씀이십니까요, 원주스님?"
"내일 아침 양식도 걱정이라네."
"농토는 없더란 말이신가?"
"이 절에 딸린 논이 예닐곱 마지기에 텃밭이 두어 마지기 있습지요마는 농사지을 사람이 있어야 말입지요."
시우스님이 또 끼어들었다.
"아니, 선방에 수좌님들이 있으시다면서요?"
"아, 이 사람아! 수좌들이야 참선 수행을 하느라고 절구통처럼 앉아만 있지 손발에 흙묻히고 농사일 하려고 들겠는가?"
"듣고보니 그동안 원주가 고생이 많으셨겠네."
"아이구, 그동안 소승이 겪은 일을 어찌 필설로 다 말씀드릴 수가 있겠습니까요마는 아, 이제는 주지스님께서 새로 오셨으니 한시름 놓았습니다요."
"자, 그럼 우선 선방 수좌들께 인사부터 여쭈어야겠네."
"아 예, 그러시지요. 소승이 모시도록 하겠습니다."
충지스님은 원주의 안내를 받아 수좌들이 참선 수행하고 있는 선방 앞에 가서 방선하기를 기다렸다.
죽비로 딱! 딱! 딱! 방선을 알리는 소리가 울린뒤, 충지스님은

선방수좌들에게 부임인사를 하게 되었다.
　충지스님은 선방수좌 중에서 가장 손위인 노선사께 먼저 인사를 올렸다.
　"새로 온 주지라고 하였는가?"
　"예, 스님. 그러하옵니다."
　"이름은 대체 무엇이라 부르던고?"
　"예. 빌 충자, 끝 지자, 충지라 하옵니다."
　"빌 충자! 끝 지자! 충지라고 그랬는가?"
　"예, 스님. 그러하옵니다."
　"허면 끝까지 다 비웠다고 이름하였으니 오장육부까지 다 비웠는가?"
　"하루종일 굶고 왔으니 비웠는줄로 아옵니다."
　"무엇이? 하루종일 굶고 왔으니 비웠다?"
　"예, 스님."
　"허허, 거 말던지는 솜씨가 제법 익었구먼 그래?"
　"아, 아니옵니다. 과찬의 말씀이신가 하옵니다."
　"이것 보게, 주지스님!"
　"예, 스님."
　"어디 한번 일러 보게. 만법귀일이어든 일귀하처인고?"
　만 가지 법이 하나로 돌아가거늘 과연 어디로 돌아가는가? 노선사는 그렇게 묻고 있었다.
　"새로 온 주지는 화두 한번도 들어보지 못했더란 말인고?"

"하오나 스님, 스님께서는 만 가지 법이 하나로 돌아가거늘 과연 어디로 돌아가느냐 물으셨사옵니다만 천 가지 만 가지 법이 본래 오고 감이 없거늘 어찌 어디로 가고 옴을 물으십니까?"

"무엇이? 천 가지 만 가지 법이 본래 오고 감이 없거늘 어찌 어디로 가고 옴을 묻느냐?"

"그렇사옵니다, 스님."

"허허허허— 그러고보니 새로 온 주지는 장군죽비 맛을 꽤나 본 모양인데, 그래 좌선은 대체 얼마나 했는고?"

"말씀드리기 송구하오나, 소승은 좌선보다는 행선을 좀 했사올 뿐이옵니다."

"무엇이? 좌선보다는 행선을 좀 했더라?"

"예. 은사스님께서 이르시기를 행주좌와 어묵동정이 다 참선이라 하셨으니 소승 그 분부에 따랐을 뿐이옵니다."

"그래, 행선을 좀 했다고 했으니 대체 얼마나 많이 돌아다녔더란 말인고?"

"팔만 사천 리는 족히 걸어다녔을 것이옵니다."

"무엇이? 팔만 사천 리? 허허허허—허허허허— 이것 보시게. 새로 온 주지스님."

"예, 스님."

"이제야 이 감로사가 주지를 제대로 만났구먼."

"예에?"

"잘 오셨네. 그대가 이 절을 살려 주시게."

 선방의 수좌들 가운데 가장 나이 많으신 노선사로부터 일단 인정을 받은 충지스님은 그날밤 원주와 시우를 불러 앉혔다.
 "원주에게 묻겠네."
 "예, 주지스님."
 "내일 아침 양식이 걱정이라고 그러던데 과연 양식이 그렇게 없는가?"
 "예, 말씀드리기 부끄럽사오나 열 두 대중 죽을 쑤기에는 모자랄 것이옵니다."
 "허면 말일세, 원주."
 "예, 주지스님."
 "남은 양식에 물을 한 바가지 더 붓고, 나물을 더 넣어서 나물죽을 쑤도록 하게."
 "나물죽을요?"
 "그래, 아침 죽은 우선 그렇게 하기로 하고……."
 듣고있던 시우스님이 충지스님께 여쭸다.
 "하오시면 내일 점심 공양은 어찌 하시려는지요, 스님?"
 "내 그래서 시우, 자네를 부른 것일세."
 "아, 예 스님."
 "내일 아침 일찍 원주와 사미와 함께 시우 자네가 김해 읍내로 탁발을 다녀오도록 하게."
 "아, 예. 알겠사옵니다, 스님."
 "내일 점심 공양은 모두 굶도록 할것이니 너무 서둘러 돌아올건 없네."

"아이구, 주지스님. 내일 점심 공양을 굶기게 되면 선방 수좌들이 가만 있지 아니할 것입니다요."

"가만 있지 아니하면 어찌 한단 말이던가?"

"아이구, 무능한 주지가 와서 수좌들 끼니마저 굶긴다고 야단들 일텐데요, 주지스님. 그전에도 그랬습니다요."

"그건 너무 염려마시게. 내게도 다 생각이 있으니까."

다음날 아침이었다. 원주와 시우, 사미승 셋을 탁발 내보낸 뒤, 충지스님은 오늘 해야할 일들을 한 가지 한 가지 챙기고 있었는데, 밖에서 노선사의 부르는 소리가 들렸다.

"주지스님 계시던가?"

"아, 예. 어서 안으로 드시지요, 스님."

"에헴! 에헴!"

충지스님은 아랫목 쪽을 가리키며 말했다.

"이쪽으로 앉으시지요."

"에잉—아, 이 자리야 주지스님 자린데 어찌 내가 앉는단 말인가?"

"아니옵니다, 스님. 이 자리는 어른 스님께서 앉는 자리니 스님께서 앉으셔야지요. 자, 어서 이쪽으로 앉으십시오."

"허허, 거 아니래두 그러네."

"아니옵니다, 스님. 어른스님 잘 모시는 것은 우리 불가의 법도가 아니옵니까? 자, 어서 이리 앉으십시오."

"으음— 허, 헌데 말씀이야, 주지스님."
"아, 예. 스님."
"보아하니 그대는 글공부를 꽤나 많이 한 사람같아 보이는데?"
"아니옵니다, 스님. 글공부는 별로 깊지 못하옵니다."
"허허 거 그러지말고, 이 감로사에 온 감회를 지금 이 자리에서 글로 한 번 읊어서 나한테 보여 주시게."
"죄송하옵니다만 스님, 소승 글짓는 솜씨도 아직 제대로 여물지 못했습니다."
"허허, 거 늙은 중이라고 하찮게 여기시는겐가?"
"아이구 아, 아니옵니다, 스님. 소승이 감히 어찌 스님을 가벼이 여길 수가 있겠사옵니까? 잘못된 점이 있었사오면 용서하십시오, 스님."
"그러면 여러말 하지 말고, 어서 한 줄 읊어서 보여주시게. 이 감로사에 온 감회를 글로 지어보이란 말일세."
"아이구 이거 외람되옵니다만 스님께서 이리 엄히 분부를 내리시오니 하오면 소승 둔필이오나 감히 몇자 적어 올리도록 하겠사옵니다."
"에헴! 에헴! 어디 한 줄 읊어 보시게나!"
충지스님은 지필묵을 꺼내어 감로사에 온 감회를 한 편의 시에 담아 읊었다.

봄날 꽃은 뜰안에 피었는데

그윽한 꽃향기 소림풍에 부동이네.
오늘 아침 익은 과일 감로에 젖었으니
한없는 사람과 하늘 한 가지 맛이로세.

충지스님이 읊은 시를 입속으로 다시 한 번 되내이던 노선사는 충지스님을 불렀다.
"이것 보시게, 주지스님."
"예, 스님."
"내 이 주장자를 그대에게 내줄 것이니 어서 이 주장자로 이 늙은 중을 한 방망이 내려 치시게."
"예에? 아니 무슨 말씀이시옵니까요, 스님?"
"나는 아직 참선수행만을 했노라 하고, 주지나 원주나 벼슬살이 하는 중을 하찮게 여겨왔네. 그런데 이 늙은 중, 알고보니 밥도적인 줄을 오늘에야 알았네."
"아이구, 아니옵니다. 스님, 소승이 잘못된 점이 있었거든 용서해 주십시오."
"어서 이 주장자로 한 방망이 내려치란 말일세."
"아니옵니다, 스님. 그대신 소승 스님께 청이 한 가지 있사오니 들어주십시오."
"무슨 청이란 말이신가?"
"소승 오늘부터 당장 이 감로사의 사풍을 바꾸고자 하오니 허락하여 주십시오."

"무엇이? 감로사의 사풍을 바꾸겠다?"

"그러하옵니다, 스님."

"대체 무엇을 어찌 바꾸겠다는 말이던고?"

"예, 스님. 우선 저기 저 절마당에 우거진 풀부터 뽑아야 할 것이요, 텃밭의 쑥대밭을 채소밭으로 가꾸어야 할 것이며, 모든 대중들은 닷새에 한 번씩은 누구나 탁발을 나가야 할 것이요, 사찰의 전답에는 모두 함께 운력을 해서 곡식을 가꾸도록 해야 할 것이옵니다."

"아니, 그러면 참선하는 수좌들더러 일을 하라는 말이던가?"

"옛날 백장선사께서는 일일부작(一日不作)이면 일일불식(一日不食)이라, 하루 일하지 아니하면 하루 먹지도 말라 하시고, 선농일여이니 참선과 농사일이 다르지 아니하다 하셨사옵니다."

"그러니 오늘부터 당장 일을 시키게 해달라 그런 말이던가?"

"스님께서 분부를 내려 주시오면 소승 모든 수좌들과 더불어 이 감로사에 새로운 선풍이 드날리도록 견마지로(犬馬之勞 ; 개나 말 정도의 하찮은 힘이란 뜻으로 윗사람을 위하여 바치는 자기의 노력을 겸손하게 이르는 말)를 다 하고자 하옵니다. 허락하여 주십시오."

"허허, 이거 내가 지독한 시어머니를 만나게 되었구먼."

"보십시오, 스님. 저 선방 지붕 위에 풀이 저렇게 무성해서야 어찌 장마철에 비가 새지 아니하겠습니까?"

"그렇지 아니해도 작년부터 비가 새고 있다네."

"분부 내려 주시지요, 스님. 가부좌 틀고앉아 좌선만 한다고 해서 견성성불 하는 것은 아니지 않사옵니까?"
 "알았네. 그대 말을 듣고 보니 이 철없는 늙은 중, 입이 열 개라도 할 말이 없구먼."
 "용서하십시오, 스님."
 "내 그럼 선방수좌들을 다 데리고 나올 것이니 주지스님 마음 먹은대로 운력도 시키시고 행선도 시키시게."
 "고맙습니다, 스님. 이제 이 감로사에는 새로운 선풍이 불게 될 것이옵니다."
 이렇게 하여 감로사에 있던 대중들이 팔을 걷고 나서서 풀을 뽑고 밭을 일구고 저마다 걸망을 짊어지고 차례로 탁발에 나서니 감로사의 모습이 며칠 사이에 새롭게 바뀌었다. 뿐만 아니라 아침 저녁으로 올리는 예불 소리도 한결 더 장중하고 힘있게 울려 퍼졌으니 그야말로 빈 절 같았던 감로사에 새로운 활력이 솟아 넘치게 되었다.
 하루는 시우스님이 충지스님을 쳐다보며 말했다.
 "스님, 이제는 끼니 굶을 걱정은 아니해도 되겠습지요?"
 "옛말씀에 그러셨다네. 손발이 편하면 입도 편하니라."
 "손발이 편하면 입도 편하다니, 그건 또 무슨 말씀인지요?"
 "손발이 놀았으면 입도 놀아야 한다는 말씀이네."
 "아, 예. 그러니까 손발이 부지런해야 먹을 것도 생긴다 그런 말씀이군요, 스님?"

"알았으면 이 사람아, 어서 가서 채소밭이나 가꾸시게. 응? 허허허."

감로사 지붕 위에 멋대로 자라고 있던 풀을 뽑아내고 깨어진 기왓장을 갈아 끼우고 나니 이제는 장마철이 다가온다고 해도 걱정이 없었다.

하루종일 풀을 뽑기도 하고 기왓장을 옮겨 갈아 끼우느라 허리를 펴지 못했던 충지스님은 잠시 허리를 펴고 이마에 흐르는 땀을 닦아내며 말했다.

"자, 이제 잠시 쉬도록 하세."

원주스님도 손바닥에 묻은 흙을 털어내며 허리를 폈다.

"그놈의 풀들을 뽑아내고 나서 이젠 아주 속까지 후련합니다요, 주지스님."

사다리를 뒷곁으로 갖다놓고 온 시우스님도 한 마디 했다.

"말씀이 나왔으니 말씀인데요, 후련한 정도가 아니라 아주 다른 절에 온 것 같습니다요. 아, 처음에 왔을 적엔 빈 절 모양으로, 호랑이가 새끼를 칠 것만 같았는데……."

머리를 긁적이며 원주스님이 다시 말했다.

"한 사람 힘이 이렇게 무서운 줄 소승 이제야 알았구먼요. 참으로 주지스님 뵐 면목이 없습니다요."

그러자, 충지스님이 나무라듯 원주스님을 불렀다.

"이 사람, 원주!"

"예, 스님."
"주지 하나가 바뀌었다고 해서 이 절이 바뀐 것이 아닐세."
"아니기는요, 주지스님. 아, 주지스님께서 부임해 오시지 아니했으면 오늘 이 감로사가 이렇게 바뀌었겠습니까?"
"이 사람아, 사람이 바뀐다고 해서 가풍이 바뀌는 게 아닐세."
"무슨……말씀이신지요, 스님?"
"사람이 아무리 바뀌어 새 주지가 열 사람이 지나가더라도 생각이 바뀌지 아니하면 아무 소용이 없는게야."
"생각이라니요, 주지스님?"
"세상만사가 다 한 생각에서 비롯되는 것이니 한 생각이 바뀌면 말과 행동이 바뀌고 말과 행동이 바뀌면 다른 것은 저절로 다 바뀌게 마련이라네."
"아, 예. 그러니까 여기서도 일체유심조였더라 그런 말씀이시지요?"
"일일부작이면 일일불식이라 하셨으니 백장선사의 그 가르침을 받들어야 한다는 바로 그 생각이 우리 감로사 모든 대중들의 마음에서 일어났으며, 바로 그 한 생각이 오늘 우리 감로사를 이리 바꾸어 놓은 것이네."
그리고 충지스님은 원주스님과 시우스님에게 다음과 같이 가르치셨다.

'어찌하면 수행자다운 수행자가 될 것이며, 어찌하면 선비다운

선비가 될 것이며, 어찌하면 어머니다운 어머니가 될 것이며, 어찌하면 아버지다운 아버지가 될 수 있느냐, 이것이 이세상 모든 중생들이 알고자 하는 것이거늘, 나는 이 세상 모든 중생들, 농부건, 장사하는 사람이건, 국록을 먹는 사람이건 상관치 아니하고 이렇게 일러왔네. 하루에 한 번씩만 스스로에게 물어보아라. 나는 과연 무엇하는 사람인가?

  스스로 묻는 사람이 여염집 아낙네라면 스스로 그 답을 얻을 것인즉, 한 가정의 지어미로 자식들의 어머니로 한 집안의 며느리로, 내가 과연 무슨 일을 어찌해야 할 것인지 분명히 알게 될 것이니, 어찌 스스로에게 묻는 이 물음이 여염집 아낙에게만 소용되겠는가?

  스스로 물어서 출가 수행자라는 답이 나오면 수행자는 무엇을 어찌 해야 하는지 저절로 알게되고, 그것을 알게되면 더이상 무엇을 알려고 하는가?'

  충지스님의 가르침인즉슨, 이 세상 모든 중생들이 세상을 세상답게 사람이 사람답게 제대로 잘 살려면 더도 말고 덜도 말고 하루에 한 번씩만 '나는 과연 무엇하는 사람인고?' 스스로 묻고, 스스로 답하는 가운데 그 해답을 찾으라는 말씀이었다.

  이렇게 충지스님이 김해 감로사 주지로 부임하신 이후, 감로사는 그 면모를 일신한 가운데 독경소리, 죽비소리가 그치지를 아니했으니, 눈푸른 젊은 수행자들이 감로사로 모여드는 것이었다.
 하루는 노선사가 주지실로 충지스님을 찾아오셨다.
 "이것 보시게. 주지스님 안에 계시는가?"
 "아, 예. 스님, 어서 안으로 드시지요."
 "에헴! 에헴! 이것 보시게, 주지스님."
 "예, 스님. 말씀하시지요."
 "이 일을 과연 어찌하면 좋을 것인고?"
 "무슨 일이시온지요, 스님?"
 "오늘도 또 우리 감로사 선방에 젊은 수좌 셋이 찾아왔네."
 "아, 예."
 "대체 어디서 무슨 소문을 듣고 감로사로만 모여드느냐고 물어보았더니만, 이것 좀 보시게."
 노선사는 충지스님에게 꾸깃꾸깃 접혀진 종이를 펼쳐보이시는 것이었다.
 "무슨 글귀가 적혀 있는지요, 스님?"
 "무슨 글귀가 아닐세. 자, 자세히 보시게. 바로 주지스님이 이 감로사에 와서 써준 바로 그 시 한 수일세."
 "예에? 소승의 시라니요?"
 노선사는 종이를 다시 펼치며 말씀하셨다.
 "아, 이걸 보시구도 모르시겠는가? 주지스님의 이 시 한 수가 수행자들간에 통문 돌리듯 돌아다닌다는구먼."
 "아니, 그럴 리가요."

 "허허, 이 사람. 아, 수행자들이 적어가지고 다니는 이 종이를 보고도 내말을 못 믿는가?"
 "아, 이거 부끄러운 글귀가 되어서 참으로 죄송하옵니다, 스님."
 "주지스님의 이 시 한 수가 붓끝에서 붓끝으로, 입에서 입으로 번지는 통에 그래서 이렇게들 우리 감로사로만 모여들고 있다니, 이 일을 과연 어찌하면 좋겠느냐는 말일세."
 "뜻하지 아니한 일이라, 소승 감히 무어라 말씀을 올려야 할지 모르겠사옵니다, 스님."
 "무작정 오는대로 다 받아줄 수도 없는 노릇인데다가 이젠 선방에 엉덩이 들이밀 자리도 없는 형편이구 말씀이야."
 "하오나, 스님. 우리 불가에서는 옛부터 가는 사람 붙잡지 아니하고, 오는 사람 막지 아니한다고 하지 않았는지요?"
 "그러니까 오는대로 모조리 다 받아들여서 선방에 들여보내라, 그런 말이신가?"
 "아이구, 아니옵니다요. 비좁은 선방에 어찌 모든 수좌들을 다 들어가라고 할 수가 있겠사옵니까?"
 "허면 대체 어찌 했으면 좋겠다는 말이신고?"
 "예, 소승의 어리석은 생각으로는 참선수행을 할만한 수행력이 있는 수좌들만 선방에 들도록 하고……."
 "허면 수행력이 짧은 수좌들은 돌려 보낸다?"
 "아, 아니옵니다, 스님. 수행력이 모자란 수좌들이나 초발심자들은 따로 아래채에 방을 마련해서 경전공부부터 했으면 하옵니다만……."
 "무엇이? 교학을 배우게 하자는 말이신가?"
 "예, 스님. 그러하옵니다."
 "아니될 소리! 그건 참으로 아니될 소리야!"
 "어찌 아니된다 하오시는지요, 스님?"
 "주지스님은 송광산 수선사가 선종 사찰인지도 모르신단 말이신가?"
 "그야 물론 송광산 수선사는 선종사찰이오, 이 감로사는 수선사의 말사 격이니 응당 선종사찰이옵니다만……."
 "선종사찰이면 참선수행을 시켜야 마땅한 일! 감히 어찌 이 감로사에서 경전공부를 시키잔 말인고!"
 평생 수행만을 고집해온 감로사 노선사는, 찾아오는 수행자들을 다 받아들여 초심자들에게는 경전공부부터 시키자는 충지스님의 생각에 벌컥 화를 내시며 반대하는 것이었다.
 "스님, 노여움을 푸시고 다시 한 번 생각을 해 주십시오."
 "무슨 생각을 다시 하라는 말이신가, 안될 소리야!"
 "하오면 스님, 소승이 감히 한 가지 여쭙고자 하옵니다."
 "무슨 말이신가?"
 "우리 불가의 불교경전은 부처님이 이르신 가르침을 그대로 글로 적어놓은 것이 맞습지요, 스님?"
 "그, 그거야 맞는 말이네마는……."
 "해서, 부처님 경전에는 부처님이 남기신 지혜의 말씀이 그대로

담겨있는 줄로 아옵니다. 그것도 맞는지요, 스님?"

"글쎄, 부처님께서 남기신 말씀이 경전에 실려있는 줄은 나도 알지마는, 우리 선가에서는 교외별전으로 전하신 참선수행을 으뜸으로 친다, 이런 말일세."

"하오면 소승 감히 한 가지만 더 여쭙고자 하옵니다."

"말해 보시게."

"우리 부처님께서는 세속 나이 스물 아홉에 출가하시어 6년 고행 끝에 깨달음을 얻으셨습니다."

"그야 그러셨지."

"그후 부처님께서는 장장 45년동안 동가식 서가숙하시면서 때로는 왕에게 설법하시고, 때로는 농부에게 설법하시고, 또 때로는 아이들에게도 설법하시고 심지어는 술집 작부에게도 자비로운 지혜의 말씀을 내려주셨습니다."

"그건 글쎄 나도 알지마는……."

"아니옵니다, 스님. 스님께서는 교외별전만을 으뜸이라 하십니다만 부모가 자식을 키울 적에 과연 어떻게 가르침을 베푸는가를 한 번 생각해 보십시오."

"부모가 자식 키우는 것이라니?"

"부모는 자식을 키울 적에 때로는 말로서 타이르기도 하고, 또 때로는 회초리로 다스리기도 하고, 또 때로는 아무말 없이 행동으로 본보기를 보여주기도 합니다."

"그래서 그것이 어떻다는 말이던가?"

"하오시면 스님께서는 과연 부모가 자식을 키울 적에 말로서 가르침을 내리는 것은 틀렸다, 그르다, 그러시겠습니까?"
 "내 말은 어느 한 가지가 그르다, 틀렸다는 게 아니라, 말로써 남기신 가르침보다는 교외별전으로 남기신 가르침이 더 소중하다 그런 말일세."
 "하오시면 스님, 어느 의원이 있어서 어떤 병자에게는 환약을 먹이고, 또 어떤 병자에게는 물약을 먹이고 또 다른 병자에게는 가루약을 먹이거늘, 어느 약이 옳고 어느 약이 그르다 할 수 있겠습니까?"
 "그야 병자의 병에 따라서 약은 달리 쓸 수도 있는 법이지."
 "바로 그렇습니다, 스님. 부모가 자식을 키울 적에 어떤 자식에게는 말로써 가르침을 내리고, 또 어떤 자식에게는 말없이 행동거지로 본보기를 보이는 것은 때와 장소와 근기에 따라 그 방편을 달리 썼다고 할 것입니다."
 "그러면 주지스님은 말도 옳고, 회초리도 옳고, 본보기도 옳다, 그런 말이던가?"
 "그렇사옵니다, 스님. 바로 우리 부처님께서도 방편을 쓰셨습니다. 아이에게는 아이가 알아듣기 쉽도록, 아녀자에게는 아녀자가 알아듣기 쉽도록, 부처님께서는 똑같은 진리, 똑같은 지혜의 말씀이라도, 때로는 옛날 이야기에 담아서 또 때로는 비유를 들어서 또 어느때는 추상같은 꾸짖음으로 골고루 자비를 베풀어 주셨던 것입니다."

"아니 그러고보니 주지가 지금 나한테 설법을 하시는겐가?"

"아, 아니옵니다 스님. 소승이 어찌 감히 노스님 앞에서 설법을 할 수가 있겠습니까? 소승은 다만……"

"다만, 무엇이란 말이던고?"

"교외별전인 참선수행도 소중하고 좋은 가르침이오나, 말씀으로 남겨주신 가르침 또한 부처님의 자비요 지혜이니, 근기에 따라 배우고 깨닫도록 문을 활짝 열어주어야 할 것이옵니다."

"허면 이렇게 하세."

"예. 어찌하면 좋겠다는 말씀이시온지요?"

"나는 더이상 우리 선방에 사람을 받아들이지 아니할 것인즉, 자네 마음대로 교학을 가르치던지 율장을 가르치던지 하고 싶은대로 하시게."

충지스님으로서는 난처한 일이 아닐 수 없었다. 이 땅에 부처님의 가르침이 전해진 이후 교종이다, 선종이다 해서 한동안 대립과 갈등이 있었던 게 사실이요, 선종이 득세를 하면서부터는 경전공부를 하는 수행자를 학인이라 하고, 참선수행을 위주로 하는 수행자를 수좌라 해서 학인을 업신여기는 풍조가 있었다.

송광산 수선사 초대 사주이셨던 보조국사나 그 대를 이은 진각국사께서는 참선수행만을 으뜸으로 여기지는 아니하셨고 선교 양면을 다 중히 여기셨으니 지눌보조국사께서는 일찍이 마음 닦는 길에서 이렇게 이르셨다.

'무릇 출가수행자는 선정과 지혜를 가지런히 닦아야 할 것이니, 정과 혜 두 글자는 삼학의 줄인 말이요, 삼학은 곧 계율과 선정과 지혜라 할 것이다.

허면 계율은 무엇이고, 선정은 무엇이며 지혜는 또 무엇이던고? 계율이란 잘못을 막고 악을 그르친다는 뜻이니 삼악도에 떨어짐을 면하게 할 것이요, 선정이란 이치에 맞추어 산란한 생각을 거두어들인다는 뜻이니, 여섯가지 욕심을 뛰어넘게 할 것이며, 지혜란 법을 가리어 공을 관한다는 뜻이니 오묘하게 생사에서 벗어나게 하느니라. 또한 달리 말하자면 계율은 부처님이 정하신 율법이요, 선정은 부처님의 마음이며 지혜는 부처님의 말씀이라 할 것이니 부처님의 율법을 어기면서 어찌 부처님의 마음을 따를 수 있을 것이며, 부처님의 마음을 모르면서 어찌 부처님의 지혜를 안다 할 수 있을 것이며, 부처님의 말씀을 모르면서 어찌 부처님의 마음을 따를 수 있을 것인가!

따라서 무릇 수행자들은 계·정·혜, 삼학을 두루 지키고 익히고 통달해야 할 것이니라!'

바로 이러한 송광산 수선사의 가르침을 이어받고 있는 충지스님 또한 선과 교를 차별하지 아니하고 선과 교를 똑같이 중시하셨으니 결코 어느 한 편에 치우치지 아니하려는 것이었다.

또 하루는 시우스님이 걱정스러운 얼굴로 충지스님을 찾았다.

 "스님, 방금 또 낯선 수좌 셋이 와서 방부를 받아 달라고 하는데, 어찌하면 좋을런지요?"
 "수좌 셋이 또 오셨더란 말이신가?"
 "예. 그러하옵니다, 스님."
 "선방에서는 더이상 방부를 받지 아니 하시겠다 하니 어찌한다?"
 "방이 비좁아 받을 수 없으니 돌아가라고 할까요?"
 "도를 닦겠다고 찾아온 수좌들을 돌려 세울 수는 없는 일이니 내치지는 마시게."
 "하오면 과연 어찌 하시려구요, 스님?"
 "우선 객실을 내주어 거기 머물도록 하시게."
 "아, 예. 알겠사옵니다."
 "이것 보시게."
 "예, 스님."
 "우리 저기 저 아래채에 대중방을 하나 따로 만들어야겠네."
 "대중방을 따로 하나 만드신다면 선방을 하나 더 늘리시자는 말씀이신지요?"
 "선방이 아니라 경전을 공부하는 대중방을 만들자는 것이야."
 "경전을 공부하는 방이라 하시면?"
 "교는 곧 부처님의 말씀이요, 선은 곧 부처님의 마음이니 말씀 공부부터 마친 다음에 참선수행을 시키자는 것이야."
 "아, 예. 참으로 좋은 생각이신가 하옵니다."

충지스님은 부처님의 말씀을 기록해 놓은 불교경전을 배우는 것도 중요하고, 부처님의 마음을 깨닫는 참선수행도 중시여겨 선과 교를 겸비해야 한다고 생각하셨으니, 그래서 김해 감로사에서는 참선하려는 수행자나 교학을 공부하려는 수행자나 차별하지 아니하고 다 받아들이기로 했던 것이다.
　그러나, 참선수행만을 으뜸으로 여기고, 경전을 공부하는 것을 대수롭지 않게 여기고 있던 당시의 선객들은 충지스님의 이러한 선교겸비, 선교통달 사상을 달가워하지 않았다.
　그래서 선방의 노선사가 다시 충지스님을 찾아와 따지듯이 물었다.
　"이것 보시게, 주지스님."
　"예, 말씀내리시지요, 스님."
　"주지스님은 그래 기어이 우리 감로사에서 교학공부를 시킬 작정이시란 말이신가?"
　"예. 그럴 생각이옵니다."
　"거 어찌해서 주지스님은 그 하찮은 경전공부를 고집한단 말이신가?"
　"하오시면 스님께서는 어찌해서 부처님이 남겨주신 지혜의 말씀, 자비의 말씀을 하찮다 하시는지요?"
　"아, 그거야 조사님들께서 이미 말씀하시지 아니했던가?"
　"부처님의 도를 깨닫는 데는 오직 참선수행만이 제일이라고 말씀이십니까?"

 "주지스님도 알고 있지 아니하신가? '참선수행은 교외별전이니, 불립문자, 직지인심 견성성불이요, 이 말씀은 즉 부처님께서 말씀없이 따로 전해주신 것이라 문자를 쓰지 아니하고, 곧바로 사람의 마음자리를 꿰뚫어, 본래 성품을 바로 보고 부처를 이룬다!' 그러시지 아니 하셨던가?"
 "하오면 소승 감히 한 말씀 여쭙고자 하옵니다."
 "무슨 말인지 어디 해 보시게."
 "스님께서는 방금 '교외별전이니, 불립문자요, 직지인심하여 견성성불한다' 하셨사옵니다."
 "그래, 내 분명히 그리 말했네."
 "하오면 교외별전이라는 말씀은 문자가 아니오며, 불립문자, 직지인심 견성성불은 문자가 아니고 무엇인지요?"
 "무엇이라구? 교외별전이라는 말도 문자요, 불립문자, 직지인심, 견성성불도 다 문자가 아니냐?"
 "그렇사옵니다, 스님. 비록 부처님께서 설법하지 아니하시고 한 송이 꽃을 들어보이심으로써 가르침을 전해주신 것이 참선수행이요, 교외별전이겠사옵니다만, 부처님의 가르침 가운데 말씀으로 전하신 것이 곧 경전이요, 말없이 가르쳐 주신 것이 곧 교외별전이니 감히 어찌 한 가지 가르침만 옳다 할 수 있겠습니까?"
 "아니, 그러면 참선수행이 교학만 못하단 말이신가?"
 노선사는 흥분을 감추지 못했다.
 "아니옵니다, 스님. 소승은 결코 참선수행만 옳다거나, 교학공부만 옳다고 생각지 아니합니다."
 "그러면 이것도 옳고, 저것도 옳다 그런 말이신가, 그래?"
 "스님, 제발 고정하시고 소승의 말씀도 들어주십시오."
 "두 귀로 듣고 있으니 할 말 있으시거든 어디 해 보시게!"
 "길 가던 사람이 스님께 읍내가는 길을 물었습니다."
 "무엇이? 길가던 사람이 나한테 읍내가는 길을 물었다?"
 "예. 그럴 경우 스님께서는 세 가지 방법으로 길을 가르쳐 주실 수 있으실 것이옵니다."
 "세 가지 방법이라니?"
 "첫째는 스님께서 말씀을 통해 이러이러하게 가면 읍내가 나올 것이라고 가르쳐 주실 것이구요."
 "그 다음에는 또 무엇이란 말이던고?"
 "그 다음에는 종이에 글을 쓰고 그림을 그려서 이리이리해서 이렇게 가면 읍내가 나올 것이다 가르쳐 주실 것입니다."
 "그리구 또 한 가지는?"
 "그 다음에는 아무 말씀도 아니 하시고, 글도 써주지 아니하시고 무언중에 주장자를 들어 읍내가 있는 쪽을 가르쳐 주실 것입니다."
 "어, 그래. 듣고보니 과연 그것은 맞는 말이구먼."
 "하오시면 스님, 세 가지 가운데 어느것 하나만 옳고 나머지 두 가지는 그르다 하시겠습니까?"
 "그, 그야 세 가지 다 옳다 할 것이야."

 "그렇사옵니다, 스님. 말씀을 듣고 읍내를 찾아가는 것이나, 글을 보고 읍내를 찾아가는 것이나, 주장자가 가리킨 곳을 보고 읍내를 찾아가는 것이나 다르지 아니하다 할 것입니다. 따라서 참선수행을 통해 부처님의 도에 이르는 것도 옳다 할 것이고, 염불을 하면서 부처님의 도에 이르는 것도 옳다 할 것이니, 어느 한 가지도 그르다 해서는 아니될 줄로 아옵니다."
 "그, 그거 참! 주지스님 말을 듣고보면 그 말씀도 옳기는 옳은 것 같은데, 하여튼 나는 참선수행만 할 것이니 그리 아시게나."
 "아, 예. 그야 스님 뜻대로 하셔야지요. 그대신―"
 "그대신 또 무엇이란 말이던고?"
 "젊은 수행자들에게 경전공부 시키는 것도 용인해 주십시오."
 "알았네. 나는 더이상 상관치 아니할 것이니 뜻대로 하시게."
 충지스님은 참선수행만을 고집하는 선객들의 반발을 하나 하나 설득하고 잠재우며 따로 큰방 하나를 마련하여 새로 감로사에 들어오는 젊은 수행자에게는 부처님의 일대기를 기록해 놓은 불전부터 읽고 배우게 했다.
 그러나 이 당시, 문자를 쓰지 아니하고 곧바로 사람의 마음자리를 꿰뚫어보아 성품을 바로 보고 부처를 이루고자 삭발출가했던 젊은 수행자들은, 경전공부부터 먼저 하라는 충지스님의 당부를 달가워하지 않았다.
 그래서 시우스님이 다시 주지실로 충지스님을 찾았다.
 "스님, 소승 시우이옵니다. 스님께 잠시 한 가지 드릴 말씀이 있사옵니다."
 "들어 오시게."
 "예, 스님. 스님께서는 또 글을 쓰고 계셨사옵니까요?"
 "으음, 그래. 무슨 할 말이 있다고 그러셨는고?"
 "예. 신참들 말씀이옵니다요."
 "그래, 그 신참들이 어쨌다는 말이던가?"
 "감로사에 새로운 선풍이 드날린다 하여 찾아왔더니 원하는 참선수행은 시켜주지도 아니하고, 글공부나 하라고 한다면서 불평들을 하고 있다 하옵니다."
 "경전을 들여다 보라고 그랬더니 그것이 불만이더라?"
 "예, 그런다 하옵니다."
 "그래서 어찌했으면 좋겠다는 말이시던고?"
 "예, 소승의 생각으로는 주지스님께서 저 신참들을 한 자리에 모아놓고, 무슨 까닭으로 경전공부를 하라고 하시는지 소상히 당부 말씀을 내려주셨으면 합니다요."
 "알았네. 허면 자네가 쇠북을 쳐서 모두 한 방에 모이도록 하게."
 "예, 스님. 분부대로 하겠습니다."
 시우스님이 쇠북을 쳐서 사람을 모이게 하니, 감로사에 새로 들어온 젊은 수행자 십여 명이 큰방에 다 모여들었다.
 충지스님은 주장자를 들어 세 번 내리치셨다.
 "듣자하니 여기 모인 여러 대중들 가운데 경전을 보는 일을 하

찮게 여기고 귀찮다 여기는 사람이 있는 것 같은데, 허면 오늘 내가 몇가지 물을 것인즉 대답부터 해야 할 것이야. 허나 내가 묻는 말에 만일 대답을 제대로 못하는 사람은 한 방망이씩 맞아야 할 것인즉 여기 모인 대중들은 모두 다 각오를 해야 할 것이야. 내 말 알아 들으셨는가?"

"예, 스님."

모든 대중이 일제히 대답을 하자, 충지스님은 질문을 시작하셨다.

"허면 앞에 앉아있는 자네부터 대답해 보시게!"

"예, 스님."

"그대는 과연 무슨 교를 믿고 있는 사람이던고?"

"예, 불교를 신봉하는 수행자인가 하옵니다."

"허면 대체 어찌해서 불교라 이르던고?"

"무슨……말씀이신지 소승 잘 모르겠사옵니다. 스님."

딱!

잘 모르겠다는 수좌의 어깨에 사정없이 주장자가 내리쳐졌다.

"어찌해서 불교라 부르는지 그것도 모른단 말이던가?"

과연 우리가 신봉하고 있는 불교는 어찌하여 그 이름을 불교라고 하는지, 그것을 대답하라는 것이었으니 이처럼 쉽디쉬운 물음에 얼른 시원스레 대답을 하는 사람이 없었다.

그저 서로들 얼굴만 쳐다보면서 수근거리는 것이었으니, 충지스님은 주장자로 쿵! 쿵! 쿵! 치시고는 큰 소리로 다시 말씀하셨다.

"다시 한 번 묻겠거니와 우리가 신봉하는 불교는 과연 어찌해서 불교라 이르는고?"
구석에 앉아있던 한 승려가 자신없는 작은 목소리로 대답했다.
"예, 그야 불교니까 불교라 이르는 줄로 아옵니다."
딱!
이 대답에도 어김없이 주장자가 날아왔다.
"다시 한 번 일러 보시게! 어찌해서 불교를 불교라 이르는고?"
"……"
"어서 이르라는데 무엇하고 있는가?"
"소승 잘 모르겠사옵니다."
딱!
"그대는 과연 불교가 어찌해서 불교인지 그것도 모르면서 불교를 신봉한다고 하였는가?"
"잘못 되었습니다, 스님."
"허면 이번에는 시우, 그대가 한 번 일러보시게. 불교는 과연 어찌해서 불교라 이르는고?"
"예, 스님. 부처님의 가르침을 믿고 배우고 실행하는 교이니 부처 불(佛)자, 가르 칠 교(敎)자, 불교인줄로 아옵니다."
충지스님은 대답을 잘못한 승려에게 다시 말했다.
"허면 이번에는 다시 그대에게 물을 것이야."
"예, 스님."
"불교는 과연 이 세상 중생들에게 무엇을 가르치는 교라 할 것

인고?"
"……."
"어서 이르지 아니하고 무엇을 꾸물거리는가?"
"예. 소승이 알기로 불교는 견성성불, 부처되는 길을 가르치는가 하옵니다."
다시 주장자가 사정없이 내리쳐졌다.
"견성성불이라 부처되는 길을 가르친다고 했으면 다시 일러보게. 과연 어찌하면 부처가 되는고?"
"용서하여 주십시오. 소승 잘 모르겠사옵니다."
딱! 딱! 딱!
"세상 사람들이 불교는 과연 무엇을 가르치는 교냐고 물으면 여기 모인 대중들은 대체 무엇이라 답변할 것인고? 어디 누가 한 번 일러 보겠는가?"
그러나 선뜻 나서는 수행자는 아무도 없었다.
충지스님은 대중들 얼굴을 하나하나 살펴보신 뒤에 말씀하셨다.
"절에 들어온 지 1년 된 사람이나 5년 된 사람이나 10년 된 사람이나 불교는 대체 세상 중생들에게 무엇을 가르치는 교냐고 물으면 모두가 꿀먹은 벙어리가 되어버리니 이것이 과연 무슨 조화던고?
어린아이 시절부터 할머니, 어머니 따라 평생토록 절에 다니면서 일구월심으로 불공을 들여온 보살님네도, 불교가 과연 무엇을 가르치는 교냐고 물으면 입이 단박에 얼어붙어 버리니 이것은 또 무슨 조화이던고!
 10년, 20년, 30년, 아니 40년, 50년, 절에 다녔다는 우리 거사님네, 보살님네들, 불교가 무엇을 가르치는 교냐고 누가 물으면 단 한 마디도 대답을 못하니 이것이 대체 무슨 조화이더냐 이런 말이야."
 쿵! 쿵! 쿵!
 충지스님은 주위를 환기시키시려는 듯 주장자를 들어 힘있게 세 번을 내리치셨다.
 "옛날 중국 당나라 적에 조과 도림선사가 계셨어. 헌데 어찌해서 조과선사로 불렸느냐, 새 조자, 둥우리 과자, 조과선사. 과연 어찌해서 이 스님 법호가 조과선사가 되었는지 그것을 아는 사람 있거든 누가 한 번 일러 보시게. 이 방에 누구 없으신가?"
 충지스님은 대중을 보시면서 잠시 기다리셨으나, 아무도 대답하는 사람이 없었다.
 "아무도 없으시구먼. 이 스님은 서호라는 호수의 북쪽 진망산에 깊이 들어가셔서 큰 나무 위에 올라가 새둥우리 같은 집을 지어놓고 거기서 사셨어. 그래서 모두들 이 스님을 새둥우리에 사신다 하여 조과선사, 조과선사 불렀던게야. 다들 아셨는가?"
 "예, 스님."
 대중이 일제히 대답했다.
 "헌데 하루는 당나라 제일 가는 시인 백낙천이라는 사람이 나무 위에 둥우리를 짓고 사는 조과선사를 찾아와서 이렇게 물었어.

'소인, 선사님께 감히 한 말씀만 묻고자 하옵니다.
무슨 말이던고?
과연 불교는 무엇을 가르치는 교라 할 것인지요?
제악막작 중선봉행이라 할 것이야!
제악막작 중선봉행이라 하시면?
나쁜 짓을 하지말고 착한 일을 행하란 말일세.
아니, 스님. 그거야 세 살 먹은 어린 아이들도 다 아는 일이 아니옵니까?
이 사람아, 세 살 먹은 어린 아이도 다 아는 일이지만, 여든 먹은 늙은이도 행하기는 어려운 법이야!'

바로 이 한 마디 말씀에 천하제일 백낙천이가 탄복을 하고 말았어. 다들 제대로 잘 들었는가?"
"예, 스님."
"허면 내가 다시 물을 것이야. 바로 그대!"
충지스님은 다시 한 승려를 가리키며 물으셨다.
"불교는 과연 무엇을 가르치는 교라고 하셨던고?"
"예. 제악막작 중선봉행이니, 나쁜 짓 하지말고 착한 일을 행하라고 가르치는 교라 하셨사옵니다."
대답이 끝나자 충지스님은 주장자로 쿵! 쿵! 쿵! 세 번을 내리치셨다.
충지스님은 다시 방안에 앉아있는 젊은 수행자들의 얼굴을 하나 하나 살펴 보셨다. 이제는 눈빛들이 초롱초롱 빛나고 있었다.
"허면 내가 다시 중언부언할 것도 없이 여러 대중들은 거침없이 대답을 해주어야 할 것이야. 우리 불교는 무엇을 가르치는 교이더냐? 바로 나쁜 짓 하지 말고 착한 일 행하라 가르치는 교이니라! 다들 아셨는가?"
"예, 스님."
방안의 젊은 수행자들은 모두 커다란 목소리로 대답을 했다.
"허면 우리 부처님께서는 과연 언제 어디서 사셨던 어떤 분이신지 아는 사람 있거든 어디 한 번 일러 보시게!"
충지스님은 대중을 한 번 둘러 보셨으나, 모두들 조용히 앉아있기만 할 뿐, 아무도 나서는 사람이 없었다.
"아는 사람이 아무도 없구먼."
쿵! 쿵! 쿵!
"다들 잘 들으시게. 우리 부처님은 과연 언제, 어디서 태어나셨느냐? 그리고 우리 부처님은 과연 어떻게 깨달음을 얻으셨으며 무슨 가르침을 어떻게 남기셨느냐, 우리 부처님은 과연 이 세상 중생들에게 무슨 이익을 어떻게 주시기에 저 수많은 중생들이 부처님, 부처님, 우리 부처님 하면서 합장 배례하고 믿고 의지하며 따르고 있느냐, 그 내력과 그 까닭을 알고나 믿고 의지하고 따라야 할 일이 아니겠는가!
게다가 그대들은 재가불자도 아닌 출가수행자들이거늘, 과연 부처님께서는 어떤 가르침을 남기고 가셨는지 그것을 알아야 중생들

에게 전해 줄 수 있을 것 아니겠는가?
 자, 그러면 과연 그대들은 어찌해야, 우리 부처님이 어떤 분인지, 부처님이 남겨주신 가르침이 어떤 것인지 알 수가 있겠는고?
 어디, 그대 한 번 일러 보시게."
 충지스님은 앞에 앉아있던 젊은 승려에게 물었다.
 "예, 스님. 경전을 부지런히 보고 배워야 알 수가 있을 것이옵니다."
 "허면 다시 물을 것이야."
 "예, 스님."
 "그대는 과연 한 세상 사는 것이 즐거움이던가, 괴로움이던가?"
 "죄송하옵니다, 스님."
 "허면 어찌하여 사는 것이 괴로움인지, 그 까닭을 아는 사람 있거든 누구 한 번 일러 보시게. 아무도 없는가?"
 쿵! 쿵! 쿵!
 "사람이 병이 들어 고통을 당하고 있거든, 그 병이 어디서 어떻게 왔는지 그것을 알아야 약을 쓸 수 있는 법! 이 세상 모든 중생들이 허구헌날 가지가지 근심걱정 괴로움으로 허덕이고 있거늘, 과연 어찌해야 근심걱정 괴로움에서 벗어날 수 있을 것인고! 바로 그 답이 부처님 경전에 다 담겨 있으니 감히 어찌 부처님의 경전을 배우지 아니할 것인고?"
 쿵! 쿵! 쿵!

9
지극정성이 제일이니라

충지스님이 감로사에서 머무시는 동안 교학과 참선수행을 함께 배우고 닦도록 하였으니 이로부터 감로사에는 내노라 하는 선객과 덕 높은 승려들이 모여들어 죽비소리, 독경소리가 그치지 아니했으며 수많은 신도들이 구름처럼 몰려와 보잘것 없던 감로사가 큰 사찰로 변모하게 되었다고 옛 문헌은 기록하고 있다.

또한 충지스님 덕분에 감로사를 중심으로 하여 불교를 체계적으로 연구하는 학문이 크게 발전하고 번성하였다고 기록하고 있으니, 이때 충지스님이 선과 교가 함께 융성할 수 있는 기틀을 마련했다고 하겠다.

그렇게 감로사에 계시던 어느날 아침, 충지스님은 까치가 우짖는 것을 물끄러미 바라보고 계시다가 문득 생각나는 것이 있어 시우스님을 불렀다.

"부르셨사옵니까, 스님?"
"그래, 거기 좀 앉으시게."
"예, 스님."
"자네가 보기에 이 감로사에 부족한 것이 무엇이던가?"
"부족……한 것이라니요, 스님? 이제는 소승이 보기에 부족한 것이 별로 없는 것 같은데요."
"부족한 것이 없어 보인다?"
"예. 대중도 이만하면 많은 편이구요, 양식도 부족하지는 아니하구요. 요사채도 두 채나 더 지었으니 아직은 방이 부족한 것도 아니구요."
마침 그때 채소밭에 있는 나무에서 까치들이 우짖었다.
충지스님은 그 나무를 쳐다보며 말씀하셨다.
"저기 저 까치들이 우짖는 나무밑이 좀 허전해 보이지 아니하신가?"
"예에? 아, 저 나무 밑이야 채소밭인데 어찌 허전해 보이신다고 그러시는지요?"
"자네, 강화도 선원사에 있었을 적이 생각나시는가?"
"아, 예. 가끔씩 선원사 생각이 나지요."
"그러면 곰곰 생각해 보시게. 그 선원사 일주문을 지나 안으로 들어가면 무엇이 있었던가?"
"선원사 일주문을 지나면……아, 예 그야 사천왕문이 있었습지요."

"그 사천 왕문을 막 지나가면 오른편이었던가, 왼편이었던가 또 무엇이 서 있었던 생각, 아니 나시는가?"

"……사천왕문을 지나서…… 아, 예. 왼쪽에 범종루가 있었습니다요, 스님."

"그래, 그 범종루에는 무엇무엇이 있었던고?"

"아, 예. 그 범종루에는 커다란 범종이 걸려 있었구요."

"그리구 또 무엇이 있었던가?"

"아, 예. 커다란 북이 있었구요. 아, 또 운판에 목어도 걸려 있었습니다, 스님."

"그래. 저녁 예불 시간이 되면 그 범종루에서는 북이 울고, 운판이 울고, 목어가 소리를 내고, 범종 소리가 크게 울렸었네."

"예, 스님. 그랬었지요."

"그런데 이 절 감로사에는 범종루가 없으니 저녁 예불 시각이 되면 늘 허전한 생각이 들어."

"아, 예. 그래서 저 나무밑이 허전하다고 그러셨구먼요, 스님?"

"그래. 바로 저 나무 밑에 종고루를 세웠으면 하는데……."

"종고루라니요, 스님?"

"범종도 달고, 북도 놓아두고 운판이며 목어도 달아 둘 종고루를 세우고 싶다는 말이네."

"아, 예. 종도 걸고 북도 놓아두니 그래서 종고루라구요?"

"그래. 자네 생각은 어떠신가? 저기 저 자리에 종고루가 들어서면 아침저녁 ,범종소리가 들을만 할 것이야……."

"그야 얼마나 좋겠습니까요."

"그럼 자네도 내 생각에 찬동을 했겠다, 곧바로 일을 착수해야겠으니, 그리 알고 계시게."

충지스님은 자나깨나 감로사에서 울려퍼질 범종소리를 생각하면서 그 다음날부터 종고루를 세우기 위해 동분서주 시주를 얻으러 다녔다.

그러나, 종각을 세우고 범종을 주조하고, 북이며 운판이며 목어까지 네 가지를 다 갖추자면 말 그대로 거금이 있어야 하는 큰 공사인지라 한 푼 두 푼 시주를 받고 한 됫박 두 됫박 양식 탁발을 해가지고는 참으로 어림도 없는 일이었다.

그러던 어느날이었다. 한 젊은 승려가 주지실로 와서 충지스님을 부르는 것이었다.

"스님, 스님, 주지스님 안에 계시옵니까요?"

"그래, 무슨 일이던가?"

"소승, 주지스님께 긴히 드릴 말씀이 있어서요."

"그래. 그럼 어서 이리 들어오시게."

"예, 스님."

승려는 주지실로 들어오자, 충지스님께 절을 올렸다.

"그래, 그래. 절은 한 번이면 되었네. 그만 앉게나."

"저, 주지스님."

"그래, 나한테 긴히 할 말이 있다고 그랬는데 무슨 말이던고?"

"예. 소승 불문에 들어온 지 3년이나 되었사옵니다만, 그동안은 허송세월을 했었습니다."
 "그건 또 무슨 소리던고?"
 "소승, 이 감로사에 와서 주지스님 문하에 들어와 경전공부를 하게 되면서 비로소 불문에 들어온 보람을 느끼고 있사옵니다."
 "허허, 그것 참 듣기에는 민망하네만 아무튼 반가운 일이로구면."
 "소승, 그래서 주지스님께 은혜를 갚고자 하오니 허락하여 주십시오."
 "은혜를 갚겠다니 그건 또 새삼스럽게 무슨 말이신가? 아, 출가수행자가 열심히 배우고 부지런히 닦아서 견성성불하여 중생제도 잘하면 그게 바로 부처님의 은혜를 갚는 것이지. 그렇지 아니한가?"
 그러나 젊은 승려는 일어날 기색을 보이지 않는 것이었다.
 "이 사람, 내 말 알아들었으면 어서 그만 일어나게."
 그러나, 젊은 승려는 일어나기는커녕 충지스님께 한 무릎 더 다가가서는 마치 조르듯이 말하는 것이었다.
 "주지스님께 꼭 한 말씀 올리고자 하옵니다. 허락하여 주십시오."
 "나한테 할 말이 따로 또 남아있더란 말이신가?"
 "주지스님의 말씀은 출가수행자는 부지런히 도를 닦고 부처님의 법을 공부해서 깨달음을 얻은 뒤에 이 세상 모든 중생들을 제도하면, 그것이 바로 스승과 부처님께 은혜를 갚는 길이라고 하셨습니

다."
 "그래. 내 분명히 그리 말을 했네."
 "그건 소승도 익히 잘 알고 있사옵고 또 반드시 그리 할 각오입니다."
 "그래. 그리 할 각오를 하고 있다면 그것으로 되었으니, 어서 그만 가보시게."
 "하오나 소승이 알기로 주지스님께서는 근자에 큰 걱정거리가 하나 있으신 줄로 아옵니다."
 "아니, 그건 또 무슨 말이던고? 내게 큰 걱정거리가 있다니?"
 "주지스님께서는 그 일을 굳이 소승에게 숨기실 일이 아닌 줄로 아옵니다."
 "허허, 아니 이사람아, 출가수행자에게 무슨 큰 걱정거리가 있다는 말인가? 이제는 비가 새는 전각도 다 손을 봐두었고, 대중들도 부지런히 수행을 잘하고 있고, 대중들 양식도 부족하지는 아니하니 별다른 걱정거리라고는 아무것도 없네."
 젊은 승려는 그것이 아니라는듯이 고개를 흔들면서 충지스님을 쳐다보았다.
 "종각을 세우실 일이 잘 진척되지 아니한 줄로 아옵니다만……."
 "허허, 난 또 무슨 말인가 했었구먼. 아, 그 종각 세우고, 종 만드는 일이야 시절 인연에 따라서 금년에 못하면 명년에 하고, 명년에 못하면 내후년에 하고 그러면 되는 것이지, 그게 어찌 큰 걱정거리가 되겠는가?"

"하오나, 기왕지사 세우시기로 작정을 하셨으면 하루라도 빨리 세우시는 게 좋을 것 아니겠사옵니까?"

"그야 어디 이를 말인가마는 병란에 흉년에 시절인연이 닿지 아니 하는걸 어찌 하겠는가? 그 불사는 내가 알아서 할 것이니 자네는 부지런히 수행이나 하도록 하게."

그래도 그 젊은 승려는 쭈뼛거리면서 충지스님을 쳐다보는 것이었다.

"저, 주지스님."

"그래. 어찌 그러는고?"

"사실은 소승에게 많은 재산이 있사옵니다."

"자네에게 많은 재산이 있다니?"

"자, 이걸 보십시오, 스님."

젊은 승려는 충지스님 앞에 흰 종이 뭉치들을 꺼내서 펼쳐 보이는 것이었다.

"우리 집안 땅 문서들이옵니다."

"아니 이 사람, 자네 집안 땅문서를 어찌 자네가 가지고 다닌단 말이던가?"

"몇해 전 돌림병이 돌았을 적에 부모님과 형제들이 다 죽고 소승 혼자만 살아 남았습니다."

"아니 그러면?"

"세상살이가 하두 허망해서 그래서 소승, 삭발 출가하게 되었는데, 김해현에 있는 이 땅 쉰 마지기를 팔면 아마도 종각은 세우실

수 있을 것이옵니다. 자, 받으십시오, 스님."

젊은 승려는 충지스님 앞으로 땅문서를 내려 놓았다.

"아, 아닐세. 자네 속가의 유산인 땅을 내가 어찌 받는단 말인가?"

"소승 이미 세속을 버리고 출가득도 했으니 땅도 문서도 아무 소용이 없는 것, 이 땅으로 종각을 세우도록 하십시오."

"아, 아니래두 그러네."

"소승 이 땅을 감로사 종각불사에 시주하는 것이오니 부디 받아 주십시오."

"아니, 이 사람 이거 진정으로 하는 말이던가?"

"이 땅으로 이 감로사에 종각이 세워지고 종소리가 울려 퍼지면 저 세상에 가신 아버님 어머님 형님들도 매우 흡족하게 여기실 것이옵니다."

감로사에 와서 수행하고 있던 젊은 승려가 뜻밖에도 지극정성으로 큰 시주를 해준 덕분에 감로사 종각불사, 범종불사는 그야말로 급진전을 보여, 다음해 봄에는 우람한 종각에 큼지막한 범종과 법고며 운판이며 목어가 제자리에 걸리게 되었다.

충지스님은 방안에 앉아 종각에서 울리는 범종소리를 들으며 흡족한 하루 하루를 보내고 있었다.

그러던 어느날이었다. 시우스님이 주지실로 와서 충지스님을 찾았다.

"스님, 스님. 소승 시우이옵니다요, 주지스님."

"어, 그래. 들어오시게."
"저 사미승 말씀이옵니다요, 스님."
"누구 말씀이신가?"
"아, 저 종각불사에 땅을 시주한 하일사미 말씀이옵니다요."
"그래, 그 하일사미가 무엇이 어떻더란 말이신가?"
"아무래도 무슨 일이 있는 모양이옵니다요."
"무슨 일이 있는 모양이라니, 그게 대체 무슨 말이신가?"
"아, 글쎄 저렇게 범종을 울리는 시각이면 그 하일사미가 종각을 바라보며 하염없이 눈물을 흘리고 있으니 드리는 말씀입니다요."
"하일사미가 종소리를 들으며 하염없이 울고 있더라?"
"예. 그러하옵니다요. 소승이 본것만 해도 벌써 서너 번은 되옵니다요."
 가만히 생각에 잠겨 계시던 충지스님이 시우스님에게 일렀다.
"여보게, 시우스님. 하일사미를 내가 좀 보잔다고 그러시게."
"아, 예."
 잠시후, 감로사 종각불사에 선뜻 땅을 시주해 주었던 하일사미가 충지스님 앞에 예를 갖추고 다소곳이 앉았다.
"이것 보게."
"예, 스님."
"듣자하니 범종소리를 들으면서 눈물을 흘리더라는데, 사실이던가?"
"……죄송하옵니다, 스님."

 "무릇 출가수행자는 세속사람과는 달라서 희노애락에 젖어서는 아니 되는 법."
 "……잘못 되었사옵니다, 스님. 용서하여 주십시오."
 "출가수행자가 즐거운 일이 있다 하여 덩실덩실 춤을 추고, 슬픈 일이 있다 하여 대성통곡하고 울어댄다면 어느 누가 그 수행자를 믿고 의지하겠는가?"
 "……참으로 잘못 되었습니다, 스님."
 충지스님은 부드러운 목소리로 다시 물으셨다.
 "대체 무슨 까닭으로 눈물을 보였더란 말이던고?"
 "예. 소승 소상히 말씀을 올리도록 하겠습니다."
 하일사미는 잠시 말을 멈추었다가 다시 말을 시작했다.
 "소승의 집안은 조부님 적부터 아버님까지 벼슬을 하셨습니다."
 "으음, 그래서?"
 "벼슬을 하면서 집안의 재산을 많이 불렸다는 것은 자랑할만한 일이 못되는 줄 아옵니다."
 "그야 청빈하지 못했다는 소리를 듣게 될 일이지."
 "소승 이제 와 되돌아보니, 아마도 조부님 적부터 청빈한 선비는 못되셨던가 하옵니다."
 "으음—그래서?"
 "어렸을 적 일이라 어렴풋이 생각이 납니다만 아버님 적에도 별로 공덕을 쌓지는 못했던 것 같사옵니다."
 "무슨 유별난 일이라도 생각난단 말인가?"

"예. 어렸을 적에 본 일이옵니다만, 아버님께서는 그때 농부 몇을 잡아다 놓고 하인들을 시켜 매를 때렸습니다."

"무슨 까닭으로 농부들에게 매질을 하셨다는 말이던고?"

"예. 아마도 그 농부들이 우리집에서 장리쌀을 꾸어다 먹고 제때에 갚지 못했으니 그 일로 그랬던 것 같사옵니다."

"흐음, 그래서?"

"재산 불리는 일에만 급급했던 까닭으로 불쌍하고 가난한 농부들에게 덕을 베풀지 못하셨으니 그래서 그 죄로 우리 집안이 돌림병에 걸렸다는 소리가 마을에 퍼지기도 할 정도였으니, 아마도 지금은 저희 속가 조상들이 지옥에 가 계실 것 아니겠습니까? 소승, 그래서 울었습니다, 스님."

이 세상에 살았을 적에 덕을 베풀지 못하고 가난한 사람들에게 모진 일을 했으니, 그 조상들이 지금은 지옥고를 받고 있을 것이 아니겠느냐, 하일사미는 그것을 생각하며 울었노라는 대답이었으니, 충지스님은 한동안 아무 말씀이 없으셨다.

"그래서 지옥에 떨어져 지옥고를 겪고 있을 조상들이 가엾어서 눈물을 흘렸더라, 그런 말이던가?"

"예, 스님. 소승이 이 감로사에 와서 스님께서 내려주신 경전을 보는 가운데 하루는 우란분경을 보았사옵니다."

"목련존자와 그 어머님 이야기를 적어놓은 우란분경을 보았더란 말이지?"

"예. 소승은 그 우란분경을 보고 가슴이 철렁 내려 앉았습니다."

"무슨 까닭으로 가슴이 철렁 내려 앉았다는 말인고?"

"우란분경을 보니, 목련존자의 어머님께서는 평소에 살생을 하고 인색하며 재물욕심이 많으셨습니다."

"그래, 그랬었지."

"해서 소승, 우리 조부님과 아버님이 꼭 목련존자의 어머님처럼 그렇게 세상을 사시지 아니했나, 그런 생각이 들었습니다."

"흐음."

"그래서 소승, 지옥에 떨어져 고통을 받고 계실 조부님과 아버님을 구해드릴 수는 없을까 고심하던 차에 마침 주지스님께서 이 감로사에 종각을 세우신다는 말씀을 들었습지요."

"으음, 그래서 조상들을 위해 종각을 세우기로 마음을 먹었더라 그런 말이던가?"

"예, 스님. 그러하옵니다. 소승이 경전을 보니 범종소리는 지옥중생들을 깨닫게 하기 위해 울린다고 하였기에 제발 범종소리를 들으시고 삼악도를 벗어나 해탈하시어 지옥고를 면하십사 하고 그 땅을 시주 올렸던 것이옵니다."

하일사미의 얘기를 다 들으신 충지스님은 고개를 끄덕이시며 말씀하셨다.

"으음, 그랬었구면."

"하온데 스님, 소승이 종각불사에 동참한 그 조그마한 공덕으로 과연 우리 조부님과 아버님이 이승에서 쌓으신 업보를 면하게 해 드릴 수 있을런지요?"

"이것 보게나, 하일사미."
"예, 스님."
"저 두견새 소리를 들어 보시게."
"두견새 소리요?"
"저 두견새는 전생에 무엇이었는지는 알 수 없으나 전생에 지은 업보를 받아 이생에서는 저렇게 두견새가 되어 밤새도록 한 잠도 자지 못하고 울어대고 있다네."
"아, 예. 하오면 저 두견새는 언제까지 저렇게 밤새도록 울어야만 하는지요?"
"전생에 지은 업보를 마치면 저 두견새 몸을 벗어버리고 다른 몸을 받아 다시 태어날 것이야."
하일사미는 무슨 말씀인지 잘 이해가 되지 않는듯 고개를 가우뚱거리며, 충지스님께 물었다.
"다른 몸을 받아 다시 태어나신다 하시면 무슨 몸으로 태어날 거라는 말씀이신지요?"
"그거야 이생에서 저 두견새가 하기에 달려 있지."
"두견새가 하기에 달려있다 하오시면?"
"이생에 두견새로 태어나서도 다른 새의 둥우리에 들어가서 남의 새알을 훔쳐먹고, 남의 새새끼를 물어 죽이고, 먹지도 아니하면서 벌레를 물어 죽이면, 아마도 그 두견새는 그 업보를 받아 다음 생에는 두견새 보다도 더 못한 한 마리 벌레로 태어날지도 모를 일이야."

"하오면 스님, 모든 목숨있는 것들은 반드시 업보를 받는다는 말씀이신지요?"

"한 생명이 지은 업에는 반드시 그 과보가 따르게 마련이니, 그것이 바로 부처님께서 이르신 인과법이라네."

"인과법이라 하오시면?"

"콩을 심으면 무엇이 나겠는가?"

"그야 콩을 심으면 콩이 날 것이옵니다."

"허면, 팥을 심으면?"

"예. 팥을 심으면 팥이 날 것이옵니다."

"세상 이치는 다 그와 같은것. 감나무를 심었으니 감이 열리고, 배나무를 심으면 배가 열리듯이 악업을 심으면 악과가 열리고, 선업을 심으면 선과가 열리니, 이는 그림자가 사람 몸을 따르는 것과 같다 할 것이야."

"하오면 이승에 살아계실 적에 모진 일을 많이 하시고 세상을 떠나신 소승의 아버님, 조부님은 어찌 되는 것이온지요?"

"이승에 살아계실 적에 콩을 많이 심으셨으면 콩을 많이 거두실 것이요, 독풀을 많이 심으셨으면 독풀을 많이 거두실 것이네."

"아니 그, 그러시면 구원해드릴 방도는 없으십니까, 스님?"

"만일 그 영가들이 지금 지옥고를 겪고 있다면 이제라도 범종소리를 듣고 문득 깨달아 욕심과 성냄과 어리석음이 화근인 줄을 알고 하루속히 삼독을 끊어야 지옥고를 면할 것이야."

"하, 하오면 소승은 과연 어찌하면 좋을런지요, 스님?"

"내일부터 자네가 종두를 맡게."
"예에? 종두를 맡으라니요, 스님?"
"범종치는 소임을 맡으라는 말일세."
"아, 예. 소승이 종을 치라구요?"
"이 종소리 제대로 들으시고 하루속히 삼독을 끊어 지옥고를 면하시어 득락하시고 극락왕생하십시오. 이런 마음을 가지고 지극정성으로 종소리를 울려드리면 목련존자의 어머님이 지옥고를 벗어나셨듯이 자네의 아버님과 조부님도 지옥고를 면하게 되실 것이네."
"아, 예. 스님 그리하도록 하겠사옵니다."
다음날부터 젊은 수행자 하일사미는 지극정성으로 범종을 쳐서 지옥중생들의 해탈을 빌었으니 그 자비로운 종소리는 산을 넘고 들판을 지나 멀리멀리 퍼져 나갔다.
범종소리를 듣고 계시던 충지스님께 시우스님이 말했다.
"스님, 종소리가 한결 크게 들리는 것 같사옵니다요."
"저 하일사미가 치는 종소리는 빈녀(貧女)의 등 하나와 같다고 할 것이야."
"빈녀의 등 하나와 같으시다니요, 스님?"
"자네는 '빈녀의 등 하나' 이야기도 모르신단 말인가?"
"아직 듣지 못했사옵니다, 스님."
"그러기에 경전을 부지런히 보라고 그러지 아니했던가?"
"아, 예. 그러시면 경전에 그 이야기도 담겨있다는 말씀이신가

요?"

"빈녀의 등 하나 뿐만이 아닐세. 수백 수천 수만의 이야기가 경전에 들어있으니 출가수행자든, 재가불자들이든 부지런히 경을 보아야 하네."

"아, 예, 스님. 소승 더욱 부지런히 경을 보도록 하겠사옵니다만, 과연 그 빈녀의 등 하나 이야기란 무슨 이야기인지요, 스님?"

"허허 이사람, 이야기라고 그러니 귀가 근질근질한 모양이구먼?"

"아이구 스님, 그런건 아니옵니다만……."

"날 따라 오시게. 내 경전을 한 권 내줄 것이니 자네 눈으로 자세히 보아 두시게."

"아, 예. 그리하도록 하겠습니다."

"그대신, 경을 자세히 보고 누구나 알아듣기 쉽게 소상히 새겨야 할 것이요, 만일 내가 내일 점심에 물을 때에 제대로 새기지 못하면 한 방망이 단단히 맞을 각오를 하셔야 하네."

"아 예, 스님. 그리하겠습니다."

이날 밤 충지스님은 시우스님에게 불경 한 권을 내려주시고, 그 다음날 시우스님을 불러 앉혔다.

"그래, 내가 준 경은 제대로 다 보았으렷다?"

"아, 예. 보기는 보았사옵니다만……."

"그럼 어디 한 번 나에게 빈녀의 등 하나 이야기를 들려주시겠는가?"

"아이구 저 스님, 스님 앞에서 그 이야기를 하려니까 쑥스러워서요."

"허면 대체 무슨 이야기던가 골자만 말해보게."

"아, 예. 한 가난한 노파가 살았는데, 동냥을 해가지고 두 푼어치의 기름을 사서 부처님을 위해 등불공양을 올렸습니다요."

"그래서 어찌 되었던고?"

"예. 새벽이 되자 다른 사람들이 켜 올린 큰 등들은 불이 다 꺼졌는데도 이 가난한 노파가 켜 올린 보잘것 없는 작은 등불만은 꺼지지가 아니했습지요."

"어찌해서 꺼지지 아니했다고 하셨던고?"

"부처님께서 이르시기를 이 가난한 여인이 켠 등불은 지극정성을 다 기울여 켠 등불이라 그래서 꺼지지 아니한다 하셨습니다."

"허면 공양을 올리는 데나, 종을 치는 데나 시주를 하는 데나, 과연 무엇이 가장 소중하다 하겠는가?"

"예. 지극한 정성이 제일인가 하옵니다."

충지스님이 감로사 주지로 오신 이후, 사찰의 모습이 일신된데다 없던 종루까지 새로 세워 그윽한 범종소리가 온 산천과 들판, 마을에까지 울려 퍼지니 감로사에는 수많은 불자들이 모여들어 늘 큰 법석을 이루게 되었는데 그럴수록 충지스님은 대중들을 다그쳐 일구월심 불도를 부지런히 닦으라고 호령이셨다.

충지스님은 무엇보다 출가수행자들이 도닦고 공부하는 데 게으

름을 피우면 추호도 용서치 않으셨다. 뿐만 아니라 채소 한 닢, 쌀 한 톨, 소금 한 알도 헛되이 버리고 흘리면 불호령을 내리셨으니, 비록 채소 한 닢, 쌀 한 톨, 소금 한 알도 모두 다 시주님네들의 피땀으로 이루어진 것이라 만일 이를 하찮게 여기면 이는 곧 큰 죄를 짓는 것이라 하였다. 또한 충지스님은 공부하는 대중들과 묻고 답하는 가운데 부처님의 진리를 스스로 터득케 하였으니 그래서 감로사에서는 교학과 참선수행이 함께 그 깊이를 더해갔다.

충지스님은 가끔은 대중을 모아놓고 질문을 받아 대답해 주기도 하셨다.

"여러 대중들은 그동안 공부하다 막힌 곳이 있었거나 의심되는 바가 있었으면 오늘 한 번 털어놓아 보아라."

맨 처음으로 하일사미가 일어섰다.

"예, 소승이 감히 한 가지 여쭙고자 하옵니다."

"그래, 하일사미는 과연 무엇에 막혔더란 말이던고?"

"예, 소승 무엇에 막힌 것이 아니오라……."

"그래, 무엇이 그리도 궁금하더란 말인고?"

"사찰에는 어찌하여 사천왕문을 세워놓고 있는지 그 까닭을 알고자 하옵니다."

"으음. 절간 문안에 들어오자면 울긋불긋 무시무시하게 생긴 사천왕들이 버티고 계시니 무섭더라 그런 말이렷다?"

대중들 사이에서 웃음소리가 흘러나왔다.

"소승 무서워서가 아니오라 무슨 까닭으로 절 문간에 사천왕문을 세워 거기 사천왕들을 모셔 놓았는지 그 연유를 알고자 해서 여쭈었사옵니다."

"그래. 헌데 우선 이것 한 가지를 잘 기억해 두었다가 요다음에 처음으로 절에 온 아이들이 사천왕상이 무섭다고 그러거든 대답을 잘 해주어야 할 것이다.

사천왕은 곧 동서남북을 지켜 주시는 포도대장 격이야.

다시 말을 하자면 포도대장은 나쁜 사람을 잡아가고, 나쁜 짓 하는 사람을 혼내주는 것이지만 선량한 사람은 지켜주는 법이거든.

그러니 우선 사천왕은 절을 지켜주고, 수행자들과 절에 오는 선량하고 착한 사람을 지켜주는 분들이지. 그러면 무엇하러 절문 앞에 버티고 거기 서 계시느냐 하면 삿된 생각, 못된 생각, 악한 생각, 그런 나쁜 마음은 절 안으로 가지고 들어오지 말아라. 그래서 그렇게 거기 눈을 부릅뜨고 서 계신 것이야.

동쪽을 지키는 분은 지국천왕, 남쪽을 지키는 분은 증장천왕, 서쪽을 지키는 분은 광목천왕, 북쪽을 지키는 분은 다문천왕, 이 네 분의 천왕들이 동서남북을 지키면서 착한 사람들에게는 복을 주시고, 나쁜 사람들에게는 벌을 내리시니, 이분들이 어찌 무서운 분들이신가? 든든하고 고맙고 그런 분들이시지.

그래, 이만하면 궁금증은 풀렸는가?"

"아 예, 스님. 잘 알았사옵니다."

충지스님은 이렇게 틈이 나실 적마다 수행자들의 공부도 도와주

실 겸, 서로 흉금을 털어놓고 묻고 답하고 함께 생각하기를 좋아하셨으니 젊은 수행자들에게는 엄한 스승이자 따뜻한 어버이와도 같은 분이셨다.

또 한번은 이런 일이 있었다.

"그래, 오늘은 또 누가 궁금한 것을 털어 놓으려는고? 허허, 오늘은 궁금한 것이 아무도 없는 모양일세?"

그러자 시우스님이 일어섰다.

"소승, 스님께 한 가지 여쭙고자 하오니 하교하여 주십시오."

"허, 오늘은 고참이 묻겠다 하니, 그래 무엇이 궁금하시던가?"

"예. 부처님께서 경에 이르시기를 '사람의 몸은 지수화풍 네 가지가 인연따라 모인 것이니라.' 하셨사옵니다."

"그래. 부처님께서 그리 말씀하셨지. 헌데 그게 어째서 궁금하다는 말이신가?"

"소승이 보기에 이 몸은 뼈와 살과 피와 눈물과 머리털로 되어 있는데 어찌하여 지수화풍, 흙과 물과 불과 바람으로 이루어졌다 하셨는지 그 까닭을 모르겠사옵니다."

"허면 내가 물을 것이야."

"예, 스님."

"그대는 과연 어디서 태어나셨던고?"

"예. 소승은 전라도 해양현에서 태어났사옵니다."

"그러면 해양현에서 태어나기 전에는 과연 어디에 있었던고?"

"예에?……그야 태어나기 전에는 부모님 몸 속에 있었사옵니다."

"부모님 몸 속에 있었던 것은 사실이렷다?"
 "예. 어김없는 사실이옵니다."
 "여기 있는 다른 대중들도 다들 이 세상에 태어나기 전에는 분명 부모님 몸 속에 있었는가?"
 "예, 그러하옵니다. 스님."
 대중들이 대답하자 충지스님은 다시 말씀을 이으셨다.
 "허면, 부모미생전 그대의 본래 면목은 과연 무엇이던고?"
 "예에?"
 충지스님은 탁상을 손바닥으로 한 번 치셨다.
 "그대의 부모님이 이 세상에 태어나시기도 전에는 그대는 과연 어디에 있었느냐는 말일세."
 "……부모……님이 태어나시기도 전이라 하시면……."
 충지스님은 탁상을 다시 한 번 치셨다.
 "어서 일러 보시게! 아버지 어머니가 이 세상에 태어나신 뒤에는 그 아버지 어머니 몸 속에 있었다고 치더라도, 그 아버지 어머니가 이 세상에 생겨나기도 전에는 과연 어디에 무엇으로 있었더란 말인가?"
 시우스님은 도저히 모르겠다는 표정으로 충지스님을 쳐다 보았다.
 "……그, 그건 소승 잘 모르겠사옵니다, 스님."
 "잘 생각해 보시게. 부모님이 어른이 되신 뒤에 부모님의 뼈와 살과 피를 빌어 이 세상에 태어났네마는 그 부모님도 이 세상에

태어나시기 전에 과연 그대는 어디에 무엇으로 있었을 것인가?"

"소승 아무리 생각해보아도 잘 모르겠사옵니다. 하교하여 주십시오."

충지스님은 목소리를 높여 대중들을 향해 말씀하셨다.

"그대도 나도, 여러 대중들도 부모님이 이 세상에 태어나시기 이전에는 모두 다 흙으로 있었고, 물로 있었고, 불로 있었고, 바람으로 있었네.

그러다가 인연따라 부모님 몸 속으로 들어가 네 가지가 합하여 한 몸이 되었으니 뼈와 살은 흙의 성분이요, 피와 눈물은 물의 성분이요, 더운 기운은 불의 성분이요, 들이쉬고 내쉬는 숨은 곧 바람인지라 그래서 부처님께서는 이 몸이 지수화풍 네 가지가 인연따라 모인 것이라 하셨네.

그래도 아직 지수화풍 네 가지를 믿지 못하겠는가?"

"고맙습니다, 스님. 소승 이제는 부처님의 그 말씀을 믿을 수가 있사옵니다, 스님."

사람의 몸은 지수화풍, 흙과 물과 불과 바람, 이 네 가지가 인연따라 모여 이루어졌다가, 그 인연이 다하면 다시 지수화풍으로 되돌아간다고 부처님은 가르쳐 주셨다. 그러나 이 부처님의 말씀을 얼른 믿으려 하는 사람은 많지가 아니했으니, 충지스님은 다시 젊은 승려 하일사미를 불러 앉혔다.

"이것 보아라. 하일사미."

"예, 스님."

"그대는 과연 어디서 왔는지 그것을 알겠느냐?"
"소승, 아직 잘 모르겠사옵니다."
"부모님으로부터 왔다는 것도 모르겠다는 말이던가?"
"아, 아니옵니다. 소승 분명 부모님으로부터 뼈를 빌고 살을 빌어 이 세상에 태어난 것은 알겠사옵니다."
"허면 부모님이 이 세상에 태어나시기 전에는 어디서 왔는지, 어디에 있었는지, 그것은 모르겠더란 말이지?"
"예, 그러하옵니다, 스님."
"그러면 내가 다시 물을 것이니 대답을 해보아라."
"예, 스님."
"그대는 지금 어디에 있는고?"
"예. 소승 지금은 김해현 감로사에 있사옵니다."
"허면 감로사에 있다가 어디로 갈 것인고?"
"예. 소승 이 감로사에서 살거나 아니면 다른 절에 가서 살게 될 것이옵니다."
"다른 절에 가서 살거나, 이 절 감로사에서 그냥 눌러 살거나 그럴 것이란 말이렷다?"
"예, 스님. 그러하옵니다."
"그러면 다 살고난 뒤에는 어디로 갈 것이던고?"
"예에? 다 살고난 뒤라고 하오시면?"
충지스님은 탁상을 손바닥으로 탁 치셨다.
"죽은 뒤에는 과연 어디로 갈 것이냔 말이다!"

"예에? 죽은 뒤에요, 스님?"

"모든 목숨은 숨이 끊어지면 죽었다고 하느니라. 그렇지 아니하더냐?"

"예, 스님. 그러하옵니다."

"허면, 숨이 끊어진 몸뚱이는 과연 어찌 되던고?"

"……"

"다비를 하거나 땅에 묻거나 두 가지 가운데 하나일 것이니라. 그렇지 아니하더냐? 다비를 하면 과연 무엇이 남던고?"

"……예. 한 줌의 재가 남을 것이옵니다."

"그러면 땅속에 묻어 10년, 20년, 50년, 100년의 세월이 흐른 뒤에는 과연 무엇이 남을 것이던고?"

"아마도 오랜 세월이 흐른 뒤에는 남는 것이 아무것도 없을 것이옵니다."

충지스님은 탁상을 탁 치시고는 다시 물으셨다.

"불에 태웠거나, 땅속에 묻었거나, 몸에 있던 물은 다 어디로 갔겠는가?"

"……"

"손을 잡으면 따뜻했던 그 온기는 또 어디로 갔으며, 콧구멍에 들어갔다 나왔다 하던 그 숨결은 대체 어디로 갔으며, 그 토실토실하던 살, 그 단단했던 뼈는 과연 어디로 갔다고 할 것이던고?"

"……"

"흙은 흙으로 돌아가고, 물은 물로 돌아갔으니 불과 바람은 과연 어디로 돌아갔는고?"
"예, 스님. 불은 불로 돌아가고 바람은 바람으로 돌아갈 것이옵니다."
탁!
"내 다시 물을 것이다."
"……예, 스님."
"그대는 과연 어디서 왔던고?"
"……예. 흙에서 왔고, 물에서 왔고, 불에서 왔고, 바람에서 왔사옵니다."
"그러면 그대는 과연 어디로 갈 것이던고?"
"……예. 흙으로 돌아가고 물로 돌아가고 불로 돌아가고 바람으로 돌아갈 것이옵니다."
"이제는 그것을 확연히 알았는가?"
"예, 스님. 이제는 제대로 알았사옵니다."
충지스님은 김해 감로사 주지로 계시면서 젊은 수행자들에게 길을 열어주시고 수많은 불자들에게 부처님의 법음을 전하면서 지내신 지가 어느덧 3년이 넘어 있었다.
그러던 어느날이었다.
시우스님이 헐레벌떡 주지실로 뛰어왔다.
"스님, 스님, 스님 안에 계시옵니까요, 소승 시우이옵니다, 스님."
"어, 그래. 무슨 일이시던가?"
"큰일 났사옵니다요, 스님."

"큰일이라니 그게 대체 무슨 말이던가?"

"소승, 읍내에 나갔다가 들었사온데요."

"그래 읍내에서 무슨 소리를 들었다는 말이신가?"

"이 나라 방방곡곡에 몽고군이 군막을 치고 주둔하게 되었다고 그럽니다요."

"몽고군이 주둔하게 되었다?"

"예. 우리나라 조정이 허리를 굽혀 곳곳에 몽고군이 주둔하는 것을 허락했다 하옵니다요."

"허허……아니 그러면 몽고 오랑캐들의 노략질을 우리 조정이 아주 드러내 놓고 허락을 했더란 말인가?"

"예, 그러하다 하옵니다요. 뿐만 아니오라 스님, 송광산 수선사도 날벼락을 맞았다고 그럽니다요."

"무엇이? 송광산 수선사가 날벼락을 맞다니?"

충지스님은 시우스님이 송광산 수선사 얘기를 하자 깜짝 놀라시는 것이었다.

"자세히는 듣지 못했사옵니다마는……."

"그래, 대체 무슨 소리를 들었다는 말이던가? 어서 말해 보시게."

"예. 몽고 주둔병들의 군량미에 충당한다 하여 송광산 수선사의 토지를 몰수당했다 하옵니다요, 스님."

"수선사 땅을 몰수당했다?"

"예, 스님."

충지스님은 은사이신 천영 노스님이 사주로 계시는 송광산 수선사가 몽고병들에게 토지를 몰수당했다는 소리를 들으시자 망연자실 하셨다.
"아니 이 사람아, 아 그 송광산에는 수백 명의 수행자들이 수행하고 있는데 토지를 몰수당하다니 그게 어디 될법이나 한 소리던가!"
"그러게 말씀입니다요."
"아니, 그러면 그 많은 대중들 끼니는 대체 무엇으로 끓인단 말이던가?"
"그래서 수백 명 대중들이 걸인처럼 흩어져서 탁발에 나섰다고 하옵니다요."
"허허, 이거 대체 무슨 날벼락이란 말이던고?"
"몽고 오랑캐들이 원나라를 세웠다고 하더니 이제는 아주 우리 사찰까지 집어 삼킬 모양입니다요."
가만히 무슨 생각인가를 하시던 충지스님은 시우스님을 불렀다.
"여보시게."
"예, 스님."
"그 말이 사실이라면 이러고 있을 때가 아닐세."
"하오시면 대체 어찌 하시려구요, 스님?"
"아 이 사람아, 우리 노스님이 굶고 앉아 계실 터인데 어찌 여기 앉아만 있어서 될 일이겠는가?"
"그러시면 지금 당장 송광산으로 가시게요?"

"그야 어디 이를 말씀인가? 어서 행장을 꾸리도록 하시게."
"하오나, 스님."
"왜 그러시는가?"
"보시다시피 오늘은 이미 늦었사오니 내일 새벽에 떠나시도록 하시지요."
"아니될 소리! 노스님께서 고생하고 계시는데 밤을 세워서라도 달려가야지, 어찌 새벽을 기다린단 말이신가?"
"아, 예. 스님 뜻이 그러하오시면 소승도 행장을 서둘러 꾸리도록 하겠습니다요."
급히 뛰어나가려는 시우스님에게 충지스님께서 당부하셨다.
"이 사람, 거 행장만 꾸리지 말구―"
"예, 스님."
"걸망에 양식을 가득 담도록 하시게."
"양식을요?"
"아, 당장 가면 우리 노스님 죽부터 끓여 올려야 할 것이니 걸망에 다른 것은 담지도 말고 양식만 가득 담으란 말일세. 나도 걸망에 양식만 담아 갈 것이니."
"아, 예. 알겠사옵니다. 스님 분부대로 하지요."
"어서 서두르게. 한 시가 급하이―"
충지스님은 시우스님과 함께 걸망에 양식을 가득 담아 짊어지고 김해 감로사를 떠나, 전라도 송광산 수선사로 향했다.

10
상소문

　충지스님과 시우스님이 감로사를 떠나 신어산 자락을 막 돌아서려는데 저만치 뒤에서 스님을 부르는 소리가 들려오는 것이었다.
　"스님, 스님, 스니임—"
　뒤를 돌아보던 시우스님이 말했다.
　"아니, 스님. 누가 우리 뒤를 쫓아오고 있습니다요."
　"누가 온다고 그러시는가?"
　충지스님도 잠시 걸음을 멈추고 뒤를 돌아 보았다. 과연 멀리서 웬 승려가 허둥지둥 뛰어오는 것이 어렴풋이 보였다.
　"스님, 스님, 거기 잠시만 계십시오. 스님."
　"아니, 저 사람은 하일사미가 아닙니까요, 스님?"
　"그러게 말일세."
　숨을 헐떡이며 뛰어온 하일사미가 이마에 흐르는 땀을 손으로 닦으며 말했다.

"아이구, 스님. 소승도 함께 모시고 가겠습니다요."
"아니, 그대는 대체 어딜 따라나서겠다는겐가?"
"소승, 원주스님으로부터 다 들었습니다. 스님, 데려가 주십시오."
"아니 이 사람아, 우리가 지금 운수행각이라도 떠나는 줄로 아시는가? 따라가겠다고 나서게?"
옆에 있던 시우스님이 하일사미에게 설명했다.
"지금 우리는 전라도 송광산 수선사로 가는 길일세."
"예. 소승도 그건 알고 있습니다요."
"아니, 알고 있다면서, 거길 따라가겠다는겐가?"
"듣자하니 수선사 스님들이 모두 다 굶고 계신다는데 기왕에 가시는 길이니, 소승도 양식을 짊어져다 드리면 좋을 것 아니겠습니까요?"
시우스님이 물었다.
"아니 그러면 자네도 걸망에 양식을 담아 왔다는 말인가?"
"예. 원주스님께서 이렇게 걸망에 양식을 가득 담아 주셨습니다요."
가만히 듣고 계시던 충지스님은 얼굴 가득 미소를 지으셨다.
"허허허, 이 사람 참!"
충지스님을 쳐다보며 동의를 구하듯 시우스님이 한 마디 했다.
"그러면 기왕에 양식을 담아왔다니 우리랑 함께 가도록 허락하시지요, 스님?"

충지스님은 그래도 내키지 않으신지 하일사미에게 말씀하셨다.
"여기서 송광산은 수백 리 길이야, 이 사람아!"
"예, 스님. 소승도 그건 잘 알고 있사옵니다요. 짐꾼 데리고 가시는 셈치고 허락해 주십시오, 스님."
시우스님도 충지스님을 쳐다보며 사정하는 것이었다.
"그러시지요, 스님. 저 걸망에 담긴 양식이면 수십 명 수좌들이 대중공양 한 번 잘 하겠습니다요."
"하는 수 없구먼. 그럼 어서 자네가 앞장 서도록 하게."
"예, 스님. 고맙습니다."
충지스님은 김해 감로사를 떠난 지 닷새 만에야 전라도 송광산 수선사에 당도하게 되었다.
오랜만에 찾아뵙는 은사스님께 예를 갖추고 공손히 앉았다.
"스님, 그동안 찾아뵙지 못해서 죄송하옵니다."
"무슨 소리. 다 늙은 중, 자주 본다고 무슨 수가 생기는가?"
"그동안 평안히 잘 계셨는지요, 스님?"
"나야, 늘 이렇게 편히 잘 지냈다마는 감로사에서는 불사를 많이도 했지?"
"아, 아니옵니다. 스님, 소승 별로 해놓은 일 없이 세월만 보냈습니다."
천영 노스님은 도리어 충지스님의 소식을 궁금해 하셨으니, 제자를 걱정하는 스승의 깊고도 넓은 마음이 충지스님에게 전해졌다.

 "그래, 절이 아주 새로 지은 것이나 진배없다고들 그러던데. 종각도 새로 지었다면서?"
 "아, 예."
 어떻게 소식을 들으셨는지, 천영 노스님은 감로사의 작은 변화까지 모두 알고 계신듯 했다.
 "하온데, 스님. 멀리서 듣자오니 우리 이 송광산 수선사 전답을 몽고군들한테 몰수당했다 그러던데 어찌된 일이시온지요?"
 "시절인연이 그리 되었으니, 별 도리가 없었지."
 "아니, 그러시면 몰수당한게 사실이라는 말씀이십니까?"
 "천하를 들었다 놓았다 하는 원나라 몽고군들이고보니 조정인들 말릴 수가 있나, 임금님인들 말리실 수가 있나, 눈 뻔히 뜨고 빼앗겼지."
 "아니 하오시면 이 많은 대중들은 무엇으로 끼니를 잇는단 말씀이신지요, 스님?"
 "새벽에 죽 한 사발, 그것도 먹다 말다 그러고 지내지. 별 수가 있나?"
 "세상에 원, 이럴 수가 있는 일이옵니까, 스님?"
 "시절인연이 그리 된 것을 어찌하겠는가?"
 "아무리 시절인연이 그러하기로 세상에 그래 출가수행자들이 죽한 끼도 먹지 못하게, 토지를 빼앗아 가는 자들이 어디 있겠습니까요, 스님?"
 "토지를 빼앗아 간 것이야 약과라고 할 것이야. 아, 지금 우리 임금님께서도 원나라 황제가 시키는대로 원나라 공주를 왕비로 삼아야 하고, 태자까지 볼모로 원나라에 보내놓고 있는 터 아닌가. 이 나라는 이제 옛날 고려국이 아니라, 원나라 부마국이 되어버렸어. 원나라 사위국이 되어버렸단 말씀이야."

"하오면 수선사 대중들이 탁발을 해다가 연명을 하고 있는 형편인지요, 스님?"

"그런 셈이지. 허나 날이 갈수록 탁발이 힘들다고들 그러는구먼. 허구헌날 탁발을 얻으러 나가니 백성들 먹을 것도 없는 터에 누가 반겨 주겠는가?"

이날밤, 충지스님은 크게 결심한 바 있어 벼루에 먹을 갈아 원나라 황세에게 상소문을 쓰기 시작하였다.

'해동 고려국 깊은 산속에 살고 있는 소승이 듣자오니 황제폐하께서는 인을 숭상하고, 큰 덕을 베푸는 것을 으뜸으로 삼아 그 덕화가 사해에 미친다 하였사옵니다.

하오나 소승이 수행하고 있는 송광산 수선사에는 어찌된 일이온지 황제폐하의 덕화와 공덕이 미치지 못하여 그 처지가 절박한 터라 소승 감히 표를 올리나이다.

소승이 수행하고 있는 수선사는 지금으로부터 백여 년 전에 보조성사께서 창건하시어 오직 부처님의 지혜와 자비광명으로 사해가 두루 평안하고 태평하기를 기원하며 이 땅에 선풍을 드날려 왔

사옵니다.

 허나 수선사는 궁벽한 산속에 있는데다가 수행자는 수백 명에 이르는지라 아침에 죽 끓이고 낮에 밥 한 술 먹기도 늘 옹색했더니, 세속의 온갖 부귀영화와 편안함을 버리고 오직 불도만 닦고있는 수행자들을 기특히 여겨 이 나라 임금께서 토지를 내려 주시어 그 땅에 씨 뿌리고 농사를 지어 수백 명 수행자들이 아침에는 죽 끓이고 낮에는 밥 한 술로 불도를 닦아 왔었습니다.

 하오나 근자에 황제폐하의 군사들이 이 땅에 주둔하면서 군량미에 충당한다하여 토지를 몰수하였으니 수선사 수백 명 수행자들은 물을 잃은 붕어의 형국이요, 그 탄식은 하늘에 울리는 슬픈 학의 울음소리와 같아 사정이 절박하옵니다.

 소승이 듣자온대로 황제폐하께서 진실로 인을 숭상하시고 큰 덕을 베푸는 것을 으뜸으로 삼으신다면 이 땅에 주둔하고 있는 원나라 장수에게 하명하시와 수선사 수백 명의 수행자들이 아침에 죽이나마 끓일 수 있도록 큰 덕화를 내려 주십시오.

 소승 간절히 빌면서 향을 사르옵니다.'

 원나라 황제에게 보내는 표문을 쓰신 충지스님은 다음날 곧바로 이 글을 원나라 황제에게 보내기 위해 당시 전라도 해양에 주둔하고 있던 몽고군 병영을 찾아갔다.

 충지스님이 몽고군 책임자인듯한 사람에게 서찰을 내밀었다.

 "이 서찰이 무슨 서찰이라고 그랬는가?"

"이 서찰은 고려의 승려가 원나라 황제폐하에게 올리는 글월이니 속히 전해 올리도록 하시오."
 "무엇이? 우리 황제폐하께 올리는 글이라구?"
 "그렇소."
 "가, 가만. 그러면 이 글이 과연 무슨 내용을 담고 있는지 내가 먼저 한 번 보아야겠구먼 그래—"
 그러자, 충지스님이 벼락같이 호통을 치시는 것이었다.
 "이것 보시오! 그대는 일개 장수이거늘 어찌 감히 황제폐하께 올리는 글월을 미리 뜯어볼 수 있단 말인가?"
 충지스님의 기세에 눌린 몽고 장수는 충지스님을 위 아래로 쳐다보며 물었다.
 "미리 뜯어보면 안된다, 그말이오?"
 "황제폐하께 올리는 글월을 함부로 뜯어보면 대역죄를 짓는 것이니 이대로 속히 올리도록 하시오!"
 충지스님은 원나라 황제에게 올리는 상소문을 원나라 장수에게 맡기고 다시 송광산 수선사로 돌아왔다.
 시우스님이 충지스님을 반갑게 맞았다.
 "아이구, 스님. 그동안 어디를 다녀오셨습니까요?"
 "어, 그래. 그동안 별일 없으셨는가?"
 "별일 없기는요. 사주 노스님께서 스님을 찾으셨사옵니다요."
 "노스님께서 나를 무슨 일로 찾으셨다는 말이신가?"
 "잠시 읍내에 다녀오겠다 하시고는 대엿새를 비우셨으니 걱정이

되셔서 그러신줄로 아옵니다. 하온데 스님, 정말 어디를 다녀오셨 사옵니까?"
 "어, 그냥 세상을 한 바퀴 돌아보고 오느라고 며칠 걸렸네. 우선 노스님께 문안인사 올려야겠으니 나중에 또 보세나."
 "예, 그러시지요 스님."
 충지스님은 당신이 송광산 수선사의 땅을 되돌려달라는 상소문을 원나라 황제에게 보낸 사실을 아무에게도 알리지 않았다.
 충지스님의 인사를 받으신 천영 노스님께서 물으셨다.
 "아니, 그러면 그동안 세상구경을 하고 왔더란 말이던가?"
 "예, 스님. 심려를 끼쳐드려 죄송하옵니다."
 "그래, 세상 어디 어디를 돌아보고 왔더란 말인고?"
 "아, 예. 이 마을 저 마을, 해양읍내에까지 나갔다 왔사옵니다."
 "허면 과연 세상 인심은 어떠하던고?"
 "예. 백성들은 초근목피로 연명하고 있었사온데 참으로 눈뜨고 보기 민망한 지경이었사옵니다."
 "관아에서는 규휼미도 내주지 아니하더란 말인가?"
 "듣자하니 관아에서도 원나라 장수들이 이래라 저래라 간섭을 하는 통에 모두들 손을 놓고 있다 하옵니다."
 "나라가 원나라 부마국이 되었으니 이 나라 벼슬아치들이 무슨 힘을 쓸 수가 있겠는가! 그래, 그대는 언제 감로사로 돌아가려는고?"
 "소승 감히 스님께 한 말씀 올리고자 하옵니다."

"무슨……말이던고?"
"소승 이제 감로사 주지직을 면하게 해주십시오, 스님."
"무엇이라구? 감로사 주지직을 면하게 해달라?"
"예, 스님. 그러하옵니다."
"대체 무슨 까닭으로 주지 자리를 그만 두겠다 하는고?"
"지난 3년여 동안 살림살이를 하느라고 공부를 게을리 했으니 그 죄가 작지 아니한 줄로 아옵니다."
"참선수행도 못했고, 경도 보지 못했더라 그런 말이렷다?"
"예, 스님. 그러하옵니다."
"그러면 가부좌 틀고 앉아서 참선 수행만 해야 도를 닦는다고 하던가?"
"그건 아, 아니옵니다만."
"경전만 들여다 보아야 공부한다고 그러던가?"
"아, 아니옵니다 스님."
"전각에 비가 새면 그 지붕을 고치는 것도 수행이요, 대중들이 굶고 있으면 양식을 구해오는 것도 수행인게야."
"예, 스님. 그건 소승도 잘 알고 있사옵니다만……."
"옛 조사님들께서 이르시기를 어묵동정 행주좌와, 어느것 한 가지도 수행 아님이 없다고 하셨거늘 벌써 그것을 잊었더란 말인가?"
"아, 아니옵니다 스님. 수행자의 일거수 일투족이 다 수행이라 하신 말씀은 명심하고 있사옵니다만."

"그것을 알고 있다는 사람이 어찌해서 주지자리를 벗어나려고 한단 말이던고?"

"말씀드리기 송구하오나, 이제 감로사는 어느 누구에게 맡겨도 걱정거리가 없을 것이옵니다."

"그러니 이제 좀 쉬도록 해달라 그런 말이던가?"

"거울도 사흘을 닦지 아니하면 먼지가 끼게 마련인지라 소승 마음자리에도 번잡한 먼지가 내려 앉았으니 보살펴 주십시오, 스님."

"허면 대체 어디로 가겠다는 말이던고?"

"예, 소승 계족산 정혜사로 들어가 물소리 바람소리를 듣고자 하옵니다. 허락하여 주십시오."

"계족산 정혜사로 들어가겠다?"

"예, 스님. 그러하옵니다."

"그것 잘 되었구먼."

"예에? 잘 되었다 하시면……?"

"그 절도 비가 새고 서까래가 썩어 쓰러질 지경이라던데, 그대가 들어가겠다니 잘된 일이 아니겠는가?"

"스님께서 허락만 내려 주신다면 소승 거기 들어가 손을 보도록 하겠사옵니다."

"퇴락한 절간을 고치러 들어가겠다 하니 말리지는 아니 할 것이야."

"고맙습니다, 스님."

"허나, 명심해야 할 일이 있으니……."

"예, 스님. 하교하여 주십시오."
"이 세상에 중생들이 없으면, 수행자도 깨달음도 소용이 없어."
"예, 스님. 명심하겠습니다."
다음날 충지스님은 송광산 수선사 5대 사주이신 천영 노스님께 하직 인사를 올리고 계족산 정혜사로 떠나게 되었다.
시우스님이 충지스님을 원망스런 눈빛으로 바라보며 말했다.
"아니 스님, 느닷없이 계족산으로 들어가시겠다 하시니 하오면 소승은 어찌하라는 말씀이십니까?"
"자네는 이 수선사에 남아서 노스님 봉양을 잘 해드리도록 하시게."
"하루 하루 양식도 없는 터에 무슨 봉양을 어찌 하라는 말씀이신지요?"
"넉넉잡아 석 달만 잘 봉양하면 그땐 좋은 소식이 있을 것이네."
"예에? 석 달 후에는 그러면 좋은 일이 있을 것이라는 말씀이십니까요?"
"부처님께서 굽어 보신다면 아마도 석 달이 되기 전에 좋은 소식이 있을지도 모르네."
"무슨 좋은 일이 있을 것이라는 말씀인지 소승에게 소상히 말씀을 좀 해주십시오, 예?"
"그건 후에 차차 알게 될 것이니 너무 조바심 내지말고, 탁발을 해서라도 우리 노스님께 아침에 죽이라도 잘 끓여 올리시게."
"그야 탁발 아니라 비럭질을 해서라도 노스님 아침 죽만은 꼭

끓여 올리겠습니다마는, 스님께서는 과연 어찌 사시려고 그 깊은 계족산으로 들어간다 하십니까?"

"내 염려는 마시게. 계족산에는 취나물에 고사리에 도토리가 지천으로 널려 있으니 굶어 죽을 염려는 없는 곳이라네."

그래도 마음이 놓이지 않는지, 시우스님은 걱정을 늘어 놓았다.

"아무리 그래도 그렇지요, 스님. 산나물에 도토리만 자시고 어찌 사신다 하십니까?"

"가는 길에 양식을 좀 탁발해 가지고 들어갈 것이니 내 걱정은 마시게. 자, 그럼 노스님을 잘 부탁드리네."

"하오시면 틈을 보아 소승이 한 번 찾아뵈올 것이오니 부디 평안히 잘 계십시오."

"자, 그럼 인연이 닿거든 다시 만나기로 하세."

"예, 스님. 부디 평안히 잘 가십시오."

시우스님은 허리를 굽혀 충지스님께 절을 올렸다.

그 길로 충지스님은 송광산을 내려와 이 마을 저 마을을 들러 양식을 조금 탁발한 뒤에 계족산 정혜사로 들어갔다.

날이 어둑어둑해서 막상 정혜사에 당도하고 보니, 법당은 이미 무너져 내려 앉아 잡초밭이 되었고, 그 아래 요사체마저 돌더미에 묻혀 있었다.

그리고 어디선가 을씨년스럽게 까마귀마저 우는 것이었으니, 충지스님의 마음은 무겁기만 하였다.

"스님 계시옵니까, 객승 문안드리옵니다."

"스님 계시옵니까, 객승 문안 인사 드립니다."
 두 번 세 번 스님을 불러 보았지만 인기척이 없었다. 이제는 이 절에 아무도 계시지 아니하구나 싶어 풀이 한 길이나 자란 요사체 앞으로 다가가니, 그제서야 요사체 뒷곁에서 머리를 산발하고 수염까지 더부룩하게 기른 웬 사내가 나타나는 것이었다.
 그 사내는 충지스님을 보고는 깜짝 놀라며 말하는 것이었다.
 "아니, 이 험한 산중에 웬 스님이시오?"
 "아, 예. 소승 바로 이 정혜사에서 살다 간 일이 있었기에 그래서 찾아왔소이다마는……."
 그러자, 그 사내는 갑자기 큰 소리로 외치는 것이었다.
 "아이구, 그러고보니 법환스님 아니십니까요, 이거?"
 충지스님은 의아해서 그 사내를 자세히 보았다.
 "예에? 아니, 댁은 뉘시기에 소승을 알아 보시는지요?"
 머리를 산발한 채 수염까지 더부룩하게 기른 웬 사내가 충지스님의 옛 법명을 부르며 알아보는 것이었으니, 놀랄 일이었다.
 "아니, 이것 보시오. 댁이 어찌 소승을 알아 보시는지요?"
 "에이참, 스님두. 아, 자세히 보십시오. 저를 모르시겠습니까요?"
 "그, 글쎄올습니다만 얼른 잘 모르겠는데……."
 "원 참 스님두……. 아, 소승을 몰라보신다니요?"
 "가만 있자……이거 머리를 기르신데다가 수염까지 기르셨으니 대체 뉘시던가요?"
 "아이구, 스님. 자, 여길 보십시오. 외눈박이 원주 아닙니까요?"

"아 아니, 아니 그럼 원주스님이 아직 이 절에 계셨더란 말이신가?"

"반갑습니다요, 스님. 정말 잘 오셨습니다. 어서 들어가시지요."

"원주스님이 여기 계실줄은 생각도 못했었는데……."

"이 산 저 산 떠돌아 다니다가 그래도 옛날 생각이 나서 이 절로 돌아 왔습지요마는, 와서 보니 이 지경이지 뭐겠습니까요?"

"헌데 머리는 또 어찌 기르셨더란 말이신고?"

"원 참 스님두. 아, 소승이 어찌 머리를 기르겠습니까요? 머리가 저절로 자랐습지요."

"허면 어찌 자르지 아니했더란 말이신가?"

"아, 그야 삭도가 없으니 자르지 못했습지요. 스님, 혹시 삭도 가지고 오셨습니까요?"

"그야 가지고 왔네마는, 보아하니 그동안 원주스님 살림이 많이 늘으셨구먼 그래?"

"살림이 늘기는요. 배 고프면 먹고, 졸리면 자고 그 지경입지요."

"그래 여기 돌아온 지는 얼마나 되셨는고?"

"한 석 달 되나 봅니다만, 어디서부터 손을 대야 할지, 하두 막막해서 나무만 부지런히 베어다가 저기 저 뒷곁에 쌓아두고 있습니다요."

"나무를 베어다가 뒷곁에 쌓아두었다니?"

"아, 여기서 눌러앉아 살려면 움막 법당이라도 다시 지어야 할 일이 아니겠습니까요?"

"허허, 그것 참 좋은 생각을 하셨구먼 그래— 그러면 이제 나도 힘을 보탤 것이니 우리 둘이서 새로 한 번 시작을 해보세나."

"정말이십니까요, 스님?"

"아니, 그럼 내가 지금 허튼 소리를 하겠는가?"

"고맙습니다요, 스님."

"고맙기는, 이 사람아."

"소승은 스님께서 하룻밤만 주무시고 떠나실줄 알았습지요."

"옛날 노스님 생각 아니 나시는가?"

"어찌 그 노스님 생각이 나지 아니하겠습니까요? 저도 그 노스님이 생각나서 여기 다시 왔습지요."

"사실은 나도 옛날 그 노스님 생각이 나서 여기 다시 왔다네. 양식이 모자라면 산나물을 한 줌 더 넣고……."

"반찬이 모자라면 된장에 소금을 한 줌 더 넣어라."

"된장에 넣을 소금은 있으시던가?"

"된장은 조금 있습니다마는 소금은 없습니다요, 스님."

"내 그럴줄 알고 소금은 넉넉히 얻어 왔네."

"걸망에 양식도 담아 오신 것 같은데요?"

"산나물은 넉넉히 뜯어 놓으셨는가?"

"산나물은 염려 마십시오. 입맛대로 넣어 드리겠습니다요."

"허허허—"

"하하하—"

두 스님은 실로 10여 년 만에 계족산 계족봉 아래 옛 절 정혜사

에서 다시 만났으니 참으로 감회가 새로왔다.

"옛날 그 노스님은 그 후로 영영 소식 못들으셨는가?"

"노스님께서는 이 계족산 어느 깊은 곳에서 천화하셨을 것입니다요."

"스스로 산속 깊은 곳에 들어가 나뭇잎에 묻힌채 열반에 드셨을 것이란 말이지?"

"예. 노스님께서는 늘 그렇게 말씀하셨거든요. 중은 죽을 때가 된줄 알면 스스로 깊은 산속에 들어가 나뭇잎 깔고 덮고 누운채 흔적도 없이 아무도 모르게 세상을 떠나야 한다고 말씀입니다."

"내가 죽었다고 염불하는 것도 번거롭고, 다비식하는 것도 번거롭다 그런 말씀도 하셨지."

"또 이런 말씀도 하셨습지요. '난 말이다. 이 생에 성불도 못하고 시주님네 공양만 받아먹고 빚을 졌으니, 저 세상에 가서는 부잣집 아들로 태어나서 큰 화주가 되어 이 계족산 정혜사 중창불사를 크게 일으켜야겠다. 그리고 이 정혜사 중창불사를 마친 다음에는 다시 삭발출가하여 기어이 견성성불, 이 생에 이루지 못한 성불을 이루고야 말것이다.'"

"노스님께서 그 소원을 이루셨다면 지금쯤 어느 부잣집 아드님으로 크고 계실터인데……."

"나이는 열서너 살, 어엿한 부잣집 도련님이 되어 계시겠지요?"

"그 생각을 하고보니 그래 노스님께서 이렇게 당부하셨네. '이생에서는 그대가 잠시 내 제자가 되었다마는, 내생에서는 내가 그대의 제자가 될 것인즉 그때에는 그대가 반드시 나를 제자로 삼아 제도해 주어야 할 것이야!'"
 "법환스님."
 "그리고 그동안 내 법명이 충지로 바뀌었다네."
 "충지라니요?"
 "빌 충자, 끝 지자, 충지라고 하네."
 "끝까지 다 버리고 버려서 비고 비었다는 말씀이십니까?"
 "정말 그리 되었으면 해서 이름이나마 충지라고 하였네."
 "그래서 이 깊고 깊은 계족산을 다시 찾으셨군요."
 "그래도 이 계족산의 가난이 마음에 들었다네. 양식이 모자라면 산나물 더 넣고, 반찬이 모자라면 된장에 소금 더 치고, 죽 끓일 양식이 모자라면 물 한 그릇 더 붓고 말일세. 그래도 그때는 마음이 편했네."
 "충지스님."
 "말씀하시게."
 "소승에게도 마음 비우는 법을 가르쳐 주십시오."
 "무슨 소리. 원주스님이야말로 이미 마음을 다 비우시지 아니했는가?"
 "스님."
 "말씀하시게."
 "스님께서는 참으로 이 계족산을 떠나지 아니하시려는지요?"
 "인연이 다 할 때까지는 계족산에 있을 것이야."

　충지스님은 다음날부터 원주와 더불어 나무를 베어와 주저앉은 법당자리를 치워내고, 그 자리에 다시 기둥을 세우고 지붕을 얹어 풀을 베어다가 덮었다. 그리고 난후 마당에 돋아난 잡초를 뽑아내고, 텃밭을 다시 일구어 씨를 뿌리고, 요사체에 모시고 있던 상처난 불상을 움막 법당에 다시 모셨다.

11
되찾은 농토

 적막강산이 되어있던 계족산 아래에 다시 독경소리가 울려 퍼진 지 근 석 달이 되어가던 어느 날 저녁나절이었다.
 밖에서 누가 찾는 소리가 들리는 것이었다.
 "스님 계시옵니까, 객승 문안드리옵니다."
 원주스님이 충지스님을 쳐다보며 말했다.
 "스님, 밖에 누가 왔나보옵니다."
 "밖에 누가 오셨소이까?"
 그러자 밖에서 또 스님을 찾는 소리가 들리는 것이었는데, 낯익은 목소리였다.
 "이 절에 충지스님이 계시는지요?"
 "으음? 아니 자네는 시우가 아니신가?"
 "예, 스님. 소승이옵니다."
 "대체 어쩐일로 여기 오셨더란 말이신고?"

"자세한 말씀은 차차 드리겠사오니, 스님께서는 어서 행장부터 차려 주십시오."

"무엇이? 행장부터 차리라?"

충지스님은 행장부터 차리라는 시우의 말에 저으기 놀랐다. 근 3개월만에 느닷없이 찾아온 시우가 선걸음에 돌아설 기세로 재촉을 했으니 그럴 수밖에 없었다.

"아니 이것 보시게, 시우스님. 아닌 밤중에 홍두깨처럼 불쑥 오셔가지고 날더러 행장부터 꾸리라니 그게 대체 무슨 말이신가?"

시우스님은 이렇게 한가로이 말 할 시간이 없다는듯 서둘러 말했다.

"노스님께서 기다리고 계시니 어서 송광산 수선사로 가셔야 하옵니다."

"노스님께서 무슨 일로 나를 불러 계신단 말인가?"

"소승이 알기로는 주상전하께서 수선사에 어명을 내리셨다 하옵니다."

"주상전하께서 어명을?"

"예, 그러하온줄로 아옵니다."

"아니, 대체 무슨 일로 수선사에 어명을 내리셨더란 말이신가?"

"소상한 내용은 소승이 잘 모르겠사옵니다만, 혹시 스님께서 원나라 황제한테 상소문을 보낸 일이 있으신지요?"

"원나라 황제한테 보낸 상소문이라고 그랬는가?"

"예. 아마도 그 일로 주상전하께서 수선사에 어명을 내리신 줄로 아옵니다. 얼핏 들으니 스님께서 원나라 황제한테 상소문을 올렸다고 그러는 것 같던데 그게 사실인지요?"
 "그건 사실일세."
 "아니 스님, 어쩌시려고 감히 원나라 황제한테 상소문을 올리셨다는 말씀이십니까요?"
 "어쩌기는 이 사람아, 사실대로 고했을 뿐이지 그게 무슨 잘못이라도 된단 말이신가?"
 "소상한 내막은 소승이 잘 모르겠사옵니다만, 조정에서 친히 관원을 내려 보내어 어명을 내리신 것을 보면 일이 아무래도 심상치 아니한 것 같사옵니다요."
 "일이 심상치 아니한 것 같다?"
 "예, 스님. 스님께서 보내신 상소문을 원나라 황제가 받아보고, 우리 조정에 뭐라고 한 마디 내려보낸 것 같사옵니다요."
 "알겠네. 내가 써보낸 상소문이 그 까닭이라면 죽기 아니면 살기일 것이니 내 이미 각오하고 있던 바일세."
 "하오시면 스님께선 과연 어찌 하시려는지요?"
 "내가 저지른 일이니 내가 가서 감당할 것이야."
 "하오나 만일의 경우 일이 잘못되면 차라리 여기서 몸을 피하심이 어떠하실런지요?"
 "아닐세. 내 당장 행장을 꾸릴 것이니 잠시만 기다리시게!"
 충지스님이 원나라 황제에게 써보낸 상소문은 원나라 군사들이 군량미에 충당한다 하여 몰수해간 송광산 수선사의 농토를 되돌려

달라는 내용이었으니, 만일 이 상소문을 보고 원나라 황제가 노발대발하여 우리나라 조정에 화풀이를 하였다면 엄한 벌이 기다릴 것이요, 만일 원나라 황제가 잘못된 것임을 알게되었다면 송광산 수선사의 농토를 돌려줄 것이었다.

자초지종을 듣고난 원주스님이 서둘러 행장을 꾸리는 충지스님을 말렸다.

"아이구 스님, 해가 서산에 걸려있는데 지금 가신단 말씀이십니까?"

"화급을 다투는 일이니 밤길을 재촉해야겠네."

"소승은 무슨 영문인지 잘 모르겠사옵니다만 원나라 황제에 주상전하의 어명이라니 어째 기분이 불길합니다요, 스님."

"원주스님은 너무 염려 마시게. 대역죄를 지은 죄인도 아니니, 설마한들 무슨 일이야 당하겠는가?"

그래도 걱정이 된 시우스님이 다시 충지스님께 말했다.

"하오나 스님, 만일의 경우를 생각하시어 차라리 깊은 산속으로 피하심이 어떨런지요?"

"날더러 산속으로 몸을 숨기라는 말이신가?"

"예, 그러면 소승이 송광산으로 돌아가서 스님의 종적을 찾을 길이 없더라 그렇게 고하도록 하겠습니다요."

"아닐세. 기왕지사 내가 저지른 일을 어찌 노스님께 미루어 그 화가 미치게 하겠는가? 자, 어서 앞장 서시게!"

원주도 뛰어나오며 걱정스런 목소리로 말했다.

"아이구 스님, 정말로 괜찮으시겠사옵니까요?"
"내가 만일 이 계족산으로 돌아오지 못하거나 기별이 없거든 세상인연 다 한 줄로 아시게."
"예에?"
"자, 그럼 잘 있으시게."
"아이구 스님, 스님 스니임—"
충지스님은 각오를 단단히 하고 밤길을 재촉해서 다음날 아침 일찍 송광산 수선사에 당도하였다.
수선사 경내에는 독경소리가 울려 퍼지고 있었다.
충지스님이 수선사 사주이신 천영 노스님께 문안인사를 올리고 공손히 꿇어 앉으니 노스님께서는 한동안 아무 말씀이 없으셨다.
충지스님이 먼저 노스님께 말했다.
"……말씀 내리시지요, 스님. 스님께서 불러 계신다 하기에 급히 왔사옵니다."
"그래, 그대가 과연 원나라 황제한테 상소문을 써 보냈더란 말이던고?"
"예, 스님. 소승이 상소문을 써 보냈사옵니다."
"어쩌자고 그런 무모한 짓을 했더란 말인고?"
"아니옵니다, 스님. 결코 무모한 짓은 아닌줄로 아옵니다."
"허허, 무모한 짓이 아니라니 만일 일이 잘못되면 큰 재앙을 불러올 일이 분명하거늘 그래도 무모한 짓이 아니었더란 말인가?"
"송구하옵니다만, 스님. 사실을 사실대로 고하여 잘못된 일을 바

로잡게 하는 것은 큰 죄가 아닌 줄로 아옵니다."
"이것 보아라, 충지야."
"예, 스님."
"부처님이 굽어 살피시고 조사스님들이 지켜주신 덕분에, 그대도 살고 나도 살고 우리 수선사도 살게 되었다."
"예에? 무슨 말씀이신지요, 스님?"
"원나라 황제가 그대의 상소문을 보고 마음을 움직여, 우리 수선사 땅을 되돌려 주라고 칙서를 내렸어!"
"예에?"
그것은 과연 뜻밖의 일이었다. 충지스님이 써보낸 상소문을 읽어본 원나라 황제는 수백 명의 수행자가 전답을 몰수당한 후 아침 죽도 끓이지 못한다는 딱한 사정을 알고 곧바로 칙서를 내려 송광산 수선사의 농토를 되돌려 주라고 일렀으니, 조정에서도 놀라 관원을 급파하여 이 사실을 알리고 그동안의 어려움을 위로케 했던 것이다. 헌데 그뿐만이 아니었다.
"이것 보아라, 충지야."
"예, 스님."
"그대는 오늘 하루를 쉬고 내일은 행장을 꾸려야 할 것이야."
"행장을 꾸리라 하시오면……?"
"주상전하께서 어명을 내리셨으니, 첫째는 충지 그대에게 삼중대사의 승직을 내리심이요……."
"예에? 소승에게 삼중대사라니요, 스님?"

"주상전하께서 친히 내리신 승직이니 거역할 수 없는 법!"
"참으로 부끄럽사옵니다, 스님. 용서하십시오."
"주상전하께서 또 어명을 내리셨으니, 그 둘째가 충지 그대를 개경으로 부르심이다."
"개경으로요?"
"그대를 개경으로 부르심은 원나라 황제가 예를 갖추어 그대를 원나라 서울로 보내라 이른 까닭이니 이 또한 거역할 수 없는 일!"
"하오면 스님, 소승 개경을 거쳐 원나라 서울까지 가야한다는 말씀이시온지요?"
"이 나라 주상전하의 뜻도 거역할 수 없는 법이거늘 감히 어찌 원나라 황제의 부름을 거역할 수 있겠는가?"
"하오나, 소승 수선사의 농토만 되찾았으면 그것으로 족하옵니다. 개경도 원나라 서울도 뜻이 없사옵니다."
"아니될 소리! 수백 명 수선사 대중의 생계가 거기에 달려 있거늘 어찌 감히 싫다 좋다 내색을 할 수 있겠느냐? 그대는 마땅히 원나라 서울까지 다녀와야 할 것이니라!"
　송광산 수선사의 농토를 되찾고자 원나라 황제에게 상소문을 써 보낸 것이 주효하여, 수선사는 농토를 돌려받게 되었으니 참으로 기쁜 일이었다. 허나 충지스님은 번거로운 세상사에서 벗어나고자 스스로 법명조차 충지로 바꾸고, 김해 감로사 주지자리도 스스로 벗어버리고, 깊고 깊은 계족산 정혜사로 들어갔던 것인데 이 일을

인연으로 해서 뜻하지 아니하게도 원나라 황제의 초빙을 받아 개경을 거쳐 원나라 서울까지 가야만 하게 되었으니 충지스님으로서는 이 일이 영 마음에 걸리는 것이었다.
 "이것 보아라, 충지야."
 "예, 스님."
 "개경에 가는 것도 원나라 서울에 가는 것도 내키지 아니한다 그런 말이더냐?"
 "예, 스님. 그렇지 아니해도 그동안 쌓인 먼지가 몇 겹이나 되는데, 개경에 원나라까지 다녀오자면 소승 먼지에 파묻혀 숨이나 제대로 쉬게 될지 그것이 걱정이옵니다."
 "이것 보아라, 충지야!"
 "예, 스님."
 "옛 조사님이 이르셨느니라."
 "……예, 스님."
 "달빛이 강물을 뚫어도 파도가 일지 아니하고, 대나무 그림자가 마당을 쓸어도 먼지가 일지 아니한다."
 "하오나, 스님."
 "부처님께서도 이르셨느니라."
 "……예, 스님."
 "출가수행자는 모름지기 연꽃이 되어야 한다 하셨거늘 그 까닭은 어디에 있던고?"
 "예. 연꽃은 비록 진흙밭에서 솟아 오르지만 깨끗하기 그지 없으니, 출가수행자도 그와 같으라 하신 줄로 아옵니다."
 "바로 그렇느니라. 연꽃이 비록 진흙밭에서 나왔으되 그 꽃이 청정하기 그지 없듯이 출가수행자가 비록 오탁악세에 발을 딛고 있지만 더러움에 물들지 아니하는 연꽃처럼 되라는 말씀이니, 개경이 진흙밭이라 하고 원나라 서울이 진흙밭이라 한들 감히 어찌 연꽃이 진흙밭을 마다 할 수 있겠느냐?"
 "……예, 스님. 잘 알았사옵니다."
 "이 나라 출가수행자가 원나라 황제를 만난다는 것은 보통지사가 아니니라."
 "……예, 스님."
 "한 마음이 자비로우면 온 나라에 자비가 가득하고, 한 마음이 성내면 온 나라가 눈물바다가 되는 법, 옛날에 부처님께서는 수많은 왕들을 제도하셨나니, 그대가 원나라 황제를 만나는 일이 어찌 예사롭다 하겠느냐?"
 "예, 스님. 명심하겠사옵니다."
 충지스님은 은사이신 천영 노스님의 분부를 받들어 하는 수 없이 조정에서 내려온 관원을 따라 개경으로 떠나게 되었는데, 이때 조정에서는 충지스님을 모셔가기 위해 나귀까지 한 마리 대령하였다.
 시우스님이 충지스님에게 허리를 굽혀 합장하며 인사했다.
 "스님, 부디 먼 길 평안히 다녀 오십시오."
 "노스님 잘 부탁하네."

"염려마십시오, 스님. 이제는 양식걱정도 덜었으니 무슨 근심이 있겠습니까?"

"아, 참. 그리구 말일세."

"예, 스님. 분부하십시오."

"내 아무래도 시일이 오래 걸릴 것 같으니 계족산 정혜사에 기별을 좀 해주시게."

"아, 예. 하오면 뭐라고 기별을 전해 올릴까요?"

"내가 아직 세상 인연이 남아있다고, 그렇게만 전해 주시게. 그러면 알아들을 것이야."

"아, 예. 소승 그리 전해 올리겠습니다."

관원이 충지스님을 재촉했다.

"자, 그럼 대사님! 어서 나귀 등에 오르시지요."

"아, 아니오. 중이 무슨 나귀를 타겠소이까? 그냥 걸어 갑시다."

"아이구, 아니되실 말씀이옵니다요, 대사님."

"아니되기는, 내 걸어서 갈 것이니 귀공께서나 타고 가시오."

"아이구 대사님, 이 나귀는 소인이 탈 나귀가 아니오라 대사님을 모시라는 나귀이옵니다요."

"아니오. 나는 나귀를 타지 아니할 것이요."

시우스님이 답답하다는듯이 한 마디 거들었다.

"에이 참, 스님두— 아, 사또 덕에 나팔 분다고, 이럴적에 나귀 한 번 타 보십시오."

"아닐세. 나 그럼 다녀올 것이니 잘 있으시게."

"예, 스님. 아무쪼록 평안히 잘 다녀 오십시오."
 충지스님은 기어이 나귀를 타지 아니하신채 걸어가시는 것이었다.
 한참을 걸어가던 관원이 다시 충지스님을 졸랐다.
 "아이구 대사님, 이제는 제발 나귀 등에 오르십시오."
 "아니오. 나는 걸을만 하니 귀공께서나 타고 가도록 하시오."
 "대사님, 제발 이러시면 아니되시옵니다."
 "거 자꾸 그렇게 대사님, 대사님 하지 마십시오. 듣기에 매우 거북합니다."
 "원 무슨 말씀을 그리 하십니까요, 대사님."
 "허허, 그래도 또 대사님이라 하십니까?"
 "아이구 참 대사님도, 아 주상전하께서 친히 삼중대사직을 내리셨으니 어김없는 대사님이시거늘 어찌 대사님이라 부르지 말라고 하십니까요, 대사님?"
 "거 공연한 입씨름 그만 하시고 어서 길이나 가도록 하십시다."
 "아이구, 대사님. 여기서 개경까지는 근 수천 리 길입니다요. 그 멀고 먼 길을 어찌 걸어서 가신다 하십니까요?"
 "다리 아프면 쉬었다 가고, 해가 지면 자다 가고 그럽시다 그려—"
 관원은 할 수 없다는듯이 충지스님에게 다시 말했다.
 "아이구 대사님, 정 그러시다면 말씀입니다요, 대사님. 대사님 등에 짊어지신 그 걸망이라도 벗어서 나귀 등에 실으십시오."

 "허허, 그것 참! 그러면 이 걸망이나 의탁을 좀 시키기로 합시다."
 "자, 벗으십시오. 자—됐습니다 대사님. 아, 이렇게 나귀등에 척 실어서 묶으면 얼마나 편하십니까요?"
 나귀가 울자, 관원은 나귀의 등을 가만히 두드리며 달랬다.
 "가만, 가만, 가만 있거라. 자—되었다. 그만 가자—"
 송광산이 점점 멀어지고 해양을 지나고 장성을 넘어 북으로 북으로 걸음을 옮겼으나, 충지스님의 마음은 영 편치를 못했으니, 개경에 가서 벼슬아치들을 만나고 임금님을 배알해야 하며 거기서 또 수천 리 먼 길을 가서 원나라 황제까지 만나야 할것을 생각하니, 이건 마치 출가수행자의 본분을 저버리고 환속하여 번잡한 속세로 들어가는 것만 같았다.
 은사이신 천영 노스님의 당부말씀도 있으셨으나, 충지스님은 번잡스러운 세상사에 휘말려 들어가는 것이 영 마음에 들지 않았다. 그래서 견디다 못한 충지스님은 웅천 근방, 그러니까 지금의 충청남도 공주 근처를 지나시다가 기어이 개경에 가지 아니하기로 작심을 하시기에 이르렀다.
 충지스님은 관원을 불렀다.
 "이, 이것 보시오."
 "아이구 대사님, 어찌 안색이 안 좋으십니다요?"
 "이거 아무래도 내가 몸살이 난 모양인데……"
 "아이구, 그것 보십시오. 대사님. 나귀 등에 타고 오셨으면 편히 오셨을 것을, 나흘째 걸어 오셨으니 몸살나시게 되었습지요."
 "여기서 청주는 얼마나 되는지요?"
 "청주는 어찌 물으시는지요? 대사님?"
 "청주에 가면 소승의 옛친구가 목사로 있으니, 거기 가서 하루 이틀 쉬었다 갔으면 해서요."
 "아이구, 그거야 대사님 뜻대로 하셔야지요. 하오면 소인, 길을 청주로 돌리겠사옵니다요."
 충지스님의 속마음을 알 리가 없는 관원은 영문도 모른 채, 충지스님이 정말로 몸살이 난 줄만 알고 길을 돌려 청주로 향했다.
 "아이구, 대사님. 저기 보이는 바로 저 성이 청주성인데요. 청주목사가 대사님 누구시라고 그러셨는지요?"
 "아, 예. 그저 허물없는 옛 친구라 할 것이오만, 병든 중 괄시는 아니할 것이오."
 "가만있자, 청주목사면 벼슬이 무엇이더라……?"
 "아마도 상서벼슬에 이르렀을 것이오만……."
 "아, 참. 그렇겠구먼요. 하오면 무작정 청주목사님 찾아가면 되겠습지요?"
 "좌우지간 관아로 가십시다. 아이구, 이거 도무지 몸을 가눌 수가 없으니……."
 "아이구 대사님. 지금이라도 나귀 등에 오르십시오."
 "아, 아니오. 쉬엄쉬엄 가노라면 될 것이오."
 "아이구 참 대사님도 어지간하십니다요. 자, 소인에게 좀 기대시

기라도 하십시오."

충지스님은 짐짓 병든척 하여 청주목사를 찾아갔다. 옛날 청주목사면 지금의 도지사쯤 되는 벼슬이었다.

청주목사가 나오며 물었다.

"어느 분이 날 찾아 오셨다고 하셨는고?"

충지스님을 모시고 개경으로 가던 관원이 대답했다.

"아, 예. 바로 이 충지대사님께서 상서공을 뵙고자 하셨습니다."

"대사님이시라면 과연 어느 절에 계시는 대사님이신지요?"

충지스님은 약간은 능청스런 목소리로 말씀하셨다.

"이 중이 삿갓을 벗을 것이니 상서공께서는 자세히 보시오."

이렇게 말하면서, 충지스님은 눌러쓰고 있던 삿갓을 벗었다.

"가만있자, 이 스님을 어디서 많이 뵙기는 뵌 것 같은데……"

"옛날 옛적 금직옥당에 있던 위원개를 기억하시겠소이까?"

"위원개? 아니 그러면 대사님이 바로 옛날 그 위원개공이란 말이시오?"

"이공께서는 풍채가 더 좋아지셨구먼, 음? 허허허……"

눈이 화등잔만해진 청주목사는 놀랍기도 하고 반갑기도 해서 충지스님의 두 손을 잡아 끌었다.

"세상에! 이게 과연 얼마만이란 말이시오? 어서 들어가십시다."

당시 청주목사는 상서공 이오라는 사람이었는데, 충지스님이 옛날 출가하기 전 금직옥당 벼슬을 할 적에 함께 국록을 먹던 동년배였으니, 요즘 말로 하자면 고시동기생이라고 할 수 있겠다.

충지스님은 근 20년 만에 옛 친구를 만나 실로 감개가 무량하였다.
청주목사가 먼저 말문을 열었다.
"내, 그동안 위공께서 삭발출가했다는 소리를 듣긴 했소이다마는, 아 정말 이렇게 대사님이 된 줄은 모르고 있었소이다."
"내 아우 문개도 내가 어느 절에 있는지 모르고 있으니, 이공께서 모르시는 것이야 당연한 일이지요."
"오, 참! 그러고보니 아우 문개공도 전라도 어디 태수로 있다고 들었소이다만……."
"나도 풍문으로만 소식을 들을뿐 어느 고을에 있는지는 자세히 모르고 있소이다."
"아니, 그런데 오늘은 어인 일로 나를 다 찾아주셨소이까?"
"이 어리석은 중이 딱한 지경에 처했으니, 이공께서 좀 도와주셔야겠소."
"딱한 지경이라니요?"
충지스님은 상경 길에 몸에 병이 들어 잠시 며칠만 쉬었다 갈 것이니, 어디 근처에 마땅한 절이 없겠느냐고 물었고, 청주목사 이오는 충지스님을 친히 청주 부근에 있던 화정사로 모시고 가서 편히 쉬게 하고 친히 약까지 지어오는 것이었다.
하루는 관원이 충지스님께 조심스레 여쭸다.
"아이구 대사님, 오늘은 병세가 좀 어떠하신지요?"
"이것 참 미안하게 되었소이다마는……."

 "아이구 아니옵니다요, 대사님. 대사님께서 하루속히 쾌차하셔야 할 터인데, 조정에서는 지금 하루가 급하다고 기다리고들 계실 것이옵니다요."
 "허나, 몸이 말을 듣지 아니하니 날아갈 수도 없는 일……."
 "아이구, 그러문요 대사님. 어서 약을 잡수시고 근력을 회복하셔야 길을 떠납지요."
 "이거 아무래도 며칠 사이에는 자리털고 일어나기 어려울 모양이니, 이렇게 하시는게 어떻겠소이까?"
 "어찌하라는 말씀이시온지요, 대사님?"
 "나는 청주목사가 보살펴 주고 있으니, 먼저 개경으로 올라가셔서 내가 병들어 여기 있다고 고하도록 하시지요."
 "소인만 먼저 상경하라는 말씀이십니까요, 대사님?"
 "둘 다 여기 있으면 조정에서 궁금히 여기실 것이니, 속히 가셔서 사정 말씀이라도 소상히 알려드려야 할 일이 아니겠습니까?"
 "그, 그건 그렇사옵니다만, 한 사나흘 쉬시면 아니되실런지요. 대사님?"
 "이거 아무래도 보름, 한 달은 쉬어야 할 모양이니, 먼저 가서 소상히 고하도록 하시오."
 "하오시면 대사님께서는 어찌 하시려구요?"
 "아 나야 기력이 돌아오면 청주목사한테 부탁을 해서 파발마라도 빌어타고 개경으로 가면 될 일이 아니겠소이까?"
 "그, 그러시면, 소인 먼저 개경으로 가보도록 하겠습니다요."

이렇게 해서 충지스님은 당신을 모시고 가던 관원을 먼저 개경으로 올려 보내고 병을 핑계삼아 화정사에 눌러앉아 꼼짝도 아니하였다.

옛기록에 의하면 충지스님은 개경에도 가기 싫고 원나라 서울에도 가기 싫었는지라 몸에 병이 들었다 칭병하고 여름 한 철 화정사에서 보내셨다고 쓰여있다. 그러나 병을 핑계삼는 것도 한도가 있는지라 종국에는 빗발치는 상경독촉을 받게 되었다.

그러던 어느날, 청주목사가 화정사로 충지스님을 찾아왔다.

"대사님 안에 계시는지요?"

"아, 예. 어서 오시오. 이공."

"이거 큰일났소이다."

"큰일이라니요?"

"대사님을 속히 원나라로 모셔오지 아니한다 하여 원나라 황제가 우리 조정에 불호령을 내리는지라 조정대신들이 어쩔줄을 모르고 있다 하니, 이 일을 어찌하면 좋겠소이까?"

"병이 들었다고 했거늘 그래도 독촉이 심하더란 말이오?"

"말씀 마시오. 대사님의 병환이 늘 그만그만 하시어 차도가 없는 것 같다 하였더니, 종국에는 내가 병구완을 잘못하여 차도가 없는 것 아니냐 하고 힐문하는 지경이오."

"허허, 그러면 내가 여기 더 있다가는 이공께서 공연히 화를 입으시겠구먼 그래요."

"만일 이달 그믐안에 개경으로 대사님을 모시지 못하면 원나라

황제께 올릴 말이 없으니 병환이 웬만하시면 가마에 모셔서라도 상경길을 재촉하라 하였소이다."

"일이 그리 되어간다면 하는 수 없이 내가 내 발로 가야 할 모양이구료."

"아니, 그건 또 무슨 말씀이시오?"

"송광산 수선사의 농토를 찾고자 상소문을 써보낸 사람이 바로 나였으니 이는 자작자수요, 자업자득이라. 나는 잠시 칭병하고 상경치 아니하면 그것으로 일이 마무리 될 줄만 알았더니 아무래도 피하기 힘든 일인 모양이구료."

"원나라 황제가 대사님을 속히 모시라고 독촉이 빗발치는지라, 우리 조정에서는 피가 마를 지경이라 합니다."

"이공께는 참으로 면목이 없소이다. 내 이제 각오한 바 있으니 내일 당장 길을 떠나도록 하지요."

"그러시면 가마를 준비할 것이니, 대사님께서는 아무쪼록 편히 다녀 오십시오."

이렇게 해서 충지스님은 하는 수 없이 청주 화정사를 떠나 서울 개경으로 올라가게 되었는데, 충지스님을 모신 일행이 개경 성문 밖에 당도하자 조정에서는 극진한 예를 다해 스님을 영접하는 것이었다.

한 관원이 충지스님께 인사를 올렸다.

"소인 원외랑 김호담이라 하옵니다."

"소승, 충지라 하오."

"대사님의 법명은 이미 오래전에 살폈사오나 이제야 뵙게 되오니 송구하기 그지없사옵니다."

"원 천만에요. 소승이 그동안 병석에 누워있었던 까닭으로 상경길이 지체되었으니 심려를 끼친 점 미안하게 생각합니다."

"아이구, 아니옵니다 대사님. 원나라 황실의 독촉이 빗발쳤던지라 대사님께 큰 결례를 범한 줄로 아옵니다."

"그것 참 알 수 없는 일이구료. 원나라 황실에서 소승을 부른다 하니 말입니다."

"아, 예. 소신이 알기로는 원나라 황제께서 대사님을 만나뵙고 싶어 하신 줄로 아옵니다."

"허면 이 중을 잡아보내라는 칙서라도 보냈더란 말이시오?"

"아이구, 아니옵니다. 원나라 황실에서 보내온 칙서에 의할 것 같으면 대사님을 국빈의 예로써 모시라 하였사옵니다."

"허면 이 중이 기어이 원나라 서울에 가야 한다는 말씀이십니까?"

"예. 소신이 알기로는 그러한 줄로 아옵니다."

허나 충지스님은 원나라 황제를 만나는 것도 원하는 바가 아니었고, 원나라 서울 구경도 반갑지가 아니했으니 개경에서 며칠 쉬는 동안에도 영 마음이 편치를 아니했다.

하루는 못보던 관원이 충지스님을 찾았다.

"소신 강용이 대사님께 문안인사 올리옵니다."

"아, 예. 소승 충지라 하오."

"소승이 바로 대사님을 모시고 원나라 서울에 갈 역관 강용이옵니다."

"허, 그래요? 허면 귀공께서는 원나라 말을 자유자재로 하신단 말이시오?"

"아 예, 하오나 서로 알아듣지 못하는 말은 종이에 글을 써서 필담을 하기도 하옵니다요."

"헌데 말입니다, 강공."

"예. 말씀하십시오, 대사님."

"내 심정을 그대로 말씀드리자면 나는 별로 원나라에 가고 싶은 생각이 없다고 할 것이오."

"아이구, 대사님. 아니될 말씀이옵니다요."

"아니될 말이라니?"

"대사님께서도 아시다시피, 지금 우리나라는 원나라 황실이 이래라 하면 이래야 하고, 저래라 하면 저래야 하는 그런 형편이옵니다. 하물며 원나라 황제가 대사님을 속히 모시라 하였거늘 감히 어찌 이를 거역할 수가 있겠사옵니까?"

"이 중이 도중에 병이 들어 원나라까지는 갈 수 없는 지경이라 알리면 될 일이 아니겠소?"

"아니되실 말씀이옵니다, 대사님."

"허허, 아니 어찌 그것도 아니된다 하시는게요?"

"원나라 황실에서 일러 오기를 만일 대사님께서 병환중이라면 어의를 보내서라도 쾌차케 하여 속히 원나라로 모시라 하였습니다."

"허면 내가 만일 원나라로 가지 아니하겠다 하면 어찌할 것이오?"

"아니되시옵니다, 대사님. 대사님께서 이번에도 원나라 서울로 가시지 아니 하시면 아마도 큰 재앙이 떨어질 것이옵니다."

"무엇이? 큰 재앙이 떨어진다?"

"예. 대사님, 그러하옵니다."

"재앙이라면 대체 어떤 재앙이 올 것이란 말이시오?"

"아마도 송광산 수선사 농토를 다시 몰수할 것이옵니다."

"무엇이? 송광산 수선사 땅을 다시 몰수할 것이다?"

"그렇사옵니다, 대사님. 그렇게 되면 장차 대사님께서 어찌 하시려는지요?"

충지스님은 더이상 원나라행을 거절할 수가 없었다. 만일 또다시 송광산 수선사 농토를 몰수당한다면 다시는 되찾을 길이 없게 될 것이요, 그리되면 송광산 수선사 대중들은 아침 죽마저 끓일 수 없게 될 것이었다.

해서 충지스님은 하는 수 없이 역마를 타고, 가기싫은 원나라 서울로 가게 되었다.

12
원나라 임금에게 전한 불법

 이 당시 원나라 황제가 얼마나 횡포를 부렸는지는 옛기록인 고려사 충렬왕 편을 보면 소상히 알 수 있다.
 충렬왕은 왕이 되기 전에 세자의 몸으로 원나라에 볼모로 가 있다가 왕이 되었는데, 원나라 세조의 딸과 결혼하여 원나라 황제의 사위가 되어 있었다.
 뿐만 아니라 왕 위에 오르는 데도 원나라 황제의 허락을 받아야 했으니 이때의 고려는 원나라의 속국이나 마찬가지인 형편이었다.
 그러니, 그 무서운 원나라 황제가 부르는데 감히 고려의 한 승려가 그 명령을 어길 수가 없었다.
 충지스님을 모신 행렬은 장장 수천 리도 넘는 길을 재촉하여 원나라 서울에 당도하게 되었다.
 이때의 기록에 의하면 원나라 황제 세조가 충지스님을 국빈의 예로써 맞았다고 기록하고 있으니 이는 참으로 특별한 경우라고 하겠다.

 충지스님은 원나라 황제 세조에게 인사를 하였다.
 "해동 고려국 사문 충지, 황제께 문안인사를 드립니다."
 "오, 참으로 원로에 노고가 많으셨겠소이다. 대사는 가까이 오시오."
 "예에—"
 "그래, 짐에게 상소문을 올린 사람이 바로 대사란 말이시오?"
 "예에— 소승이 수행하고 있던 고려국의 송광산 수선사의 사정이 워낙 급박했던지라, 소승 감히 황제께 글월을 올려 자비를 구했었사옵니다."
 "허면 이제 그 수선사의 농토는 다시 수선사로 돌아갔소?"
 "예. 덕분에 수선사의 농토가 다시 수선사로 돌아왔사옵니다."
 "허면 이제 수선사의 스님들이 하루 세 끼 밥을 배불리 먹을 수 있게 되었는지?"
 "예, 이제 끼니 걱정은 아니하게 되었으니 이것이 모두 황제폐하의 은덕인줄로 아옵니다. 하오나, 고려국의 출가수행자들은 아침에는 죽, 점심에 밥 한 술을 먹을 뿐 저녁밥은 먹지 아니합니다."
 "아니 어쩐 연고로 저녁밥을 먹지 아니한단 말이신고?"
 "예, 본래 부처님께서는 하루에 한 끼만을 잡수셨고 오후에는 잡숫지 아니하셨으므로 그를 본받아 오후에는 먹지 아니합니다."
 "아니 그러면 그 고생스러운 수행을 어찌 견딘다는 말이시오?"

"예, 본래 출가수행자의 본분이 호의호식에 있지 아니하며, 위로는 부처님의 가르침을 배우고 닦아 불도를 이루고, 아래로는 사바세계 중생들을 제도함에 있으니 무릇 출가수행자는 덜 먹고, 덜 입고, 덜 자며, 가난을 낙으로 삼는 것이 마땅한 줄로 아옵니다."

"허허 덜 먹고 덜 입고 덜 자면서 가난을 낙으로 삼는다?"

"예, 그러한 줄로 아옵니다."

"허면 대사님은 과연 출가수행하여 무엇을 도모코자 함이오?"

"예. 소승, 부지런히 불도를 닦는 것은 이 세상 모든 중생들로 하여금 이고득락케 하고 요익중생코자 함에 있다 할 것이옵니다."

"그 말은 대체 무슨 말이신고?"

"예, 모든 중생들로 하여금 괴로움을 여의고 큰 즐거움을 얻게하자 함이며, 널리 모든 중생들을 이롭게 하자 함이옵니다."

"허허허허— 짐이 대사를 부르기를 과연 잘 했구료. 응? 허허허허—"

원나라 황제 세조와 일차 상견례를 마친 충지스님은 원나라 황실의 국빈대접을 받아 귀빈관에 머물면서 여독을 풀게 되었다.

그런데 충지스님을 위해 차려올린 공양상을 받아놓고 보니 채소는 한 가지도 없고 모두 고기로만 차려진 산해진미가 아닌가!

역관 강용이 따져 물었다.

"아니, 이것이 우리 대사님께 올리는 공양상이란 말이시오?"

"이거 아주 진수성찬이오, 황제폐하께서 국빈대접을 하라 명하셨으니 그래서 반찬만 해도 50여 가지란 말입네다."

"이것 보시오. 산해진미에 진수성찬이란 것은 얼른 보아도 알겠
소이다마는 이것은 우리 대사님께는 어울리지 아니하는 밥상이라
할 것이오."

"허허, 거 무슨 말씀을 그리 하십네까? 우리 사람이 지극정성을
다해서 차려올린 밥상입네다. 이것은 사슴고기요, 또 이것은 곰 발
바닥 요리요, 또 이것은 오리 혓바닥 요리입네다."

"이것 보시오. 우리 대사님께서는 오직 채식만 하실뿐 육식은 결
코 하지 아니하시니, 이런 산해진미를 올릴 수는 없겠소이다."

"허허, 이 무슨 말씀? 이 밥상으로 말씀을 드릴것 같으면 우리
황제폐하께서 친히 내리신 밥상이거늘, 감히 어찌 이 밥상을 거절
할 수 있단 말이시오?"

"그럼, 소신이 감히 한 가지 묻겠소이다."

"무슨 말씀이시오?"

"보아하니, 이 밥상에는 채소로 만든 반찬이 단 한 가지도 보이
지 아니하니 대체 무슨 까닭이더란 말이시오?"

"아 그거야, 값진 육식, 귀한 음식을 대접해 올리라는 분부가 계
셨으니 흔한 채소는 올라가지 못한 것이오."

충지스님을 모시고 간 역관 강용이 원나라 영접관과 입씨름을
하고 있었으니, 이때 옆방에서 이를 들으신 충지스님께서는 역관
강용을 불러서 말씀하셨다.

"이것 보시게, 강공!"

"예, 부르셨사옵니까. 대사님?"

"공양상을 가지고 시비를 하고 있는 것 같던데 어찌된 일이신가?"

"아, 예. 대사님께 올리는 밥상에 채소 반찬이 단 한 가지도 없사오니 이는 필시 일부러 그런 것이 아닌가 하옵니다."

"일부러 그랬건, 몰라서 그랬건 시비하지 말고 받도록 하시게."

"예에? 하오시면 대사님께서는 저 육요리를 드시겠다는 말씀이시옵니까?"

"내 걱정은 마시고, 강공께서 산해진미를 맛보시면 될 일이 아니신가?"

"예에? 소신더러 저 상을 받으라구요, 대사님?"

"나는 간장 한 가지면 족할 것이니 다른 음식은 그대가 드시면 될 일이 아니겠는가?"

충지스님이 원나라 서울에 당도한 지 사흘이 지난 뒤, 원나라 황제는 충지스님을 다시 불렀다.

"그래, 대사는 그동안 편히 잘 쉬었는지?"

"예. 소승 편히 잘 먹고 잘 쉬었사옵니다."

"오 참, 거 듣자하니 대사께서는 요리를 단 한 점도 들지 아니했다 하던데, 무슨 까닭이라도 있더란 말이오?"

"아니옵니다. 소승이 요리를 들지 아니한 것은, 출가수행자의 계율을 지키자 함이요, 행여라도 다른 뜻은 없었사옵니다."

"허면, 요리를 드는 것이 출가수행자의 계율에 어긋난다, 그런 말이시오?"

 "그러하옵니다, 일찍이 부처님께서 이르시기를 불도를 믿고 따르는 자는 살생하지 말 것이며 살생으로 얻은 육식 또한 금하라 하셨사옵니다."

 "그러면 대체 부처님께서는 어찌하여 육식을 금하라 하셨더란 말이시오?"

 "예. 땅위에 있는 짐승이나, 날아다니는 새나, 물속에 사는 고기들이나 모두가 귀한 목숨을 지니고 있으니, 사람이 먹기위해 그 목숨을 끊는 것은 좋은 일이 아닌지라 이를 삼가라 하신 것이옵니다."

 "허나, 사람이 근력을 키우자면 육식도 해야 되는 일이 아니겠소?"

 "옳으신 말씀이옵니다. 하오나 부처님께서는 이렇게 말씀하셨사옵니다."

 "어떻게 말씀을 하셨다는 게요?"

 "예. 이 세상에서 가장 힘이 센 짐승은 코끼리요, 이 세상에서 가장 힘든 일을 많이 하는 짐승은 소라고 할 것인데, 바로 그 코끼리와 소는 평생 육식을 아니하고 풀만 먹고 산다 하셨사옵니다."

 "허허, 거 듣고보니 과연 옳으신 말씀이구료. 세상에서 힘 세기로야 코끼리를 당할 자가 없고, 세상에서 힘든 일을 많이 하기로야 소를 당할 자가 없지. 헌데 바로 그 코끼리와 소가 평생토록 풀만 먹고 살더라?"

"예. 그러한 줄로 아옵니다."

"허허허허— 짐이 오늘 아주 좋은 가르침을 한 가지 배웠소이다 그려— 음? 허허허허—"

"황공하옵니다."

"허면, 고려에서는 모든 출가수행자들이 대사처럼 모두 육식을 하지 아니하더란 말이오?"

"예, 그러한줄로 아옵니다."

"이것 보시오, 대사."

"예."

"짐이 고려국의 형편에 대해 묻고자 하니, 지난번 짐에게 상소문을 올린 것과 같이 조금도 숨김없이 답 해주기 바라오."

"예, 소승 반드시 사실대로 말씀올릴 것이오니 하문하여 주십시오."

"자, 그러면 저기 저쪽으로 자리를 옮겨 차 한 잔 나누면서 얘기를 듣기로 합시다."

"황공하옵니다."

옛 문헌의 기록에 의하면 이때 원나라 황제 세조는 충지스님을 빈주의 예로써 맞이하고 스승의 예로써 대접하였다고 했으니 아무튼 극진한 영접을 베풀었다 할 것이다.

충지스님과 원나라 황제는 궁녀가 정성껏 따라 올리는 차를 마시면서 이야기를 나누었다.

"자, 우선 차 한 잔 드시오, 대사."

"황공하옵니다."
"어려워 말고 자, 어서 드시오."
"예에―"
 충지스님이 두 손으로 차잔을 들어 마시고 내려놓자, 원나라 황제가 입을 열었다.
"대사도 잘 알고 있을 것이오마는 우리 원나라와 고려국은 수십년에 걸쳐 싸움을 치루어 왔소."
"……예에."
"그러다가 근년에 들어 두 나라가 강화를 맺고 고려국이 우리 원나라의 부마국이 되었는지라 이로부터 두나라 사이에는 전란이 멎고 화평선린이 이루어졌으니 우리 조정에서는 장수대신 달로화치를 고려국에 보내 모든일을 의논케 하고 있소."
"예, 그점은 소승도 잘 알고 있사옵니다."
"허면 이제는 고려국 백성들이 태평하게 잘 살고 있는지 그것부터 궁금하구료. 대사가 본대로 들은대로 말해 주시오."
"예. 소승 감히 어느 자리라고 거짓을 말씀드릴 수가 있겠사옵니까, 하오나……"
"무슨 말인지, 어서 해보시오."
"소승이 감히 숨김없이 무슨 말씀을 올리더라도 황제께서는 결코 진노하지 않으시려는지 그것이 소승은 걱정이옵니다."
"대사가 짐에게 무슨 말을 하더라도 짐은 결코 진노하지 아니할 것이니, 대사는 조금도 염려치 말고 사실대로 말해 주시오."

"예. 하오면 소승, 숨김없이 고려의 형편을 말씀드리겠사오니 허락하여 주십시오."

"좋소, 짐은 무슨 말이든 다 들을 것이니 어서 말해주시오."

"소승이 감히 한 말씀으로 올리자면 지금 해동 고려국의 백성들은 도탄에 빠져있사옵니다."

"무엇이? 고려 백성들이 도탄에 빠져있다?"

"그러하옵니다."

"어찌하여 고려 백성들이 도탄에 빠져있단 말이오?"

"소승 감히 무엇을 더 숨기겠사옵니까, 사실대로 소상히 말씀드리겠습니다."

"좋소, 어서 말하시오."

충지스님은 이미 죽기를 각오하고 고려 백성들의 참상을 원나라 황제에게 사실대로 알리기로 작정을 하였으니, 이는 실로 비장한 각오라 하겠다.

"황제께서도 이미 살피고 계실줄로 아옵니다만, 해동 고려국은 아주 작은 나라이옵니다."

"그래요, 그건 짐도 잘 알고 있소."

"이 작은 나라에 40여 년 동안이나 전란이 계속되었고, 고려 조정은 강화섬에 피난하여 무려 37년간 육지에 나오지 못하였사옵니다."

"그래요, 그것도 짐이 잘 알고 있소."

"그동안 고려 국토는 말 그대로 시산혈해, 백성들의 시신이 산을 이루었고, 백성들의 피가 바다를 이루었사옵니다."
"그, 그야 그랬을 테지요."
"대국이신 원나라 황제께서 다행히 덕을 베풀어 강화를 맺고 화평선린을 이루었사오나, 고려국에 아직 원나라 군사가 주둔하고 있사옵고……"
"그, 그래서요?"
"원나라 모든 군사들이 모두 다 그렇지는 않사옵니다만, 개중에는 아직도 부녀자를 희롱하고 심지어는 겁탈을 하는 자가 있는가 하면……"
"무엇이? 아니 우리 원나라 군사중에 고려국의 아녀자를 겁탈하는 자가 있다?"
"그러하옵니다. 해서 지금 고려의 아녀자들은 원나라 군사만 보면 혼비백산하여 달아나고 있사옵니다."
"허허 이런 고약한 자들이 있는가! 그, 그리고 또 무슨 일이 일어나고 있소?"
"근년에는 원나라의 명으로 원나라 군사와 고려의 군사들이 일본을 정벌하러 갔었사옵니다만……"
"그래 그 정벌이 어쨌다는 게요?"
"고려에서는 첫번째 일본정벌을 위해서 무려 3만 5천여 명의 장정들이 동원되었사옵고, 군소 병선 9백여 척을 만들었사오며 양식 11만 석을 염출했사옵니다."
"그, 그래서요?"

"3만 5천 고려 장정들 가운데 죽은 자가 무려 1만3천5백여명에 이르렀사옵고, 군량미를 염출하느라고 백성들은 초근목피로 연명했사오며 농사철에 배를 만드느라고 농사를 짓지 못하였으니, 굶어 죽은 백성만 해도 수천을 헤아리는 지경이옵니다."

"무엇이? 첫번째 일본 정벌에서 죽은 고려 병사가 1만3천5백을 넘는다?"

"그러하옵니다."

"허허, 이런 괘씸한 자들이 있는가! 짐에게 알리기는 1천5백이 죽었다 했거늘, 1만3천5백 명이 죽었다니……. 그리고, 굶어죽은 고려 백성이 수천을 헤아린다?"

"그렇사옵니다, 배를 만들라는 엄명이 떨어졌는지라 남녀노소 불문하고 나무를 베어와 운반하고, 배를 만드느라 농사철에 씨조차 뿌리지 못하였으니, 어찌 목숨을 부지할 수가 있었겠사옵니까."

"허허, 이런 고약한 것들이 있는가! 그리고 또 고려에서는 무슨 일이 있었소?"

"근자에 와서는 다시 일본을 정벌한다 하여, 백성들로 하여금 활과 화살을 만들라 엄명을 내렸으니, 집집마다 할당된 활과 화살을 만드느라 손톱이 빠지고 손가락이 찢겨진 채 농사일을 젖혀놓고 있으니 그 원성이 하늘에 사무친줄 아옵니다."

"아니 그러면 근자에 활과 화살을 강제로 할당하여 만들게 했더란 말이오?"

"예, 그러한줄로 아옵니다."

"이것 보시오, 대사!"
 "예."
 "대사가 짐에게 해준 말은 한 마디, 한 귀절도 틀림이 없소?"
 "예, 소승 사실대로 아뢰었을 뿐 추호도 꾸밈이 없었사옵니다."
 "알았소! 짐이 고려의 사정을 소상히 알았으니 결코 묵과하지는 아니 할 것이오!"
 "황공하옵니다."
 충지스님의 직언을 소상히 듣고 난 원나라 황제 세조는 그날 노기충천하여 수염을 바들바들 떨었다. 그러나 충지스님은 이미 죽기를 각오하고 사실을 사실대로 다 털어놓은 것이라 조금도 두려운 기색없이 왕궁을 물러나와 국빈관으로 돌아왔다.
 그런데 충지스님이 원나라 황제를 두번 째 만나고 나온 다음날부터 뒤숭숭한 소문이 국빈관에까지 들려 오는 것이었다.
 원나라 황제가 어명을 내려, 충지스님이 좋아하시는 과일과 채소만으로 상을 차려 올리고 그동안 지은 잘못을 사죄하라 이르셨다며, 원나라 영접관이 사죄하러 역관 강용을 찾아온 것이다.
 "고구려 사신과 대사님께서는 소인의 잘못을 널리 용서하여 주십시오. 고려 대사님께서 우리 황제폐하께 잘못 말씀드리면 소인 목숨이 위태로우니, 제발 그동안의 허물을 용서하여 주십시오."
 강용이 웃으며 말했다.
 "별 말씀을 다 하시는구먼. 우리 대사님은 그런 분이 아니시니, 걱정하지 마시오."

"아이구 아니옵니다요. 고려 대사님께서 우리 황제폐하께 고해 올린 바람에 조정의 승상과 대신들이 황제폐하께 불려가 호된 꾸중을 들었다 하옵니다요."

"아니, 그러면 우리 대사님 때문에 조정의 대신들이 꾸중을 들었단 말이시오?"

"예, 그렇사옵니다. 그래서 조정에서는 지금 고려에서 온 대사님을 조심하라는 귓속말이 번지고 있사옵니다요, 예."

이때 원나라 황제 세조는 충지스님이 고해올린 고려의 사정을 낱낱이 대신들에게 추궁하고 따졌으니, 원나라 조정의 문무백관들이 귓속말을 할만도 하였다.

중국인의 말을 들은 강용은 충지스님께 알렸다.

"대사님, 이거 아무래도 소문이 뒤숭숭하옵니다요."

"무슨 소문이 뒤숭숭하다고 그러시는고?"

"글쎄 대사님께서 황제폐하께 이실직고 하신 바람에 여러 대신들이 호된 꾸중을 들었다고 합니다요."

"이것 보시게, 강공."

"예, 대사님."

"나는 이제 원나라 황제를 만나뵈었고, 드릴 말씀을 다 드렸으니 더이상 여기 머물러 있을 필요가 없으이."

"하오시면 어찌 하시겠다는 말씀이시온지요?"

"그대가 역관이시니, 원나라 조정에 통문을 넣어 이제 그만 고려국으로 돌아가고자 하니 허락해 달라고 하시게."

"하기는 대사님 말씀이 옳으신 줄로 아옵니다. 여기 더 오래 계시다가는 무슨 화를 당하게 될지 모를 일이니 말씀입니다요."

"무슨 화를 당하게 되든 그것은 두렵지 않네마는 할 일 없이 이렇게 지내기가 싫어서 그러니 오늘중으로 통문을 넣도록 하시게. 허락만 떨어지면 내일이라도 돌아가도록 하세!"

"예. 그렇게 해보도록 하겠사옵니다, 대사님."

충지스님을 원나라 서울까지 모시고 갔던 역관 강용이 그날 곧바로 통문을 넣어 충지스님께서 그만 고려국으로 돌아가고 싶어하신다는 뜻을 원나라 조정에 전했으나, 어찌된 일인지 하루가 지나고 이틀이 지나고 사흘이 되어도 원나라 조정으로부터는 이렇다 저렇다 답변이 없었다.

소문에는 원나라 황제가 고려국에 주재시켰던 달로하치 혹적을 파직시키고, 석말 천구라는 사람을 고려국의 새 달로하치로 임명하였다 했다.

이 당시 달로하치라고 하면 요즘의 대사격이라고 할 수 있겠는데, 이때 원나라는 우리나라에 달로하치를 파견 주재케 하여 모든 국사를 협의 감독케 했다. 고려사의 기록을 보면 심지어는 고려의 왕이 여름에 서경으로 피서를 가는 것도 달로하치를 통해 원나라 조정에 알려, 원나라 황제의 허락을 얻었다고 쓰여있을 정도이니, 이 당시 달로하치의 권세는 실로 막강했다 하겠다.

그런데 그런 달로하치가 바뀌었으니 일이 심상치 않게 돌아가는 듯 했다.

 다음날, 충지스님은 세번 째로 원나라 황제 세조를 만나게 되었다.
 원나라 조정으로부터 충지스님의 귀국허락이 떨어지지는 아니한 채 원나라 황제가 충지스님을 황실로 다시 부른 것이었다.
 원나라 황제 세조는 내가 언제 노발대발하여 수염이 바들바들 떨었더냐 싶게 아주 편안하고 근엄한 얼굴로 충지스님을 대하였다.
 "대사는 이제 여독이 다 풀렸는지요?"
 "황공하옵니다. 소승 폐하의 은덕을 입어 편히 잘 먹고 잘 쉬었으니 여독이 말끔히 가신 줄로 아옵니다."
 "대사께서 그리 말하니, 짐도 매우 기쁘오. 헌데, 대사?"
 "예."
 "대사는 원나라 황제가 과연 어떤 자리에 앉아 있다고 생각하시오?"
 "예. 소승이 알기로는 원나라는 대 제국이니 이미 광활한 중국대륙을 천하통일하였고, 인근 열 세나라를 평정하였으며 근자에는 저 남쪽에 있던 송나라까지 평정하여 가히 천하를 호령하시는 지존한 자리에 계신 줄로 아옵니다."
 "허면 만일 짐이 기뻐하면 그 기쁨이 어디까지 미치겠소?"
 "예. 황제께서 기뻐하시면 그 기쁨은 천하에 가득 미칠 것이옵니다."
 "그러면 만일 짐이 심기가 불편하여 노발대발한다면?"

"예, 만일 진노하시면 그 화가 천하에 두루 미칠 것이옵니다."
 "그러면, 대사!"
 "예."
 "대사는 어찌하여 짐을 두려워하지도 아니하고 고려의 언짢은 사정을 낱낱이 고했더란 말이시오?"
 "예, 소승 어찌 황제의 위의에 두려움이 없었겠사옵니까? 하오나 소승 감히 황제의 자비와 덕을 믿사옵고 사실대로 고해 올리는 것이 고려 백성을 살리는 길이요, 고려 백성을 도탄에서 벗어나게 하는 것이 원나라와 고려 양국의 화평선린을 위해 도움이 될 것이며, 그리하여야 황제의 덕과 자비가 널리 증장하실 것이라 생각되어, 감히 죽기를 각오하고 이실직고 하였사옵니다."
 "허면 대사는 이미 죽기를 각오하고 그런 말을 했더란 말이시오?"
 "예, 그러하옵니다."
 "무릇 세상사람들은 모두 다 제 목숨 아까운 줄을 알고 있거늘 대사는 어찌하여 자기 목숨 귀한 줄도 모르더란 말이신고?"
 "예, 부처님께서 일찍이 이르시기를 이 세상 목숨있는 모든 것은 다 귀하다 하셨으니 어느 미물인들 제 목숨 아끼지 아니하는 것이 있겠사옵니까?
 하오나 소승 이미 삭발 출가하여 득도하였으니 이는 작은 나를 버리고 큰 남을 이롭게 하자 함이라 소승 비록 황제의 노여움을 사서 한 목숨 죽게 되더라도 사실을 사실대로 알려드려 수많은 백

성들을 살릴 수만 있다면, 이는 곧 고려 백성을 위하고 원나라를 위하고 황제를 위하는 길이니 어찌 구차한 목숨을 보존코자 큰 뜻을 저버릴 수가 있겠사옵니까?

 소승 아직 어리석은 중생이온지라 감히 황제께 예를 갖추지 못했사오니 그 죄 크게 꾸짖어 주십시오."

 "이것 보시오, 대사."

 "예."

 "부처님께서는 과연 세상을 어찌 다스리셨던가요?"

 "예. 부처님께서는 비록 왕자로 태어나셨으나 세상을 단 한 번도 다스리시지는 아니하셨습니다."

 "세상을 다스리시지 아니하셨다?"

 "예, 황제나 왕들은 권세로 세상을 다스리시옵니다만 부처님께서는 오직 자비로 세상을 이끄셨을 뿐 결코 다스리시지는 아니하셨습니다."

 "오, 그래요. 그러면 대체 어찌하는 것이 세상을 잘 다스린다 할 것인지요?"

 "산속에 들어앉아 불도만 닦던 소승이 감히 어찌 세상 다스리는 일을 알 수가 있겠사옵니까만, 부처님께서는 이렇게 이르셨사옵니다."

 "과연 무엇이라 이르셨소?"

 "예, 나라의 주인되시는 분이 끝없는 자비를 베풀면 그 나라에는 안에도 적이 없고 밖에도 적이 없다 하셨사옵니다."

"자비를 베풀면 안에도 적이 없고 밖에도 적이 없다?"
"예, 그러하옵니다."
원나라 황제 세조는 충지스님의 말을 듣고 크게 감동하였다.
"이것 보시오, 대사. 해동 고려에는 대사같은 스님들이 몇이나 있으시오?"
"말씀드리기 송구하오나, 해동국 고려에서는 소승같은 보잘것 없는 중은 대사 축에도 끼이지 못할 만큼 수많은 고승대덕들이 계신 줄로 아옵니다."
"아니 그러면 해동국 고려에는 덕 높고 도 깊은 대사들이 그렇게나 많단 말이시오?"
"예, 그러하온줄로 아옵니다."
그날 밤이 늦도록 충지스님은 원나라 황제 세조에게 부처님의 말씀을 설법하였다.
"부처님께서 이르시기를 이 세상 모든 중생들은 세 가지 독에 물들어 스스로 괴로움의 바다에 빠진다 하셨으니, 그 세 가지 독이란 욕심이라는 독, 성냄이라는 독, 어리석음이라는 독이라 하셨습니다.
중생의 욕심은 끝이 없어서 다섯을 얻고나면 열을 원하고, 열을 얻고나면 다시 백을 원하게 되니, 이는 밑빠진 항아리와도 같아서 아무리 채우려고 해도 채울 수가 없다 하셨습니다. 그렇게 욕심이 채워지지 아니하면 좌불안석이요, 안절부절, 심기가 불편하여 괴로움을 겪는다 하셨사옵니다.

　그리고 중생이 화를 내면 좋은 일, 착한 일은 일어나지 아니 하나니, 말이 거칠어지고 욕설과 저주를 퍼붓게 되며 때리고 빼앗고 죽이게 되는 바, 바로 이것이 고통과 괴로움의 씨앗이라 하셨사옵니다. 이 세상 중생들은 백 년을 살지 못하니 생자는 필멸이요, 회자별리라, 한 번 태어나면 반드시 죽고, 한 번 만나면 반드시 헤어지는 것이 불변의 법칙이거늘, 중생이 어리석어 천년만년 살것처럼 착각하고 내 재산, 내 벼슬, 내 몸이라 부르며 끝없는 욕심과 성냄에서 헤어나지 못하니, 바로 그것이 어리석음이요, 바로 이 어리석음이 괴로움의 씨앗이라 하셨사옵니다."
　충지스님의 말을 조용히 듣고있던 원나라 황제 세조는 충지스님에게 물었다.
　"허면 대체 어찌해야 그 괴로움에서 벗어날 수 있다고 하셨는지 그 답을 소상히 말해 주시오."
　"예, 부처님께서는 이 세상 모든 근심걱정 괴로움에서 벗어나고자 하는 사람은 욕심을 줄이고 만족할 줄 알아야 할 것이며, 세상만사 뜻대로 되지 아니하더라도 기꺼이 참고 견디며 화를 내서는 아니될 것이며, 나는 백 년도 살지 못하고 다시 지수화풍 네 가지로 돌아갈 것이니 부귀영화도 재산도 영원한 나의 것은 아무것도 없다는 점을 어서 깨달아, 결코 어느것에도 집착하지 아니하면 이 세상 모든 근심 걱정 괴로움에서 벗어날 수 있다 하셨사옵니다."
　충지스님으로부터 부처님의 가르침을 전해들은 원나라 황제 세조는 충지스님의 법문을 들은 것을 매우 흡족하게 여기고, 원나라 떠나는 충지스님에게 후한 선물을 내려주었다.
 이 당시의 기록에 의하면, 이때 원나라 황제는 충지스님에게 금란가사 한 벌과 벽수장삼, 그리고 백불 한 쌍을 비롯한 갖가지 예물을 듬뿍 하사했다고 적혀있다.

 충지스님이 원나라 황제 세조를 만나고 다시 고려 서울 개경으로 돌아오니, 문무백관들이 몹시 기뻐하고 충렬왕이 충지스님을 친히 왕궁으로 모셔 스님의 노고를 치하하였다.
 충렬왕은 충지스님을 개경의 큰 사찰에 머물도록 간청하였으나, 번거로운 세상사에 얽매이는 것을 달가와 하지 아니했던 충지스님은 임금님의 간청도 뿌리친채 기어이 개경을 떠나왔다.
 충지스님은 걸망 하나를 짊어지고 주장자 하나를 짚은채 홀홀단신으로 개경을 떠나 남쪽으로 남쪽으로 걸음을 옮기면서 시 한 수를 읊으셨으니, 스님은 이때 당나라 태종때의 도신스님을 생각하며 시를 지었다.
 당나라 도신스님은 당태종이 그의 도풍을 흠모한 나머지 세 번이나 불렀으나 응하지 아니했으므로 당태종은 네 번째 신하를 보내면서 만일 이번에도 응하지 아니하면 도신스님의 목을 베라고 명령하였다. 허나 도신스님은 네 번째 부름에도 응하지 아니하고 흰 칼날 앞에 목을 들이밀며 벨테면 베라고 했으니, 이 말을 전해들은 당태종이 그 덕을 높이 우러른 스님이다.
 또한 서방의 묘화존자, 당나라 덕종때의 나찬스님, 그리고 당

나라 중종때의 혜능스님도 왕의 부름을 받았으나 정중히 거절했던 스님들이다.
  이 네 분의 큰 스님을 불가의 4대 성인으로 우러러, 충지스님은 당신의 심경을 담은 시를 남기셨다.

"이익과 욕심은
몸을 빠뜨리는 구덩이.
지혜있는 자, 당연히 멀리 하리.
한 번 그 구덩이에 떨어지면
오랜 세월 벗어나기 어렵네.

내 목숨은 끝내
움직이지 아니한다 하였으니,
아름답도다, 묘화존자의 뜻이여.
목을 흰 칼날 앞에 드리웠으니
기쁘다, 도신스님의 뜻이여.

나찬스님은
형산에 누워 계시면서
천자의 편지에 답하지 아니하셨고,
혜능스님은
조계산에 계시면서

항표로 사신을 물리치셨네.

생각하면 저 네 큰스님들이
어찌 세상근심 만나기를 즐겨 하셨으리.
자신의 몸을 물거품으로 보고
세상의 일을 꿈같이 보았나니
삶과 죽음을 초연히 여기는 그 길은
참으로 둘이 아니었으니
아득한 천년 만년 후세에까지
사람들로 하여금
높은 운치 우러르게 하네.”

충지스님은 이렇게 네 분의 큰스님을 찬탄하는 시를 지어 당신의 심경을 읊으셨으니, 충렬왕의 간청을 물리치고 개경을 떠나, 다시 전라도 송광산 수선사로 내려가는 스님도 바로 권력에 아부하는 그런 승려가 되고 싶지 않았던 것이리라.

13
선인 선과요, 악인 악과라

충지스님은 홀로 걷고 걸어서 전라도 송광산 수선사, 지금의 송광사로 내려가시면서 헐벗고 굶주리고 도탄에 빠져있는 백성들의 참상을 낱낱이 다 목격하고 가슴 아파 하였다.

백성의 가난을 가슴 아파 하고, 백성의 고통을 당신의 고통으로 끌어 안았던 충지스님은 이 당시 백성들의 참상을 시로써 기록해 놓으셨으니, 몇 년 전 같으면 체재를 비판하고 고발하는 불순한 글이라고 해서 아마도 감옥에 갇히는 신세가 되었을 것이다.

허나 이 당시 충지스님은 통렬한 비판과 고발을 서슴치 아니하였으니, 원나라 명령에 따라 일본 정벌을 준비하고 있던 이무렵, 백성들의 비참한 현실을 글로 낱낱이 고발했다.

"영남지방의 가난과 괴로움
　말하려하니 눈물이 먼저 앞서네.

전라도 경상도에서 군사물량 공급하고
삼수갑산에서 군선을 건조하니
징병과 세금은 백 배로 늘어났고
내리는 호령은 우뢰처럼 떨어지네.
용력으로 동원되기 3년을 계속하니
징집과 색출은 성화처럼 급하고
사신은 줄을 이어 명령을 전하니
백성은 팔이 있으나 다 묶인 셈이요,
채찍 맞을 등줄기마저 성한 곳이 없네.
오고가는 관원들
맞이하고 보내기 이골이 났고
나르는 수레는 밤낮으로 이어지네.
말과 소, 등짝이 온전한 놈 없고
백성들의 어깨도 쉴틈이 없네.
새벽에는 칡뿌리 캐러가고
달 보며 풀베어 돌아오니
농사일꾼 끌어다 수병을 삼고
사공들은 바닷가 조선장으로 갔네.
남정네 뽑아서 갑옷 입히고
장정들 손마다 창을 들게 하여
때 맞추어 가라고 재촉 빗발치니
한 치의 시각도 지체 못하네.

처와 자식은 땅치며 울고
부모는 하늘 불러 울부짖나니
스스로 사생의 갈림길에 막혀
생명의 온전함 어찌 기약하리.
삶이란 참으로 가련하구나.
하소연 하려해도 할 곳 없구료."

여기를 보아도 굶는 백성이요, 저기를 보아도 헐벗은 백성들 뿐이었으니, 충지스님은 참으로 비통한 심정으로 하루 하루를 걸어가고 있었다.

백성들의 참상을 낱낱이 목격하며 전라도 송광산 수선사로 돌아온 충지스님은 실로 그 심정이 비통하기 그지 없었다.

"그래, 원나라에는 잘 다녀왔는가?"

스승이신 천영 노스님이 반겨 맞으며 물으셨다.

"예, 스님. 무사히 잘 다녀왔사옵니다."

"원나라 황제를 만나보았는가?"

"예, 스님. 만나보았습니다."

"허면 대체 무슨 말을 해주고 왔는고?"

"예, 스님. 큰 자비를 베풀면 나라 안에도 적이 없고, 나라 밖에도 적이 없을 것이라 하였사옵니다."

"허면 과연 그 법문이 효험이 있을지 없을지 좀 더 기다려 보아야겠구먼."

"소승, 참으로 부끄럽사옵니다, 스님."
"그것은 또 무슨 말이던고?"
"소승, 원나라 황제를 만났을 적에 당장 해동국 고려에서 원나라 군사를 철병시키라고 호령하지 못한 것이 부끄럽사옵니다."
"이것 보아라, 충지야."
천영 노스님께서는 충지스님을 나직이 부르셨다.
"예, 스님."
"부처님께서 이 세상을 떠나실 적에 이렇게 이르셨느니라."
"예, 스님."
"나는 의원과 같아서 병을 알고 약을 알려 주었지만, 그 약을 먹고 아니 먹고는 너희들에게 달린 일이요, 나는 길잡이와 같아서 바른 길을 알려 주었으나, 그 길을 가고 아니 가고는 너희에게 달려 있느니라."
"……예, 스님."
"그대가 원나라 황제에게 자비가 무적이라고 가르쳐 주었으나, 그 자비를 베풀고 아니 베풀고는 황제에게 달려있는 일이요, 또 설령 그대가 원나라 군사를 철병하라 호령했더라도 그 말을 듣고 아니 듣고는 원나라 황제에게 달린 일, 만일 그대가 죽기를 각오하고 원나라 황제에게 철병을 호령했다면 그 재앙은 온백성에게 미쳐 이 세상이 아마도 불바다가 되었을 것이야."
"하오나 소승, 개경에서 내려오는 길에 백성들의 참상을 목도하고 보니 차마 견디기 어렵사옵니다, 스님."

 "자비가 무적이라는 부처님 말씀을 이미 전했으면 그 효험을 참고 기다려야 할 것이야."
 "언제까지 이 참상을 참고 기다려야 하는지요, 스님?"
 "그대는 부처님 말씀을 벌써 잊었단 말이던가?"
 "……무슨 말씀을 잊었다 하시는지요, 스님?"
 "부처님께서 이르시기를 선인 선과요, 악인 악과라, 좋은 씨앗을 심으면 반드시 좋은 열매가 열리고, 나쁜 씨앗을 심으면 반드시 나쁜 열매가 열린다 하셨어."
 "하오나 언제까지 그 열매를 기다려야 한다는 말씀이시온지요, 스님?"
 "세상 사람들은 너무 조급해서 어찌하여 착하게 사는 나는 늘 가난하고, 악하게 사는 자들은 부귀영화 누리며 땅땅거리고 사느냐고 한탄들을 하고 있어."
 "그야 세상이 불공평하니 그래서 그러는게 아니겠사옵니까요, 스님?"
 "그러면 좋은 과일나무의 씨앗을 심었다고 해서 하루 이틀에 그 과일나무에 좋은 열매가 열리기를 바래야 옳단 말인가?"
 "하, 하오나 스님."
 "제 아무리 좋은 과일 씨앗을 심었더라도, 그 씨앗에 싹이 트고 자라서 튼튼한 과일나무가 되도록 보살피고 거름주어서 그 과일나무가 제대로 나이를 먹어야 꽃이 피고 과일이 열리는 법, 그렇지 아니하던가?"

"예, 스님. 그건 그러하옵니다."
"어리석은 사람은 과일나무가 제대로 나이를 먹고 자라기도 전에 과일이 어찌해서 열리지 아니하느냐고 원망하고 한탄하여 과일나무에 도끼질을 하나니, 그래가지고는 평생 좋은 과일을 얻지 못할 것이야."
"하오면 스님, 수많은 백성을 비명에 죽게하고, 수많은 백성을 헐벗고 굶주리게 한, 저 원나라는 장차 반드시 악과를 거두게 될 것이라는 말씀이십니까?"
"나쁜 씨앗을 심었으면 나쁜 과일나무가 자라서 그 나무에는 반드시 나쁜 열매가 열려 익을 것이니 그때를 기다릴 줄도 알아야 지혜롭다 할 것이야. 내 말 알아들었는가?"

충렬왕 3년 2월, 아직 찬바람이 몰아치던 어느날이었다.
시우스님이 충지스님 방으로 찾아왔다.
"스님, 스님, 충지스님 계시옵니까? 소승 시우이옵니다."
"그래, 어서 들어오시게."
"아이구 추워. 대한이 소한 집에 갔다가 얼어죽었다더니만 2월 들어 더 춥습니다요, 스님. 아이구, 그런데 방바닥이 어찌 이리 얼음장입니까?"
"불을 넣지 못하게 했네."
"예에? 이 추운 날씨에 불을 넣지 못하게 하셨다니요?"
"움막을 치고 사는 백성들도 수없이 많거늘 방안에서 잠자는 것

만 해도 다행으로 알아야지."
 "아니, 하오시면…… 스님께서는 그래서 요즘 점심 공양도 아니 들고 계시옵니까요?"
 "굶는 백성들을 내 눈으로 보고 왔거늘, 어찌 나 혼자만 배불리 먹고 따뜻이 잠잘 수 있겠는가?"
 "그리 생각하실 일이 아니옵니다요, 스님."
 "아닐세. 내, 생각하면 할수록 원나라에 다녀온 게 수치스러울 뿐이네."
 "하온데 스님, 반가운 소식이 한 가지 있사옵니다요."
 "반가운 소식이라니?"
 "글쎄, 원나라 황제가 칙명을 내려 우리나라에서 배를 만들고 화살을 만드는 일을 그만두게 하였다고 합니다요."
 "그것 참 만시지탄(晩時之歎 ; 시기에 뒤늦었음을 원통해 하는 탄식)이긴 하지만 반가운 소식이로구먼."
 "이게 다 스님 덕분이 아니옵니까요?"
 "이사람, 그건 또 무슨 소리란 말이신가?"
 "노스님께서 그러셨사옵니다요. 원나라 황제에게 자비가 무적이라고 전하고 왔으니 머지아니해서 효험이 있을 것이라고 말씀입니다요."
 "이사람, 시우스님. 행여라도 그런 소리 하지 마시게. 원나라 황제가 명을 내려 군선 만드는 일, 화살 만드는 일을 중지케 하였다면 일본 정벌은 승산이 없다는 것을 뒤늦게 깨달은 까닭이라 할 것이지, 결코 내 말을 따른 것은 아니라고 할 것이야."
 "아무튼 정벌 준비를 중지케 한 것은 잘된 일이 아닙니까요?"
 "이제 우리 고려 땅에도 꽃 피고 새 우는 춘삼월이 돌아올 모양일세. 허허허—"
 "제발 그리 되었으면 얼마나 좋겠습니까요."
 충지스님의 얼굴에 오랜만에 환한 웃음이 떠올랐다.

 충지스님은 송광산 수선사에 머물면서 스승이신 천영 노스님께 그동안 못다한 효도를 다하고 있었다. 그런데 충지스님이 원나라에 다녀온 지 일 년쯤 되었을 적에 충렬왕은 충지스님에게 대선사의 승직을 내리시고 스님의 덕과 도를 치하했다. 그러나 충지스님은 당신의 승직이 영광스러운 대선사에 이르렀음에도 이를 결코 반기지 않았다.

 하루는 아랫마을에 갔다온 시우스님의 얼굴이 발그레 홍조를 띠우고 있는 것이었다. 이를 궁금히 여긴 충지스님이 물어보니, 시우스님은 마을 어른들이 하도 권해서 곡차 한 잔을 마시고 왔다고 말하는 것이 아닌가.
 충지스님은 사제인 시우스님을 처소로 데리고 가더니만, 느닷없이 사발 하나를 내미는 것이었다.
 "이 사발은 물그릇으로 쓰려고 새로 사온 것이야. 이 사발을 받으시게."

"하온데, 이 사발을 어이해서 저에게 주시는지요, 스님?"
"그대는 이 사발에다 소피를 담아 오시게!"
"예에? 아니 이 사발에다 오줌을 담아오라구요, 스님?"
"어서 담아오지 아니하고 무엇을 꾸물거리는고?"
"아이구 예 스님, 분부대로 하겠사옵니다요."
아우되는 스님은 무슨 영문인지도 모른채 충지스님의 불호령 한 마디에 주눅이 들어서 사발에다 소피를 담아왔다.
"아이구 스님. 다, 담아가지고 왔사옵니다요."
"그러면 이제 저 나무 밑에다 쏟아버리시게."
"예에?"
"쏟아버리고 사발만 가져오란 말일세."
"아, 예. 스님, 쏟아버렸습니다요, 스님."
"허면 그대에게 그 사발을 줄 것이니 그대는 그 사발에다 공양을 담아서 먹도록 하시게."
"예에? 아이구 스님. 아, 이 더러운 사발에다 공양을 담아서 먹으라니요?"
"그 사발은 새그릇이요, 오직 한 번 소피를 담았을 뿐인데 어찌 공양을 담아 먹지 못하겠다는 말인고?"
"아이구 스님, 그래두 그렇지요. 한 번 더러운 것을 담았던 그릇인데 어찌 여기다 음식을 담아 먹을 수 있겠사옵니까? 스님?"
"그대가 딱 한 번 곡차를 마셨으니 대수롭지 아니하게 여겼거늘 딱 한 번 더러운 것을 담았던 그릇인데 어찌 다르다 하는고?"

"아이구 스님, 참으로 잘못되었습니다. 용서하여 주십시오."
"이 사발은 한 번 더러운 것을 담았으니, 열 번 백 번 천 번을 물에 씻는다 해도 공양을 담아 먹지는 못하겠는가?"
"예, 스님. 용서하여 주십시오."
"사람의 행실도 이 그릇과 같아서 한 번 실수가 자칫하면 일생을 그르치는 법, 그대는 마땅히 법당에 올라가 참회기도를 올려야 할 것이야!"
"예, 스님. 잘못되었습니다."
시우스님의 눈에서는 뚝뚝 눈물이 떨어지고 있었다.

그해 농사철이 돌아와서 농민들이 막상 농사를 짓고자 하나 논밭에 뿌릴 씨앗마저 구하기가 힘들었으니 충지스님은 천영 노스님을 찾아가서 부탁을 드렸다.
"스님께서 자비를 베푸시어 우리 수선사 곳간에 있는 벼를 열 가마만 꺼내어 백성들에게 볍씨를 나누어 주도록 허락하여 주십시오."
"그러면 모자라는 대중들 양식은 어찌할 생각이던고?"
"예. 아침 죽 끓일 적에 물을 더 붓고, 점심 공양에는 한 숟갈씩만 덜 먹도록 하면 가을까지 견디는 데는 큰 무리가 없을 줄로 아옵니다."
"허허허허— 대체 그런 묘책은 어디서 배웠던고?"
"예. 소승 계족산 정혜사에 있었을 적에 거기 계시던 노스님께서

일러주신 방편이옵니다."
 "허면 반찬이 모자랄 적에는 된장에 소금을 치는 것도 보고 배웠는가?"
 "예. 그것도 거기서 보고 배웠사옵니다."
 "그러면 기왕에 아침에 죽 끓일 적에 물을 더 부을 작정이라면 거기다 나물까지 섞어서 죽 쑬 요량을 하도록 하게."
 "예에? 아니 나물까지 섞어서 죽을 쑤라고 하시면?"
 "기왕에 볏섬을 꺼내는 김에 열 가마만 꺼내지 말고 스무 가마를 꺼내어 백성들에게 밥 한 끼라도 먹이도록 하란 말일세."
 "예, 스님. 스님의 자비 참으로 고맙습니다."
 "앞으로는 우리 집안 살림살이를 나에게 묻지 말고 그대가 알아서 처리할 것이요, 구차하게 이 늙은 중을 괴롭히지 마시게."
 "아이구, 아니옵니다 스님. 감히 어찌 소승이 우리 수선사 가풍을 어길 수가 있겠사옵니까?"
 "아비가 늙으면 마땅히 그 자식이 집안 살림을 돌보아 마땅한 일이거늘, 그것이 어찌 가풍에 어긋난다 하는고?"
 "아니옵니다, 스님. 스님께옵서는 아직 철없는 제자들을 더 이끌어주셔야 하옵니다."
 "여러 소리 할 것 없으니, 그대는 어서 곳간문을 열고 볏섬을 꺼내어 행여라도 농사철에 늦지않게 해야 할 것이야."
 "예, 스님. 분부대로 거행하겠사옵니다."

그리하여 농민들이 그 해의 농사를 무사히 할 수 있도록 하였으니 농민들은 수선사의 자비로 말미암아 굶주림의 걱정에서 벗어날 수 있었다.

천영 노스님은 틈만 나면 충지스님에게 수선사 사주 자리를 내주려 했으나 충지스님은 극구 사양하였고, 급기야는 번거로운 벼슬살이를 하느니 차라리 수선사를 떠나기로 작정을 하였다. 충지스님은 스승께 올리는 하직인사를 글로 대신하여 써놓은 뒤, 행장을 꾸려 짊어지고 방을 나왔다.

충지스님은 수선사를 떠나기에 앞서 스승이신 천영 노스님의 처소를 향해 정중히 무릎 꿇고 오체투지하여 삼배를 올렸다.

"귀의 삼보 하옵고, 불효막심한 소승, 감히 스님께 하직인사 올리옵니다. 탐진치 삼독에 빠져 무명중생으로 허송세월하고 있던 소승을 스님께서 거두어 주시고 불문에 귀의토록 길을 열어주셨사오니, 지극하신 그 은혜는 3생에 걸쳐 갚아도 결코 다 갚지 못할 것이옵니다.

이제 소승 지나간 일들을 되돌아 보자니, 스님께옵서는 초심자였던 소승을 친히 불러 앉히시고, 이세상 부귀영화는 풀잎에 있는 아침이슬과 같고, 이세상 부귀공명은 물 위에 뜬 거품과 같다고 하셨으니, 버리고 또 버려서 그 마음을 저 허공과 같이 하라 이르셨사옵니다.

또한 스님께옵서는 소승에게 이르시기를, 자고로 중벼슬은 닭벼슬보다도 못한 것이거늘, 불가에서조차 감투를 얻어 쓰고자 권세에 아부하고 그 뜻을 굽힘은 가소롭다 하셨사옵니다.

소승 그동안 스님의 분부를 받자옵고, 감로사 주지를 감내하였사옵니다. 또 개경을 거쳐 원나라에까지 가서 원나라 황제까지 만나고 왔사옵니다만, 이와같은 번잡스러운 세속사에 묻혀 지내느라 출가수행자의 본분사를 제대로 살피지 못하고 수행을 게을리 하였으니 눈에는 눈꼽이 끼고, 마음에는 때가 끼어 참으로 부처님 뵈옵기 죄스러울 뿐이옵니다.

부끄러운 제자, 이제나마 참회드리옵고 출가수행자의 본분사로 돌아가 오직 마음 닦는 일에만 전심전력 다 하고자 하오니 소납의 불효막심한 죄 용서하여 주시옵기를 합장하여 비옵니다."

충지스님의 서찰을 다 읽으신 천영 노스님이 한 마디 하셨다.

"절에서 벼슬살기 싫어 도망쳤다는 말이로구나. 눈 밝은 수행자는 벼슬 감투 싫어서 도망질을 치고, 천하에 쓸모없는 것들만 벼슬 감투 차지하려고 두 눈을 밝히니, 장차 이 일을 어찌하면 좋단 말인고?"

시우스님이 천영 노스님께 여쭸다.

"하오면, 스님. 노스님께서 분부를 내리시면 소승이 충지스님을 찾아서 모시고 오겠습니다요."

"내버려 두어라. 충지는 때가 되어야 돌아올 것이니라."

한밤중에 아무도 모르게 송광산 수선사를 떠난 충지스님은 북쪽으로 북쪽으로 걸음을 옮겨 청주 고을을 지나 지금의 충청북도 청원군 현도면 하석리 구룡산에 있는 현암사를 거쳐, 진각사에서 잠시 머물다가 다시 개태사에 들러 수행 정진한 뒤 발길을 돌려 계족산 정혜사를 향해 발걸음을 옮겼다.
헌데, 충지스님이 정혜사에 당도하시고 보니 인기척이 없는 것이었다.
"여, 여보시게 원주스님, 원주스님 아니계신가? 아니, 이 사람이 어디 출타를 하셨는가. 아, 여보시게, 원주스님."
충지스님은 우선 법당에 들어가 부처님께 예배한 뒤 이번에는 공양간 문을 열어 보았다.
"허허, 이 사람이 탁발을 나가셨는가? 아니, 그런데 여기 써붙인 것은 무슨 말이던고?"
충지스님은 공양간 벽에 써붙여 놓은 글을 들여다 보았다

'이 절에 오신 분께 아뢰옵니다. 이 절에 사는 중은 출타중이오니 객스님이시거나 청신남, 청신녀이시거나 마음껏 머물다 가십시오. 항아리에는 양식이 있고, 단지에 소금과 간장이 있고, 작은 독에는 된장이 있사옵니다.'

원주스님이 써놓은 글을 본 충지스님의 입가에는 미소가 떠올랐다.

 "허허 아니 원주 이 사람, 그동안 언제 이렇게 커졌단 말이던고, 응? 허허허—"
 충지스님은 하는 수 없이 혼자 빈 절을 지키게 되었다. 이틀이 지나고 사흘이 지나고 닷새가 지나도 원주는 돌아오지 않았다.
 충지스님은 한가로운 가운데 시 한 수를 지어 읊었다.

 "옛 사찰 찾아오는
 사람도 없고
 숲은 무성한데
 해는 더욱 길구나.
 푸른 이끼 섬돌에 끼고
 새로 나온 대나무는
 담을 넘으려 하네.
 비는 파초의 푸른 잎을 적시고
 바람은 작약꽃 향기 전하네.
 앉아있기 지루하여
 산보하노라니
 소매끝에 서늘한 기운이 이네.
 한가로이 살아가니
 마음 자족하고
 홀로 앉았으니
 그 맛 더욱 깊구나.

오랜 잣나무
누각에 뻗어 있고
그윽한 꽃은 낮은 담장 덮었네.
질그릇 발우에는
한 잔의 차
비자나무 책상에는
향불이 향기롭네.
비그친 산당은 적막한데,
툇마루엔 저녁기운 상쾌하다네.

참으로 오랜만에 세속의 번거로움에서 벗어났으니, 충지스님은 호젓한 하루하루를 즐기고 있었다.
그러던 어느날 밤이었다.
충지스님은 기름등잔불을 돋우고 경을 보고 있었는데, 누군가 사람의 기척이 들려왔다.
원주스님이었다.
"소승, 대선사님께서 와 계신 줄 알았사옵니다요."
"그래, 며칠씩 절간을 비워두고 어딜 다녀 오셨는가?"
"이 절 저 절, 한 바퀴 휘익 돌아왔습니다요. 오 참, 소승 송광산 수선사에도 들렀다 오는 길입니다요."
"수선사에?"
"예. 천자 영자 노스님도 뵙고 왔습지요."

"그래, 노스님께서는 평안하시던가?"
"평안하지 못하신 것 같았사옵니다."
"아니, 평안치 못하시다니 어디 편찮기라도 하시더란 말이신가?"
"절 살림 맡길 사람이 하룻밤 사이에 삼십육계 줄행랑을 쳐버렸으니 어찌 노스님께서 평안하시겠습니까요? 심기가 불편하시지요."
"심기가 아직도 그렇게 불편하시더란 말이신가?"
충지스님은 천영 노스님에 대한 송구스런 마음에 몸둘 바를 몰랐다.

14
자세히 보시게

충지스님은 깊고 깊은 계족산 정혜사에 원주와 둘이 머물면서 그야말로 신선같은 하루하루를 보내고 있었다.

계족봉 앞 옛도량
이제와 다시 보니
푸른 산빛 유별나네.

맑은 시냇물 소리
저절로 훌륭한 설법이거니
무엇때문에 수다스레
드러내 보이리.

충지스님은 계족산 정혜사에 머물면서 양식이 떨어지면 쉬엄쉬

엄 산을 내려가 탁발을 하기도 하였다.

어느해 가을, 스님은 평양 읍내, 그러니까 지금의 전라남도 순천 읍내에 내려가 탁발을 하게 되었다.

"지나가던 객승, 시주 좀 얻을까 하옵니다."

집 안에서 한 청년이 나왔다.

"지나가던 나그네 스님께서 시주를 얻으러 오셨다 하셨습니까?"

"예, 그러하옵니다."

"보아하니, 나이도 지긋하신 스님이라 도가 깊으실 터인데, 소생이 한 가지 여쭙겠소이다."

"예, 말씀하시지요."

"스님께서 보시기에 우리 집이 부잣집 같습니까, 아니면 가난한 집 같습니까?"

"그야 솟을 대문을 세우셨으니 이 고을에서는 부잣집이라 할 수 있겠습지요."

"그러면, 스님께서 보시기에 과연 소생이 스님께 시주를 할 사람으로 보이십니까, 아니면 시주를 아니할 사람으로 보이십니까?"

"그 말씀에는 바른 답이 없다 할 것입니다."

"바른 답이 없다니요?"

"소승이 시주를 하실 것이라 하면 시주를 아니 하실 것이요, 시주를 아니 하실 것이라 하면 시주를 하실 것이니 어찌 바른 대답이 있겠습니까?"

"허허, 그러고 보니 과연 도가 깊으신 스님 같으신데, 한 가지만 더 여쭙겠습니다."
"예, 말씀하시지요."
"평생토록 그렇게 염불을 하고 목탁을 치고 수도를 하면, 대체 밥이 나옵니까? 옷이 나옵니까?"
"허면 이번에는 소승이 한 말씀 여쭙도록 하겠습니다."
"예, 말씀해 보시오."
"선비님께서는 평생토록 벼슬을 하시고, 재물을 모으면 과연 그 벼슬과 재물을 저승에 가실 적에도 가지고 가실 작정이신지요?"
"예에?"
"세상 사람들은 이익만을 쫓아서 벼슬을 하려하고, 장사를 하고 농사를 지어 그 권세와 재물을 늘이려고만 몸부림을 치고 있습니다마는 하나 종국에는 늙고 병들어 이 세상을 떠나게 되어 있으니, 때를 당해 어찌 하시겠습니까? 저승길을 떠나실 적에 벼슬도 논밭도, 고대광실도 다 가지고 가시는 분 보셨는지요?"
"아니, 그렇다면?"
"천 년 만 년 살 수만 있다면야 오래오래 사십시오."
말을 마친 충지스님은 그냥 돌아섰다.
"이것 보시오, 스님. 대체 어느 절에서 오셨소이까?"
"계족산 계족봉 앞에 있는 정혜사에 사는 중이오."
"이것 보시오, 스님. 스님, 스니임—"
그 젊은 선비는 스님을 불러 세우려 했지만, 충지스님은 뒤도 한 번 돌아보지 아니하고 표표히 그 마을을 떠나오고 말았다.

그런 일이 있은 지 일 년이 지난 뒤, 충지스님은 여전히 산속의 한가로움을 즐기며 경 읽고, 참선하면서 여유로운 그날 그날을 보내고 있었다.

하루는 웬 선비가 충지스님을 찾아 왔는데, 바로 일 년 전에 충지스님이 탁발을 가셨을 때, 스님을 희롱했던 점을 사죄하고자 왔다는 것이었다.

"소인, 스님께 사죄말씀도 올리고 그때 진 빚도 갚아드리고자, 그래서 찾아뵈었습니다."

"그때 진 빚이라니 그 무슨 당치 아니한 말씀이신고?"

"아니옵니다, 스님. 스님께서 다녀가신 후 석 달만에 아버님께서 별세하셨고, 그 후 한 달만에 또 어머님께서 돌아가셨으니 그제서야 소인 벼슬도 재물도 다 허망한 것인 줄을 알게 되었습니다."

"허허, 그동안 그런 일을 겪으셨구먼……."

"소인이 마을에서 듣기로는 이 계족산 정혜사는 지은 지 오래되어 다 쓰러져간다 하셨사온데, 과연 오늘 와보니 그러한가 하옵니다."

"시절인연이 닿질 아니하니, 그래서 중창불사를 못하고 있네."

"소인, 돌아가신 부모님을 위해 이 정혜사의 중창불사를 맡고자 하오니 부디 허락해 주십시오."

"무엇이라구? 이 정혜사의 중창불사를 귀공께서 맡으시겠다?"

"예. 스님, 그러하옵니다. 부디 허락하여 주십시오."

탁발에 나섰다가 우연히 만났던 부잣집 아들 젊은 선비의 발심으로 계족산 정혜사는 뜻밖에도 다시 일으켜 세워졌으니 참으로 기묘한 인연이라 하겠다.
 "스님, 다 쓰러져가던 정혜사가 이렇게 보란듯이 새로 세워졌으니, 이거 정말 꿈만 같습니다요."
 "이것이 다 우연한 일이 아닐세."
 "하오시면 그만한 까닭이 있으시다는 말씀이신지요?"
 "원주스님은 잊으셨는가? 여기 계시던 노스님의 간절한 소원을 말일세."
 "아니, 그러면 그 젊은 선비가 바로 우리 노스님의 후생이란 말씀이십니까?"
 "아마도 그 젊은이는 머지 아니해서 삭발출가할 것이야."
 "예에?"

 정혜사 중창불사를 회향한 지 몇 달 되지 않아서, 그 젊은 선비는 다시 정혜사로 충지스님을 찾아 뵙고, 삭발출가를 부탁하는 것이었으니, 충지스님은 물리치지 아니하시고 그 젊은 선비의 머리를 깎아주었다.
 이때부터 충지스님은 비로소 문하에 제자를 두기 시작하였는데, 정안, 진적, 신탄 등 뛰어난 많은 후학들을 키우게 되었다.

 충지스님이 계족산 정혜사에 머문 지 14년, 스님의 세속나이 쉰 아홉이던 3월 초 여드렛날에 충지스님은 혼자서 지리산 상무암으

로 올라갔다.

　옛 기록에 의하면 이때 충지스님은 시자도 데리고 가지 아니하고 홀로 지리산 상무주암에 들어가 혼자 죽 끓이며 참선삼매에 젖어들곤 하였는데 그 형상이 마치 허수아비처럼 말랐으며 얼굴에는 거미줄이 쳐져 있을 정도였고, 두 무릎에는 새들의 발자국이 남아 있을 정도였다고 하니, 참선 삼매에 빠져들었던 충지스님의 모습을 가히 짐작할 수 있겠다.

　번거로운 세상사에 얽혀들기를 원치 아니했던 충지스님은 차라리 인적없고 궁벽한 산속에서 도토리로 죽을 쑤어먹고, 맨땅 위에서 잠을 청하며 북풍한설에 몸을 떨지언정, 시비와 다툼이 있는 산 아래로 내려가고 싶지 않으셨던 것이다.

　결국 충지스님은 지리산 상무주암에서 2년여를 홀로 견디었으니, 두 번의 겨울을 보내고 스님의 세속 나이 예순 한 살이던 그 다음해 봄이었다.

　송광산 수선사에서 연락이 왔으니, 송광산 수선사 사주이신 천영 노스님께서 두 달 전인 지난 2월에 열반하셨다는 것이었다.

　노스님께서는 수선사 6대 사주로 충지스님을 지목하시고 열반에 드셨으니, 수선사 대중들이 노스님의 뜻을 따라 주상전하께 상소하였던 바, 주상전하께서 어명을 내리시어 충지스님을 제 6대 수선사 사주로 정하셨다는 것이었다.

　충지스님은 임금이 내린 어명도 어명이려니와 은사이신 천영 원오국사의 유언을 차마 저버릴 수 없는 일이라, 하는 수 없이 지리산 상무주암에서 내려와 송광산 수선사 제 6대 사주가 되었으니, 오늘의 전라남도 승주 조계산 송광사의 여섯번 째 주지스님이 되신 셈이다.
 충지스님이 수선사 제 6대 사주로 취임하신 때는 서기 1286년 4월 16일, 고려 충렬왕 12년의 일이었다..
 세속 나이 예순 한 살에 수선사 사주가 되신 충지스님은 이때의 심경을 한 편의 시로 읊으셨다.

 새끼를 먹이다가
 마침내 나르는 방법을 가르치니
 늙으신 어미의 사랑
 다시 말할 것도 없으시네.
 은근히 계족봉 아래로
 정을 보내 오셨으니
 몸이 가루된들
 이 은혜 어찌 다 갚을꼬.
 누각은 첩첩 옛사찰인데
 계산의 모습은 천하제일이구나.
 내가 이 자리 이어받음은
 진실로 분수 아니거니
 당년의 국노풍을
 더럽힐까 두렵네.

어미 새가 새끼를 기르듯이 온갖 정성 다 기울여 자신을 키워주시고 길을 열어주신 은사 천영 노스님의 은혜를 기리며 읊은 이 시는, 수선사 제 1대 사주이셨던 지눌 보조국사로부터 면면히 이어져 내려온 수선사의 자랑스런 가풍을 행여라도 손상시키지 아니할까, 걱정이 태산 같았음을 나타내고 있다.

충지스님은 송광산 수선사의 제 6대 사주가 되었음을 부처님 전에 알리고, 대중들을 이끌며 법을 펴셨다.

"여러 대중들은 다시 마음에 새겨야 할 것이다. 부처를 이루는데는 계, 정, 혜, 삼학을 두루 갖춰야 할 것이니 어느 하나를 소홀히 해서는 아니될 것이야.

부처되는 것을 비유하자면 집을 짓는 것과 같다 할 것이니, 기초를 단단히 파고 초석을 놓은 뒤에 초석위에 기둥을 세우고, 그 기둥위에 지붕을 덮어야 온전한 집이라 할 수 있는 법!

기초를 파고 초석을 놓는 것은 계율이라 할 것이요, 초석위에 기둥을 세우는 것을 교학이라 할 것이며, 기둥위에 지붕을 덮는 것을 참선이라 할 것이니, 지붕없는 기둥도 오래 가지 못할 것이요, 기둥없는 초석도 쓸모가 없을 것이며, 기초도 초석도 없는 기둥이나 지붕은 있을 수 없는 법!

계, 정, 혜, 삼학을 두루 갖추라 함은 바로 이런 까닭이니 우리 수선사 여러 대중들은 행여 어느 한 가지도 소홀함이 없어야 할 것이야.

마음에 잘못이 없는 것이 자성의 계요,
마음에 어지러움이 없는 것이 자성의 정이며,
마음에 어리석음이 없는 것이 자성의 혜라 이르셨으니, 이는 곧 우리 보조국사님의 당부이니라."

충지스님이 수선사 사주가 되신 지 6년이 지난 어느날, 때는 1291년 8월 초순, 스님은 만호장노와 사제 시우를 불렀다.
시우스님이 걱정스레 여쭸다.
"아니, 스님. 어찌 안색이 이리 아니 좋으십니까?"
"어, 그래. 만호장노도 오셨구먼."
"편찮으시면 의원을 불러오도록 할까요, 스님?"
"내 나이 벌써 예순을 훌쩍 넘었으니 병들 때도 되었지."
"아니옵니다, 스님. 의원을 부르도록 하겠습니다."
충지스님은 당신의 병색을 굳이 숨기시며 의원을 부르겠다는 문도들의 말을 가로막았다.
"내 거기 글 한 수 적어놓았으니, 그것 좀 이리 주시게."
시우스님이 종이를 펼치며 말했다.
"이 글 말씀이시옵니까?"
"그래, 그래. 여기다 펴 놓으시게."
시우스님이 종이를 펼쳐놓자, 충지스님이 말씀하셨다.
"내가 숨이 차서 그러니, 시우 그대가 한 번 읽어 주시게."
"예."

묵묵히 앉아 내 인생 돌아보니
분명 환몽과 같나니
이것은 억지로 하는 말이 아니라
진실로 거짓없는 스스로의 믿음이네.
어찌 환몽의 자리에서
분명히 우환에만 매달리는고.
왁자지껄한 나쁜 소문 자주 듣고
어지럽게 싫은 것만 자주 볼것인가.
이 궁벽한 산중이라 짙푸른 낙락장송이
그윽한 시냇물
가림이 없으리니
이제 돌아가서
한가히 게으름을
기르는 것만 못하네.
가을이면 도토리와 밤을 줍고
봄이면 명아주와 비름을 뜯네.
돌남비에는 일곱 잔의 차가 있고
기와 화로에는 한 줄기 향이 있네.
진나라 넘어지고
다시 한나라도 쓰러졌으나
애오라지 내나라
편안함이 즐겁네.

세상 사람들에게 말하노니
붕새와 메추리는
다르다는 것을 아시게나.

"아니, 스님, 어찌 이런 유언장같은 시를 읊으셨단 말씀이십니까요?"
제자들이 서둘러 의원을 불러오고 약을 지어 지극정성으로 병구완을 해올리니 충지스님은 그해 가을을 무사히 넘기시고 차차 차도를 보이시는듯 했지만, 그 해 겨울이 되자 다시 병세가 중해 지시더니 그 다음해 정월 초이렛날에는 음식을 끊으셨다.
그리고 정월 초 열흘 새벽.
"……이것 보아라. 시자, 어디 있느냐?"
"예, 스님. 소승 스님 곁에 있사옵니다요."
"내 옷을 갈아 입어야겠으니 목욕물부터 데워 오너라."
"예, 스님."
시자가 물을 데워오니 충지스님은 깨끗이 몸을 씻으신 다음 옷을 새로 갈아 입으셨다.
그리고는 단정히 앉으신채 시자에게 분부를 내리셨다.
"내 오늘 먼길을 떠나야 할 것이니 얼굴이나 한 번 보고 가게 모두들 오라고 그래라."
"예, 스님. 모두들 불러 오겠습니다."
스님 문하의 제자들이 안타까운 얼굴로 다들 모여 스님을 둘러

싸고 앉았다.

"이것 보아라, 심선아."

"예, 스님."

"……향로를 내앞에 가져오고……향을 내 손안에 쥐어다오."

"예, 스님."

"나라의 태평, 백성들 평안을 위해 마지막으로 빌어야겠네."

충지스님은 나라와 백성을 위해 당신 손으로 마지막 향을 피워 올렸다.

제자 만호가 말했다.

"스님, 정녕 떠나시려면 한 말씀 남겨주셔야지요."

"……그래, 내 한 마디 하겠네."

인생살이 67년이
오늘 아침에 이르자
만사 끝났네.
고향으로 가는 길
평탄하거니,
가는 길 분명하여
잃지 아니했네.
손안에 지팡이 하나
겨우 있나니
다행히 도중에도

다리 편할 것이네.

"스님, 고향으로 돌아가시는 길이 평탄하다 하셨는데, 길은 대체 어느 곳에 있사옵니까?"
"……자세히 보시게."
"자세히 보라 하심은 무슨 말씀이시온지요? 오지도 아니했는데 가고, 가지도 아니했는데 온다는 말씀이신지요?"
"……알았으면 되었네."
충지스님은 더이상 말씀이 없으신채 열반에 드셨으니 때는 1292년, 고려 충렬왕 19년, 정월 초열흘, 정오를 조금 지난 시각, 스님의 세속나이는 예순 일곱이요, 불문에 들어오신 지 39년만의 일이었다.
이때 임금께서는 스님의 열반소식을 듣고 크게 슬퍼하며 조서를 내려 문도를 위로하고, 충지스님께 원감국사의 시호를 내렸으며, 문도들이 정성을 모아 수선사 북동, 지금의 송광사 감로암에 부도를 세우고 비석을 심어 원감국사를 찬탄하였다.

"청정한 마니주, 원만하고 깨끗하여 이지러짐이 없고, 방위따라 각각 나타내면 어떤 물건도 속일 수 없네. 그 이름은 여의보(如意寶)로, 움직이면 신령하고 기이하나니, 누가 그와 같은가?
오직 우리 원감국사일세. 덕이 있어 석가를 좇나니, 목우선사의 바른 적손이요, 모든 총림에 머물면 언제나 상객이셨네.

　가는 곳마다 편안한 기운 기르며 유유자적, 대중의 추천받아 원오국사 뒤를 이으셨지.
　무거운 짐을 지신채 총지를 드날리고 학자는 구름처럼 몰려 경앙함이 높았네.
　국사님의 도는 넓고 덕은 무성한데, 흠이란 수명이라, 명월이 허공에 떨어지니 백일이 빛을 잃었네.
　아름다움 기록하여 옥돌에 새기나니, 전하고 전하여 영원하여라."